序章——5
夏之章——15
沉眠之章——149
塔之章——263

序章

那片有座高塔哭著朝北方奔去的天空，是我此刻遍尋不著的風景。

宮澤賢治

我站在小田急HALC百貨前方的斑馬線旁待著綠燈亮起。短短的數十秒間，我不經意地抬起頭望向天空。

新宿車站西門的天空，因四面高樓環伺，只得以在一片狹小的空間中展露它的風貌。那數公尺方正的空間，在清晨的陽光下並不是特別的鮮豔。然而，在灰色的街景襯托下，那片天空已經藍得足以讓人們感受到夏天的氣息。在我的眼中，那一片夏天的味道就如同一片濃密的空氣，緩緩從視線的彼端沉甸甸地朝向地面擴散開來。

我瞇著眼，試圖在這片空氣中抓住那年夏天殘留在我腦海中的光景。瞬間，那個屬於我的特殊季節橫跨了十六個年頭，悄悄地湧上了我的胸口。

當年的氛圍瞬間充滿了我的胸臆，使我無法自然地呼吸，情緒化爲浸潤眼眶的淚水湧出了我的心頭。行人專用的號誌變成了綠燈，我呆站著沒有馬上察覺，一會兒之後才慌慌張張地追著前方的人群，快步朝著車站西門的剪票口走去。

時值通勤時間的顚峰，湧動著的大量人潮在穩定的流速中被一整列自動剪票機給吸了進去。我習以爲常地看待眼前這副景象，心中絲毫沒有伴隨著訝異或感慨。這樣的心境究竟是從什麼時候開始的呢？我忽然察覺到了自己的疲態。三十一歲的我，身上扛著三十一歲男人的沉重負擔。這其實不是多麼深刻的問題，然而卻也無法輕鬆地就這樣一笑置之。

此時，我忽然想從每天既定的工作行程中逃開。

我整個人忽然感覺哪裡不對勁，簡直就像是個年輕的小鬼頭一樣。不過話又說回來，在我還是個學生的時代，我眞的蹺過課嗎？我在記憶中遍尋不著類似的回憶。我果然還是無法成爲一個出色的成年人。像我這樣失敗的成年人，大概都是因爲年輕的時候沒有辦法爲自己創造一個精彩的童年。我不知道成年的價值究竟在哪裡。至少，我心中那些沒有完全成熟的幼稚部分，始終讓我對於成年的自己抱持著懷疑，並且糾纏在我的內心深處。

我回想自己今天的工作行程，沒有找到任何需要跟別人會面的預定。雖然不是沒有迫在眉睫的案子，不過總有辦法解決的吧。我來到車站內的寄物櫃前，投下幾枚硬幣打開了櫃子，放妥公事包並且上鎖，接著從口袋裡取出手機，按下幾個號碼打算撥個電話到公司去……

瞬間的想法讓我改變心意關掉了手機的電源。我將手機放回口袋裡。既然要蹺班，不如就徹底像個小孩子一樣不聞不問吧。

面對接下來的目的地，我絲毫沒有猶豫地搭上了中央線列車來到東京車站。我在售票口買了一張前往青森的車票，還有到八戶站的東北新幹線特快車座位。然後我搭上了八點五十六分的「疾風號」，窩在狹小的座位上半睡半醒地渡過了列車行駛中的三個小時。

我在八戶車站換乘了一般特快車抵達了青森，在青森車站等了三十分鐘左右，又再坐上柴油列車，經由這條以津輕半島爲終點站的路線，在本州島最北方的鐵路上朝向此行的目的地而去。

這是一條令人懷念的地區路線，一天只有五班。

沿途上的風景完全沒有改變，空蕩蕩的車廂中飄盪著一股不可思議的溫柔氣息。這個津輕地區的居民全都仰賴這唯一的一條鐵路做爲長距離的移動方式。車廂裡溫柔的氣息便是只有這種鐵路才會散發出來的獨特親密感。

然而坐在車廂裡的我，卻感受到了一股些微的疏離氛圍。

這樣的疏離感，是因爲我對這個地方而言，已然是一個異鄉來的訪客。這條鐵路線上特有的親密感情，早已將我排拒在外。

車廂那頭的四人對坐席位上，一對國中生情侶愉快地談著天。我面帶微笑，注視著眼前這個勾起我心中溫暖回憶的景象。他們身上穿的，是我母校的制服。制服的樣式也維持著當年的模樣。他們的對話傳到了我的耳中。說到對話的內容，不過就是些小孩子談笑，不值得一提的話題罷了。不過這對情侶似乎相當樂在其中——毫無保留地沉醉在屬於他們兩人的時間。

過去的我，也曾經有這般毫無保留地散發著青春之光的年代。那個純眞的年代儘管微不足道，卻是一段快樂無比的寶貴時光。

在那一段青春的回憶之中，我身邊有一位摯友，還有一個十分亮麗可人的女孩。我們三人曾經一起搭乘這輛列車，暗自希望這鈍重的柴油火車可以放慢速度不要太快抵達終點。然而，這段回憶似乎已經距離現在的我非常地遙遠……

是的。

我遠遠離開了過去那塊土地。那時的我使勁地邁開了腳步，並且拼了命地伸展自己的雙手。而這一切的努力，爲得就是能夠來到我現在身處的這個位置嗎？

我不知道。

我在終點站的前一站，津輕濱名車站下了車。經過一個小小的停車場，再穿過了維持在完工狀態卻始終沒有開通的新津輕海峽高架鐵路下方，我背對著疏落的民宅離開了車站。接下來要步行經過一段平緩的坡道。走了好長一段路之後，我終於來到了一座幾近荒廢的組合屋廠房前面。我橫越了廠房前的空地，屈身鑽過牆垣的破洞，花了三十分鐘左右從容地攀上了廠房背後的一座小山丘。

廣闊的風景一下子從樹影交錯的隙縫間展開。

雲之彼端・約定的地方

眼前是一片牧場風光，漫無邊際的翠綠色草原橫亙在我眼前。綠草的嫩芽遍地橫生，任由吹過整片草原的微風將青草的香氣帶到每一處角落。這是一片視線所到之處盡是染滿了翠綠色，並且寬廣得不能再寬廣的風景。

我漫步在這片大草原中，腳下窸窣的青草聲輕輕地搔弄著我的耳根。

一座荒廢的車站佇立在我右手邊。水泥質地的三座月台並列該處。月台上方，一座木造的路橋將它們以三度空間的方式連接了起來。陸橋的牆垣與地板早已殘破不堪。這座車站在完工之後便一直棄置不用，是一座從來沒有列車通行廢車站。

這座車站從沒有行經的訪客，也無法由此前往他處。

整片寬闊的草原，曾經是我生命中的全部。

我不禁抬頭，整面遼闊得不能再遼闊的天空展開在我的眼前。靛青色的蒼穹之上，一片片飽滿豐厚的高積雲飄遊其中。隨著我不停地轉頭仰望，天空也跟著旋轉了起來，瞬間有一種蔚藍的空氣將我包圍的錯覺。

在那一片深邃的高空之中，一架飛機滑翔過天際。那是一架擁有純白機身的小巧機體。

（薇拉希拉……）

我的記憶融進了現實的風景中合成了眼前的視覺影像。

那架飛機不可能出現在這片天空下，因為它只能夠在我深邃的記憶裡展翅飛翔。即使翻遍了所有的航空書籍找不著這架機體。它不可思議的外型不可能出現在任何的航空圖鑑之中。

薇拉希拉——那是集合了我們三人心血的結晶，擁有絕美外型的純白機體。

『好棒……』

耳邊傳來了佐由理的聲音。

不……那只是我的錯覺；那只是這片熟悉的天空觸發了我腦中殘存的記憶。

儘管如此，我的眼睛此刻卻像是看到了實體一般捕捉到她的身影。佐由理的幻影在青草的窸窣聲中輕盈地從我的身後跑到了前方，並且回過頭來。她身上的制服短裙在風中翻飛，過肩的黑髮也同時迎風飄逸。

『是飛機呢！』佐由理興奮地叫道。

眼前的她仍是十六年前國中時的模樣。爲何她會以這個模樣出現在我的面前呢？明明我的記憶中也存在著她更成熟時的身影。

意識在微風的吹撫下回到了現實。

這陣風似乎也捲走了薇拉希拉，甚至是佐由理的身影。被留下來的我，茫然地凝望著她的幻影出現的方向。

我在原處呆然佇立了好一會兒，期間我只是默默地盯著眼前那片綠蔭下的草地與蔚藍的天空。遠方地表隆起的丘陵盡頭是一座高起的海岬，海岬前方是一片蒼鬱的黑色海洋。海洋的顏色深邃而晦暗，卻同時也帶著詭異的透明感。這樣的海洋，是夏天的津輕海峽特有的風貌。再向著這片海洋的彼方看去，一片灰藍色幾乎與天空溶在一起的大地，是模糊的北海道地區。

比對這片景色與我記憶中的模樣，讓我不由得感受到些許怪異的感覺。

對了，那座塔！

以前從這裡眺望海洋彼方的北海道，淹沒在雲霧之中的彼岸有一座聳立其中的高塔。那是一座從我身處的津輕半島便得以看見的高塔，實物想必是十分巨大。它就像是某期少年科學雜誌中介紹的軌道升降想像圖一般，以一道純白色的漂亮線條筆直地伸入天際。它就是這樣一座如夢似幻的建築，彷彿從異世界的某個文明移植過來的高塔。

那座原本應該出現在這個畫面中的高塔不見了。

它已經不存在了。

那座高塔如今已消逝在所有人的眼中。

翠綠的草地在徐風吹撫之下彷彿海浪一般整齊地起伏擺盪。同時，風中再度傳來佐由理的氣息。

這樣的預感總是在我的心中揮之不去；一種彷彿就要失去什麼的預感……明明世界就是這麼樣的美麗……

沒錯，她總是這麼說著。還是國中生的我，明明應該還無法體會什麼叫作美感，卻不可思議地被這句話撼動了心靈。

那是在戰爭開始前幾年的事情。當時北海道還被稱爲蝦夷，屬於敵國的領土。那座島嶼明明就近在眼前，卻是個永遠也不可能踏上的土地。

無法觸及的雲之彼端。我們相約的地方。

對，我們三人，在那年的夏天，從這裡眺望著對岸的高塔，彼此許下了小小的約定。

被埋藏在記憶深處的那個日子，雲之彼端，有著我和她之間的約定。

那座塔是因爲我而消失的。

佐由理如今也已經不在我身邊了。佐由理……她現在到底怎麼樣了？爲什麼現在的我無法跟佐由理在一起？

青草窸窣搖晃的聲音傳入了我的耳中。我一邊聽著，一邊低頭屈指細數。

細數這十多年間，我所失去的所有、我傷害的、我捨棄的……

我得出的數字似乎不如想像中來得大。不過爲何寥寥可數的幾個經驗卻沉重得讓我透不過氣來呢？

我緩緩地邁開了腳步，朝著鋪設了鐵軌之後便棄置不用的車站走去。那兒有一處兩條鐵路線交會的地方。我走到那裡，在生鏽的鐵軌前彎下了腰。淚水輕輕地從我的臉上滑落。也許我所失去的，正是我生命中絕對不該放手的東西。然而，只要我是我，他是他，佐由理是佐由理，在這個前提之下，這便是怎麼也無法避開的結局。我們的人生，就像是無法變更路線，無法變更目的地的火車一般。

在天色被夕陽染紅之前，我讓自己就這麼靜靜地處在這片草原之下。我甩甩頭，想藉此驅趕哀傷的情緒。我輕輕拍下長褲邊緣沾上的鏽鐵屑，緩緩地站起身。「現在」，是該回去的時候了。我轉身背過了那面海洋，默默地邁開了腳步。

夏之章

雲之彼端·約定的地方

1

時間追溯到十多年前。

我在青森縣的外濱町出生長大。那是津輕半島最外側的小鎮。也許說那裡是「日本最北邊的小鎮」比較能夠讓人意會吧。

總之那是個什麼都沒有的小鎮。唯一可見的只有山、海、疏落的民房與田地，還有龍飛崎津輕紀念碑而已，連要去最近的超級市場，都要花上幾十分鐘的車程，是個沒有車就無法生活的地方。

那個地方過去也曾經因為岩岸垂釣盛行而風光一時。不過，因為對岸便是聯邦國，在兩國斷交之後，前來垂釣的旅客便一夕之間斷絕了。不只如此，甚至是濱名港的漁業今後也不知該何去何從。

不過話說回來，這裡可以說從來不曾有過什麼榮景。因此這樣的改變對於這裡的居民來說其實也不會造成什麼困擾。他們依舊過著悠閒的生活。

若要說一般人對於青森的印象，大概是就是雷國、太宰治、寺山修司（註1）、美軍與日軍共駐的三澤基地，還有驅睡祭（註2）等等吧。

雷國其實就跟字面上的意思一樣。每到冬季，大雪便會轟隆轟隆地從天上掉下來（真的可以用轟隆轟隆來形容）。不過，就我個人對這塊土地的印象，其實是一片非常濃郁的綠色。

說到津輕半島，這是個布滿了低矮的丘陵，綿延直達海岸的地方。一旦夏天雪水融化，津輕半島上滿山滿谷的林木則彷彿是繪畫用的橄欖綠濃縮淬鍊之後的豔麗色彩，漆滿整個大地。除此之外，草原上的嫩芽則帶著清新的嫩綠色，輝映著夏日的陽光。這種新綠與墨綠的對比，是當地人家窗前常駐的風景。一旦置身室內眺望這樣的窗景，整個人便得以放鬆下來，情緒也會因此而變得平靜。它總是可以驅散我胸中的鬱悶，讓我一下子豁然開朗，心情上也安適了下來。

這種充滿田園風光的土地，卻因爲緊張的國際情勢，在這十多年間成爲了世界關注的焦點。這當然是因爲津輕海峽的彼岸就是聯邦國占領下的蝦夷之故。

勢力遍及半個世界的巨大共產國家邦聯——聯邦國。它以津輕海峽爲界，與這個名爲日本的國家隔海相望。

青森國中一年級的社會科都有一堂特別的章節，專門講述近代日本與聯邦國之間的歷史。主要用意便是希望當地的青少年能夠熟知自己居住的這片土地。

雖然授課的內容相當無趣，不過其中講述的內容卻意外深刻地烙印在我的心裡。一九四五年，蘇聯背棄了日蘇和平條約，於十月攻陷了北海道。在一九五〇年，日本恢復了獨立的主權之後，當時的北海道也另立了「蝦夷」的新名號歸屬到蘇聯體制之下。一九六五年，赫魯雪夫在第二十屆共產黨大會上宣布統合蘇聯、東歐、西亞所有共產主義國家的統一政體「聯邦國」誕生。一九六〇年代後半，蝦夷內部民族主義運動高漲。因應這個情勢，聯邦國於一九七五年與日本斷交，使得日本南北分裂的情勢便一直持續到了今日……這些都是考試必考的問題，所以關係到聯邦國近代歷史事件年表我都還記得一清二楚。

不，也許我會記得這些並非全然因爲考試或課堂上的內容所致。

津輕半島上到處都存在著因爲日聯一九七五年的斷交而與親族分隔於北海道、本州兩地無緣再會的人們。

與表親分隔兩地的例子多得不勝枚舉，班上的同學甚至有許多人，他們的祖父母都住在蝦夷。至於我，我的一位伯父也在南北分裂而失序的情勢之下不知去向。

這麼說起來，也許是因爲這樣的現實就血淋淋地發生在我的眼前，所以我便自然地熟知這些近代史實也不一定。

除此之外，還有那座高塔。

來談談有關那座塔的事情。

我喜歡那座高塔。在我出生之前，那座高塔便早已矗立在蝦夷的土地上。我每天望著那座高塔長大。

在我住的這個甚至不能稱之爲鎭的小鎭上，朝著北方的天空望去，在廣闊的北海道島嶼上，可以看得到那座細細長長的白色高塔，像是自動鉛筆的筆芯一樣毫無節制地朝著天際延伸出去。

現在回想那樣的景象，眞的是十分不可思議。

我每天注視著那樣的光景，卻從來不曾習慣這樣的驚奇感覺。

那是非常高大的巨塔。我的視線總是隨著它的根部向塔頂筆直地追移過去。它朝著天際無邊無盡地向上延展，塔身變得越來越細，終於模糊地消失在大氣層的彼方。它沒有所謂的頂點。不對，塔頂實際上是存在的，只是無法用肉眼確認而已。

我從小幻想著這座高塔一直延伸到宇宙的盡頭，與其他的行星相接。它就是這麼一座不禁引人遐想的巨大建築。

在我居住的津輕半島，只要是看得到天空的地方，必定能夠用眼睛捕捉到那座高塔的身影。就好像天空中永遠可以看得到星星、月亮、太陽一般，那座高塔也必定佇立在北方的天空中。

若要說它跟太陽或星星有什麼不一樣，那就是它毫無疑問是座人造建築物，也是個想去就可以到得了的地方。不過實際上因爲津輕海峽兩岸之間緊張的國際情勢，要跨上敵國的領地其實並沒有那麼簡單。

然而，我的心裡總是存著想去那裡看看的想法。

我想到那座塔去。

那座高塔撼動了許多人與我的心靈，其中一個理由便是因爲沒有任何人知道它被建造出來的目的何在。沒有人知道它到底是什麼。不過任誰都能從它身上感受到一股非凡的魄力。

它在人們（或者只有我）心中挑起了一絲浪漫的遐想。

當然，聯邦國不可能在沒有任何目的的情況下，只爲了單純的浪漫主義思想而投入鉅額的資金建造這座高塔。

它一定是基於某種特殊目的而建造出來的。

其中一定有什麼原因。

沒錯，它一定是爲了某種非常不得了的目的，爲了那個任誰也難以想像的目的而建造出來的。

然而，它也有可能是爲了什麼輝煌耀眼的目的，爲了足以改變整個世界的浩瀚成就而建造出來的。

因爲沒有人知道其中的原委，於是這座高塔存在的意義便任由人們的想像加以發揮。想像則進一步變成了願望，將我心中那份想要過去看看的想法，進一步渲染成爲「一定要去看看」的意念。甚至到了最後，我的心中更是充斥著「非去不可」的高亢情緒。

「那裡應該是有些什麼東西吧？」這樣的疑問不知不覺累積成了「一定有什麼東西在那裡！」

我不知何時開始深信高塔之下絕對有我所需要的重要事物存在；深信我的世界會因爲那件神秘的事物而得以重生。

「我必須要到那座塔去。」我確信如此。

這樣的想法成了我心中難以撼動的信念。我深信那裡蘊藏著我人生的無限可能。因此我要是到不了那裡，未來的我也將哪裡也去不成；如果我到不了那座高塔，我生命中的一切機會將會因此而消失；要是我錯失了它，我將不再是我，亦無法成爲出色的人物，只是單純地隨波逐流，等待時間流逝而腐化……

我身邊的人也有許多跟我一樣對那座高塔懷有憧憬。不過我想擁有這般執念的人一定沒有這麼多。然而，我卻對於自己心中根深蒂固的信念深信不疑。

而我的摯友，拓也，他也是其中一個擁有這種想法的人。

2

雖然只有一點點，但是也許我至今仍然在心中的某處對佐由理懷有那麼一點埋怨。

不管怎麼說，佐由理的介入讓我跟拓也之間的關係產生了微妙的變化是不爭的事實。

我家住在外濱町的三廄。源義經傳中遠近馳名的義經廟便在我家旁邊。拓也的家也在三廄，我們兩家之間大概只有步行十分鐘左右的距離。然而，我跟拓也彼此在上國中以前卻完全不認識對方。小學學區的分界恰巧就處在我們兩家之間，因此我們兩人分別從不同的小學畢業。

我跟拓也在國中分進了同一個班級，我們也是因此才互相認識。開學典禮那天，明明全班所有人都要一個一個站起來自我介紹。然而，我卻完全不記得他當時說了什麼。

我只記得我們彼此認識的契機是因爲飛機的相關話題。結果，到頭來我們之間也只有飛機。

那是暑假之前的事，所以我想大概是六月左右。從小學進入國中之後三個月的時間，無論面對新老師或新學科都已經失去了新鮮感，當時的我因而在課堂上偷偷地翻起了飛機雜誌。

忽然間，我感覺到有東西打在我的後腦杓上。

「什麼東西啦！」

我帶著這樣的反應回頭，看到身後一個同學左手拿著一堆橡皮擦屑，右手同時也放了一塊在中指的指甲上作勢要彈向我。我們四目相望的過程中，那傢伙對我露出了微笑。

這樣的舉動不是出現在別人身上，是白川拓也，這讓我著實感到吃驚。

有種人不需要有什麼特別引人注目的舉動，卻在入學之後很快地便成了全校的大明星。白川拓也就是這種人。

別的不說，他那一張姣好的臉蛋，不知不覺便成了女生們愛慕的對象。除此之外，他的個性也相當沉穩，彷彿已經是個成人一般。他有那種引起他人好感的費洛蒙。白川拓也的運動神經很出色，成績更是表現得比他運動方面更為傑出。聽說他在入學考試還有期中考都以遙遙領先的成績奪下了學年第一名。事後我問過他，證實了這樣的傳聞。

「這世界上還眞是有那種什麼都行的傢伙呢！」

這樣的事實讓我感到十分驚訝，也坦率地對他的表現由衷地佩服。不過若要問我其他的感想，我也眞的不記得自己對這個人有更多的印象了。

至於我，無論哪方面看起來都不是全能的典型。雖然我也有自己擅長的領域，不過表現不好的部分就眞的很差勁了。其實比起我的長處，擠不出優秀表現的項目還比較多呢。所以就算拓也那樣的傢伙就在身邊，該怎麼說呢？他對我來說是不同世界的人，就算想比較也提不起勁。

然而，那個白川拓也卻忽然主動找我搭訕，讓我一時之間完全摸不著頭緒。

下課後，拓也便馬上從位子上走了出來，筆直來到了我的面前。

「你那個是飛機雜誌吧？讓我看一下。」

他說完便指向我的抽屜裡露出其中一角的飛機雜誌。

我應了一聲，將那本用騎馬釘裝訂得厚厚的雜誌拿出來遞給了他。他就站在原地單手接過了書，隨即另一隻手則舉起來，以俐落的動作翻起了那本雜誌。眞是的，這傢伙無論做什麼都挺有架勢的。

「我超喜歡前掠式主翼的飛機。」他說：「對一個飛機迷來說，這樣的興趣也許司空見慣，不過這種設計其實滿獨樹一格的，有種稀世珍品的趣味。」

「是啊！這種感受我很能夠體會。」我答腔。「像是F—16FSW，光看照片就覺得它跟一般的F—16完全不一樣。不過這種感覺卻讓人覺得十分激賞。」

「對啊！還有蘇愷S—37的設計也很有趣。」

「雷鳥二號也是。」

「雷鳥二號超棒的呢！」他說著露出了微笑。那是充滿了親密感的笑容。「你覺得YF—22跟YF—23哪一架好？」

「YF—22吧。」我說。

那兩架戰鬥機是爭奪美軍次世代主力機地位的實驗機。

「你一定是看上了它的V型尾翼吧？」

「說對了。不過你爲什麼會知道？」

「因爲我也是呀！」

此刻的我確信跟他絕對可以成爲好朋友。

「看來你也超喜歡飛機的嘛！」他帶著感嘆的語氣開口說道。

「我在家裡有做飛機喔！雖然是模型飛機，不過可以飛呢！」

「什麼！眞的假的？」

他彷彿被我剛說出口的話著實嚇了一跳。

「喂，這到底是眞的假的啦？這種事情要早點說呀！我可以今天就到你家去看嗎？」

他激動地上半身整個靠了過來。這舉動讓我有些訝異。

「今天要來嗎？可是我們有社團活動吧？你有，我也有……」

「什麼社團活動，當然是蹺掉啦！」我才說完，他沒多耽擱一秒鐘便接過了對話。「社團活動什麼時候參加都沒差。不過我今天想看你做的飛機，要是多等一天興致就會大減。我最討厭這種事了！別猶豫了，今天放學馬上就帶我去看吧！」

結果，我才加入了弓道社當天便第一次開溜，我帶著拓也來到了家裡。那是因爲……

「要是多等一天興致就會大減。」

也許是因爲這句話讓我心中產生了莫名的深刻感受所致。

因爲我也有同感，我的心中隨時都會浮現跟他一樣的想法。

我從小面對想做的事情不馬上行動就會坐立不安。我沒辦法讓自己多等一些時候醞釀更成熟的計畫。當我想要做飛機，便顧不著其他事情馬上開始動手。因此，吃飯、睡覺、學校的作業都被我擺到了第二、第三順位去了。雖然這樣的個性讓我經歷了多次的挫折，但我卻從來不曾想過要改掉我這種做事的習慣。

在我們家的庭院旁有一間破舊的木造車庫（雖然我們擅自管它叫車庫，不過一旦要在人前這麼叫還眞叫我覺得丟臉）。在那扇鐵捲門嘎啦嘎啦地打開的同時……

「好棒！」

拓也睜大了眼睛，表現出一副十分興奮的模樣。

「眞是太棒了！這東西超棒的！」

「眞的嗎？」我被誇得有些羞怯。「這些東西並不是全都由我自己一個人完成的啦。」

這間車庫本來是伯父（就是我父親的哥哥）在用的。其實我從沒有見過這位伯父，不過總覺得一提到他便讓我有一種十足的親切感。他也是一個飛機痴。

伯父是自衛隊的飛官，在一九七五年南北分裂的騷動中失蹤了。這是在我出生以前的事情。要是他沒有在意外中喪生的話，一定就還活在聯邦國的某處。

因爲伯父失蹤的關係，父親便繼承了家業。他留下了這間車庫，還有車庫裡面的所有東西，像是各式各樣的遙控飛機還有模型、螺旋槳、座艙擋風玻璃外罩、操縱桿等實機料件；還有設計圖、分解圖，自行開發的模型用材料……這些東西塞滿了整間車庫。裡面甚至還找得到車床、鑽床、板金設備這等大型機具。這間車庫對我來說簡直就像是一座寶山。由於父親對於航空機具完全不感興趣，加上我又是家裡的獨子，於是便順理成章地獨占了所有伯父的遺產。

我從小便在這間車庫裡玩耍，這間車庫幾乎成了我的房間。可惜這間車庫會透風，不能把生活起居全都移到這裡。不過，除了睡覺時間之外，這間車庫幾乎成了我生活中的全部。因爲只要待在這裡，我就有著堆積成山的蒐藏品相伴。

在我上小學以前，每天都沉浸在飛機、航空模型堆中。每當面對學校的勞作習題，我一定都是繳飛機相關的作品出去。就算學校沒有出作業，我也多半都在製作跟飛機有關的東西；諸如紙板飛機模型、木製橡皮動力飛機模型，或是室內輕型飛機等等。所有的成品都放進靠在牆邊的櫃子裡展示，如果到了我的手上，我便會馬上試著要讓它們飛起來。市售的遙控飛機套件我當然有做過。不過不知何時，套裝的遙控飛機已經不能滿足我的慾望，於是我便將它解體，只留下了引擎部分，其他全都重新依照我的想法進行改裝。最後完工的成品並非採用電力驅動的模組，而是裝配了四衝程引擎具有強悍動力的模型飛機。這東西大概是一年前完成的，在我小學六年級的時候。

「這是你自己做的嗎？一點也不馬虎呢！」

拓也雙腳踏進了這間車庫，帶著亢奮的表情，不知安分為何物地東張西望。現在的他像極了處在玩具屋裡的小孩子一樣。不過說起來，他臉上的表情跟我置身模型店時一模一樣。他這樣的表現讓我感到十分意外，因為平常的他總是散發著一股成熟穩重的氣質，無論面對什麼事情他都不曾露出動搖的一面，沒人見過他急躁的模樣，像極了一個看破紅塵大徹大悟的高僧。

因此他這般我前所未見的表現讓我著實感到吃驚。同時，心中也湧出一股極為親切的感受。

不對，不只是親切感這麼單純。就在這個瞬間，他讓我心中湧出了特別的好感。

拓也絲毫沒有顧忌地參觀著我的車庫，同時伸手指著車庫裡的各項蒐藏，一一要求我對他說明。面對他這樣的舉動，我當然十分熱衷地給予回應。我為他說明這些東西是什麼、根據什麼想法作出來的、有哪些特別花了功夫的地方，另外一些東西又是花了我多久的時間，其中的料件從哪裡用什麼方法弄到手的……

在我的心中一直有種無法壓抑的衝動，一直想將我至今在這間倉庫裡下的苦心說給誰聽。我打從心底渴望著一位能夠理解我這樣的付出究竟有多了不起的朋友出現。

我搬出了去年那件自行設計完工的模型飛機，並且將遙控器給了拓也，於是兩人一起來到了附近的田裡。我們家的四周只有疏疏落落的幾間民宅，十分適合模型飛機飛行。

飛機起飛的瞬間，我們兩人不約而同地呼喊起來。

每當手中的飛機飛起來的時候，總能同時帶起我高亢的情緒。我想我這樣的反應一定永遠都不會改變。

每當手中的飛機飛起來的時候，我總是興奮地爲之顫抖。擁有堅硬的雙翼，我親手做的飛機在天空中遨翔。無論何時，手中的飛機起飛總能帶給我這般不可思議的感受；一股激盪的、亢奮的情緒。

遙控器的操作方式不需要詳細說明，拓也便馬上能夠領會。他沒幾分鐘便抓到了訣竅，讓飛機自在地在空中劃出漂亮的弧度。那小小的引擎機具劃破了天空，將空氣中大幅的震盪傳遞到了我們身上。一架雙手可以捧起來的模型飛機，此刻正時高時低，迴旋遨翔在橙紅色的天空之中。

蝦夷島上那座細長的高塔，今天也清晰地出現在北方的天空。拓也讓飛機朝著高塔飛去，然後一個輕巧的迴旋，彷彿要纏繞那座高塔一般。

我抬起頭，整個大氣呈現出渾厚的透明質感，像極了一片覆蓋了大地的透鏡。此刻的我，覺得自己的心靈被緊緊地扣在這片透鏡的焦點之中。

「浩紀，你現在在做的是什麼？接下來想要做什麼樣的東西？」拓也坐在製圖桌前的圓板凳上開口對我問道。

我一邊保養著方才遨翔在天空中的遙控飛機，用喉嚨發出了沒有意涵的低鳴作爲應答。

「現在還在構思的階段。」我說：「還沒有進入實際動手階段。其實我接下來想做的東西有點複雜，目前還不知道該怎麼具體地表現出來。其實這個想法怎麼看都有點難以實現。」

「什麼啦？是什麼秘密嗎？」

「也不是秘密啦……」

我的語氣變得有些吞吞吐吐的。

「其實我想試試看做一架飛行中可以變形的飛機。」

「變形？像F－14那樣嗎？」

「嗯，那也不錯。不過……」

我原本覺得心裡的想法說出來肯定會被嘲笑，所以不打算說。不過我還是硬著頭皮告訴了拓也。

「我想做一架像星際大戰那樣擁有X型機翼的華麗機體。」

他沒有笑，不過卻露出了一臉受不了的表情。

「那東西能飛嗎？」

「我是說『像那樣』，要是全照著那種形狀去做，當然肯定飛不起來囉。其實不是你想的那樣啦……該怎麼說呢？我想，一架飛機如果能在飛行中稍稍改變一下外型，那一定很漂亮、很帥。其實就是這麼簡單的想法而已。」

拓也開始思考我說的話。

「不過。」我說：「變形機體如果不是建立在空氣力學的應對上，那麼就一點意義也沒有了。唉，我雖然想過很多方法……」

我將遙控飛機擺回了櫃子裡，然後走到製圖桌旁，伸手拿起了攤在桌上的筆記本。這本筆記本是我以素描的方式專門記錄我的想法之用。我翻開筆記本中有關變形飛機的內容擺到了桌上給拓也看。

「我有幾個跟機體外型設計有關的構想，不過問題還是出在機體的平衡性上。不管怎麼改都會變成非常複雜的設計，總覺得那些不像是可以做得出來的東西……」

「喂，鉛筆借我一下。」

拓也的視線緊緊扣在桌上的筆記本，一會之後才開口說話，並且隨即取出我鉛筆盒中的鉛筆，翻到了空白頁面開始作畫。

「你在畫什麼？」

「你別說話，安靜地等著。」

我探頭窺視他眼前的筆記本，然而卻被他用手給遮了起來。看來他是不喜歡在畫畫的途中被旁人觀看的典型。

「你覺得這種設計方式怎麼樣？」

一會之後，他將筆記本遞給了我，讓我終於得以拜見他畫出來的東西。

我嚇了一大跳。

他將我的設計以能夠實現的方式用筆畫出了其中的平衡機體。那是徒手畫出來的線條，因此細部都省略掉了，有點像是塗鴉的東西。不過我照著他標記的箭頭與敘述仔細地審視了一遍，清楚地明白這個設計的可行性。那是嶄新的設計構想。他將我的設計圖在變形機體之中加入了重心的移動以安定機體的平衡，是非常優雅的變形系統。

我沉默了一會兒，然後圓睜著雙眼注視著他。

「……這東西，可以做得出來呢！」

「因為我本來就是朝著可以製作的方向去思考的嘛！」他一副見怪不怪的模樣答道。

用極為保守的方式形容，其實我非常震驚。在這個方面我有相當的自信。我暗自以為自己的設計思想遑論同年齡的人，就連成年人中也找不出幾個擁有可以跟我一較高下的才能。然而，我在這兩個月間完全找不到頭緒的問題，他竟然一瞬間就解開了。

「你到底是個什麼樣的傢伙呀？」我在一陣驚愕之中終於開口嘆道。

「其實我爸爸是從事機械設計相關的工作啦。我在耳濡目染之下，自己也可以切割金屬了。雖然沒什麼好驕傲的，不過高等技術學院的機器人競技對我來說就好像小孩子的遊戲一樣。」

「眞厲害！」今天他口中一再重複的台詞，這次換從我的口中溜了出來。「你是天才呀……」

「你可以多誇我一些呀！」拓也得意地揚起了嘴角。

在我對他感到一陣佩服之後，我忽然想到一件事。

「可是……」我說。

「對了，還有那個可是。」

拓也的設計有一個重大的問題。這點他自己當然也知道。

我吸了一口氣開口說道：

「這麼複雜的機構，以模型的尺寸幾乎不可能做得出來……」

「嗯。」

他畫出來的這個構想太過先進，要求的精緻度也異常地高，不是模型尺寸可以做得出來的東西。

「如果是實機的話……」

我的口中不禁冒出了這樣的一句話，讓我自己也嚇了一跳。

「是呀，如果眞的要做乾脆就做實機吧。裝台電腦讓它來調整飛機的平衡。」拓也一副理所當然的語氣如是說道。

實機……這個想法浮現的當下便讓我感到十分震撼。我爲什麼過去從沒想過要製作實機呢？我甚至從沒有過哪天要製作實機的夢想。這眞是奇妙的一件事。

總有一天要製作一架眞正的飛機……對，還有這種方法，不是嗎？

這種想法讓我產生了前所未有的亢奮情緒，並且爲之陶醉。

「浩紀，我想跟你商量一件事。」

拓也的一句話讓我回過頭朝他望去。

「什麼？」

「暑假結束不是會舉辦文化祭嗎？我們以那個爲目的，一起做點什麼好不好？」

「嗯，好啊！」

我認爲這個主意不錯。過去我總是一個人下決定，獨自做著自己的事。這種行爲模式也許已經讓我感到些許疲憊了。

「不過你說要合作，那我們要做什麼呢？」

「你說呢？」他的臉上露出了微笑。「當然是我們兩個人過去都從來沒有製作過的東西囉！」

3

我們要做的是遙控的噴射機。我過去所做的飛機全都是螺旋槳式的，模型用的噴射引擎從來沒有碰過。

「就是那個！」當我提出這樣的想法之後得到了拓也的附和。

「不過呀，」我說：「模型用的噴射引擎可是動輒百萬，貴得誇張呢！就連中古引擎也要幾十萬起跳呀。」

「這我當然知道啦。」拓也冷冷地答道。

「那你說該怎麼辦呢？」

「不一定要花錢買嘛。只要想辦法從其他管道弄一具過來不就好了嗎？」

「你說那什麼話呀？哪有什麼辦法可以從其他管道弄來這種東西？」

「嗯，這你就交給我來處理。我有辦法。」

幾天後的週日，拓也真的將一具模型用的噴射引擎帶到我們家來。他騎來的腳踏車上載著一小桶裝滿了柴油的塑膠油箱。噴射引擎並非新品，上面刻畫著使用過的痕跡。不過這個西德製的噴射引擎是非常出色的好東西，是我每每望著型錄上的照片，總不免感嘆一番的高級料件。

我來回撫摸著引擎，雙手好長一段時間沉醉在它表面冰冷的金屬觸感之中。我從各個角度欣賞著它充滿性能之美的外型而興奮不已。油料刺鼻的氣味讓我爲之陶醉。我伸手觸摸它的空氣閥，瞬間彷彿一陣電流竄過了我的全身。這世上就是有這麼充滿了官能之美的東西。我完全忘卻了時間的流逝與站在一旁的拓也。

好一陣子之後，我忽然想到了什麼於是回頭開口對拓也問道：

「這東西，你是怎麼弄到手的？」

他露出了有點傷腦筋的表情，開口答道：

「這個呀……你想聽嗎？」

「喂，說嘛！」

「要聽也是可以，不過我是覺得不聽會比較好。因爲這會讓你在用這架引擎的時候抱持著罪惡感。」

「爲什麼？」

看來拓也似乎是用了什麼不太方便啓齒的方法弄到這東西的。

我想我此時的表情一定非常的微妙。然而，拓也卻不慌不忙地用他爽朗的聲音答道：

「有什麼關係？這東西現在都搬到這裡來了。我想，比起被封存起來，這具引擎也想在天空中遨翔才對。」

他說完便用手敲了敲引擎的外殼。那是打算結束這個話題的語氣，讓我無法繼續追問下去。

之後我慢慢地察覺到，拓也在平常模範生的外表之下，另外也有落差相當大的小混混性格。不過那究竟是他的本性，還是單純裝出來的模樣則不得而知。

足以證明我這種說法的事證不少，他會抽菸就是其中一例。這傢伙明明還是個國中一年級的學生，可是卻已經是個菸癮相當重的哈草族了。

「每天都必須裝出一副好孩子的模樣，這麼一來可是會累積不少壓力呢！你就當作沒看見吧。」

我們一起丈量著引擎的尺寸，拓也則一邊不太習慣地從口中吐出輕煙。他對於維持自己的形象絲毫沒有疏忽，因此所有人都不知道他會抽菸。不過在我面前他卻整個人放鬆了下來，一抽就是接連好幾根。

因爲他這樣的習慣，讓我不得不時時刻刻留意自己的頭髮或衣服有沒有沾到菸味，免得被老師或家人發現。

「不是有那種用來噴在衣服上除皺用的噴霧劑嗎？只要用了那個就完全聞不到菸味了。」

聽了拓也的建議，我於是每天都借用了父親的除皺噴劑，絲毫不敢大意地噴滿了襯衫跟褲子。多虧了拓也，我想我跟他相處的這三年間看起來都是個十分愛乾淨的少年才對。

「看來當模範生其實並不輕鬆呢……」我嘆了口氣，然後帶著深刻的感慨說道。

「不過對我來說，就算多少有點壓力也好，我眞想當一陣子模範生看看。」

「你這是胡謅的吧。」

拓也將菸蒂捻熄在空的烏龍茶鐵罐裡，然後露出了戲謔的笑容。

「你明明就沒有這麼想過，還眞敢說。」

「什麼啦！我有這麼想好不好！」

「不，你沒這麼想過。我可以感覺得出來。」

拓也十分篤定地下了這樣的斷語。然後他忽然丟出了一句話。

「其實我反而比較羨慕你呢！」

聽到他這麼說，我的反應顯得有些狼狽。

「爲什麼會羨慕我？」

「你可以依照自己的步調，默默地做自己喜歡做的事呀！周遭的人對你不會構成任何影響，你就只是你自己。我很嚮往這樣的生活。像我這樣的人，永遠都會被這種生活方式所吸引。」

「這樣啊……」

他說話時的語氣格外沉重，讓我也不禁跟著安靜了下來。

「我在同學中應該很顯眼吧？甚至顯眼到礙眼的程度吧？」

「嗯。」我坦白地應答。

確實，拓也他無論做什麼都是衆人目光的焦點。

「人一旦成爲衆所矚目的焦點，他們的目光跟評價也會隨之落到你的身上。然後，許許多多的責任跟重擔就會自然而然地落到你的頭上，變得生活沒有辦法隨心所欲了。這種生活眞的很辛苦呢！」

「嗯……」

我沒有直接作答。他會有這樣的心境，我還是第一次聽到。這個世界的風貌眞是多變，只要所處的立場不同，就算身在同樣的環境、讀同一間學校，個人的感觸還是會截然不同。

「所以呀，其實我從開學以來，就一直特別注意你的行爲。因爲你讓我覺得很在意、覺得你是個可怕的傢伙。你其實是一個非常樸實而不會標新立異的人，不過我總是從你身上感受到一種『要是移開視線，你就會馬上搞出什麼不得了的名堂來』的這種壓力。你總是讓我處在一種焦躁的情緒中。」

「嗯，這樣呀。」

我將視線投射到了引擎上開始作業，一邊也低聲地回應了拓也的對話。同時，他這番話也讓我深深地動容。

這種事情可以說是我個性上的弱點。拓也一派輕鬆的口氣說著像是別人身上發生的事情，這讓我體驗了過去從未有過且不可思議的感受。

他這般不加思索的瑣碎對話對我來說也是一種刺激。

我的個性其實相當樸實，至少不是個個性特別複雜的人。因此拓也這種明顯將社會上賦予他的角色與他自己眞誠的人格完全區分開來生活的人，讓我感到既驚訝又新鮮。

拓也身上，明顯地可以看到一種吸引我的特質。

「不過我說呀，抽菸很傷身體喔！」

我覺得此刻我非開口說些什麼不可，於是吐出了這般了無新意的言詞。

拓也又點了一根菸，露出了有些嫌惡的表情，然後他忽然站起了身，大大地將口中的一陣白霧吐在我的臉上。

「你幹什麼啦！」

我咳嗽不止，說話時一邊用手驅散眼前的煙霧。拓也看到我的反應打從心底露出了詭異的微笑。

「有什麼關係？我們就一起得肺癌死掉吧！」

我們以實際存在的機體作爲製作藍本，採用了接近傳統形式的外型作爲機體呈現的方針。這麼做可以確保飛機航行的可行性。

我過去花了不少心力鑽研航空力學，也曾經以獨創的外型實際製作了可以飛行的飛機，所以對於這方面的判斷能力我有相當的自信。飛機外型設計的有趣之處在於它們全都必須符合航空力學的標準，只要完全依照航空力學的要求設計，飛機就絕對飛得起來。如果不然，那麼一定是機體外型設計方面出了問題，或是實做方面的精緻度不足兩種原因。

在這兩方面的要求上我都有十足的自信。一般來說我做出來的飛機絕對可以飛。不過，這也是讓我覺得有些無趣的地方。我希望有一些冒險性的嘗試。

我有一種成見，覺得看起來像是飛機的東西才應該飛在天上。然而，在我的內心深處卻又有另一個願望，希望看到『某種與現今的飛機截然不同的東西在天空中遨翔』。我想試著著手開發看看不知道能不能飛得起來的東西。

「你覺得飛翼（註3）的機型怎麼樣？」拓也攤開了飛機雜誌，指著其中的一張照片。「像這種看起來跟幽浮一樣的外型是不是比較別緻呢？」

「這種形狀眞的很有趣，不過我覺得要讓它飛得起來似乎不是容易的事情。」

「你還眞是個麻煩的傢伙……」

拓也皺起了一邊的眉毛，一副表達了他心中那份「你眞是夠了」的不滿之情。

「明明我們的目的就是要造一架可以飛的飛機，但是你卻偏偏討厭一眼就知道它能飛的設計。」

「有什麼辦法呢？不用作就知道結果的東西，一點樂趣也沒有不是嗎？」

「你太囂張了啦！」他叼著菸頭，嘴巴半張地開口說道：「不過這種心情我能夠了解。」

「你說你了解嗎？眞的嗎？」我反問他。

「當然了解。」他說：「從來沒有看過的東西、過去從來不曾知道的事情、從未有過的經驗、從沒感受過的事物，我想追求的目標跟你一樣。這個世界上唯一有價値的東西只有一種，那就是所謂的『未知』。」

「竟然講出這種大道理來……」

「環狀機翼怎麼樣？」

「環狀機翼呀……」

我思考著拓也的提案。所謂的環狀機翼就是飛機的主翼環繞於機體外側呈現一個圓環，或者說是輪狀。因爲這樣的機翼沒有所謂的翼緣，所以不會有機翼尖端失速的問題。因爲環狀翼的機翼面積比起平板式的機翼來得少，因此乍看之下會讓人懷疑它在空氣力學方面的飛行能力，不過卻是可行的小型機翼設計。如果要比喻的話，這種飛機的外型看起來有點接近火箭的形狀。不過……

「看起來製作工程會格外費功夫呢……」我不禁脫口說出這樣的感想。

「這不是正好符合你的期望嗎？」拓也抓住了我前後說詞上的矛盾乘勝追擊。「就這麼決定了。」

決定了之後，我們當天便開始進行外型設計的製圖工作。那時的拓也對於航空力學還不熟悉，不過他一晚就讀遍了三本專門講解這門科目的書籍，一下子將空氣力學方面的知識提升到了製作模型完全沒有問題的程度。我花了不少時間才弄懂的知識，他僅僅只用一個晚上就追了上來。天才的潛力眞是可怕。他這樣的表現讓我感受到幾近恐懼的焦急，不過卻也對於自己獲得了一位可以在差不多的程度下對談的朋友而感到高興。我有生以來第一次看到同年齡的人，在使用車床跟銑床的技術方面可以跟我一較高下。

「這工具我們家也有，從我還是個小鬼的時候就覺得操縱它很快樂。不過做這麼危險的事情，而我現在居然還能保有兩手的十隻手指頭，真可以說是奇蹟呢！」

看著他面對我說話時的笑容，我也不禁跟著笑了起來。人們面對能夠感同身受的朋友總是能夠發出會心的微笑。我的手指頭全都沒少也完全可以說是奇蹟。

針對環狀機翼的空氣阻力設計果然相當麻煩，不過我們兩個人協力之下總算是克服了這個問題。當然，無論我還是拓也，對於「只要能飛就好」這種苟且的想法是絕對不可能接受的。除了能飛之外，還要有帥氣的外型才是符合我們要求的設計。我們這也不行、那也不對地在紙上嘗試了許許多多的設計，最後得以在滿意的結果之下做收，好不容易脫離了製圖作業的階段，已經是七月底左右的事情了。

機體的素材我們採用了碳纖維還有模型用輕木材。選擇這種材料的理由多得不勝枚舉，不過最重要的原因還是在於這種材料我們家裡多到可以開店。基於這個緣故，讓我打從心底對那位素未謀面的伯父滿懷著感激之情。

跟別人一起製作一件作品是非常快樂的事情。

我跟拓也整個暑假都窩在我家的車庫裡，埋頭製作那架模型飛機。從材料到成形的過程中，我跟拓也都帶著認真嚴肅的表情默默地專注在手中的砂紙跟材料上。當一個人全心投入於製作什麼東西的時候，他通常什麼也聽不到，什麼話也不想說。

不過，跟拓也合作的整個過程中，我在眼睛與耳朵之外的某種感官上，清楚地意識到這位同伴的存在。至於拓也是否跟我一樣，這我並不曉得。不過我打從心底希望他能夠跟我有一樣的感受，同時深信拓也心中一定也是如此。

在短暫的休憩中，我跟拓也才會開口交談。聊天的內容有彼此家族成員的事、同班同學的話題，或者是之前看過的電視節目等等，盡是些不值得一提的內容。

我們偶爾會放自己一天假，一起搭乘電車到青森市去好好輕鬆一下。我們在那裡逛街購物，到車站百貨的餐廳吃飯，甚至是去游泳池游泳。這些行程中，我一點都感受不到那種跟初相識的朋友出遊時毫無意義的高亢情緒。拓也在我的身旁就好像一個私交甚篤的多年老友。

八月二十日，在日本東北地區短暫的暑假結束的這個時候，我們的飛機機體部分已經幾乎都完工了。距離九月二十五日的文化祭還有一個月的時間。這個過程中我們將心思全都用在機體的塗裝、微調，還有引擎的保養上面。

飛機的顏色是鮮豔的藍色。

「藍色的飛機在天空看起來最有速度感。」拓也如是說道。

我對此莫名地認同。我想他的看法一定有什麼科學或心理方面的根據。不過當我問他才知道……

「沒有啊，那完全是個人的喜好而已。」

這讓我受到了輕微的震撼。不過，藍色是非常美的顏色。我非常喜歡空中自衛隊裡的藍色脈衝小隊那種天藍色。

無論是我還是拓也，對於取消正式航行前的試飛作業這個意見有著一致性的看法。讓已經知道可以飛行的飛機飛給別人看不過只是一種表演罷了，實在是沒什麼意思。對於觀眾來說當然也會覺得無聊，不過這種感受對於實機操作飛機的我們來說更是難以忍受。

我們都想嘗試些不知道結果會怎麼樣的冒險，也想讓別人看看我們的冒險。

不過說歸說，如果我被問到這架飛機能不能飛，這個答案絕對是肯定的。對此我有十足的自信。至於這份自信的根據，那當然是因爲那是我們做的飛機，是我跟拓也做的飛機。

4

我是個雨男，雖然這不是什麼值得驕傲的事情。從以前的校外教學到運動會，只要我出席就會下雨（或下雪）。不過這次的文化祭終於放晴了。今天的天氣完全表現了晴天這兩個字，是個萬里無雲的大晴天。天空的顏色，是夏日餘韻中不可思議的藍色。

早晨，我從南蓬田車站朝著學校走去，在這條沒有多少距離的路上我抬頭望向湛藍的天空，同時深深地吸了一口氣。我們學校周邊除了矮小的不知名樹種之外，就只有稻田、田間的小路，跟幾間疏落的民宅。低矮的山脈遠遠地橫在地平線的彼方，在這樣的環境下，一旦天空透出了遼闊的藍色，這般寬闊的感受有時甚至足以叫人窒息。無論是天時或是地利，全都是適合飛機遨翔的條件。我的視線追隨著與眼睛高度平行的紅蜻蜓劃過了輕快而俐落的線條，同時敞開胸膛深深地呼吸，盼能緩和些亢奮的情緒。

明明距離班級活動還有三十分鐘，拓也人已經出現在教室裡了。

「浩紀，你好慢喔！」

「才不慢呢！是你到得太早了啦！」

我們身邊只有負責補強裝飾教室的兩個同班同學，班上決定在文化祭推出的活動，是多到氾濫的餐券制點心店。拓也走近我的身邊，以不讓旁人聽見的音量小聲對我開口說道：

「飛機已經組好了。」

「什麼？你已經組好了？你到底什麼時候來的？」

「大概一個小時前。我總覺得自己興奮得安靜不下來。」

我們的飛機好幾天前就已經拆成一小部份，一點一點運進學校裡了。當然，必要的工具還有燃料也都一起搬了過來。

不知道拓也到底怎麼辦到的。他有一把從教職員辦公室裡偷出來的鑰匙可以打開學校角落那間荒廢的木造倉庫。雖然裡面都是沙子跟灰塵，不過因爲沒人會到那裡去，所以他可以躲在那邊抽菸。我們將飛機藏在那間倉庫裡面。

我們打算在文化祭中做的事情無論學校或是同班同學都沒有人知道。也就是說，這是一項秘密計畫。這個計畫尤其是老師那邊非保密不可。他們要是知道了肯定會在安全問題或是其他方面囉唆個沒完。最糟糕的情況，甚至可能讓這個計畫遭到否決。無論是我還是拓也都不喜歡讓大人們評鑑我們的所作所爲。尤其是那些完全不了解飛機的外行人插嘴更是讓我們難以忍受。我們最討厭自己想做什麼都得受制於他人。

我們想要成爲眞誠的自己，希望由自己來引導自己的未來。我跟拓也在這方面的想法上，就好像雙胞胎一樣地契合。

班級活動結束，文化祭活動正式展開。我跟拓也用簡潔的說詞甩開了負責班上店面的同學一起衝出了教室。對於文化祭中的各項活動我們瞧都沒瞧過一眼，直接依照事先演練過的計畫分頭進行各自負責的工作。

飛機的正式航行訂在下午的一點鐘。不過因爲組裝作業已經提前完工，所以我們決定將計畫提前一個小時實施。

我跟拓也拿了倉庫的鑰匙，來到了飛機旁仔細地審視防範任何可能的疏忽。從我們開始製作飛機的那一刻起，拓也經手的部分都是我來檢查，而我製作的部分則由拓也進行驗收。拓也的組裝完全沒有問題。我通電檢查過副翼、升降舵，還有起落架，所有部分的接合狀況都十分完善。唯獨起落架的收納和展開有些不順，我稍微花了點時間做了些調整。

稍後我便點火溫熱引擎。

其實我身處在一間不甚寬闊的木造空間之內，這麼做有一定的危險性，不過沒有其他的辦法了。室內的空氣溫度瞬間升高了起來。由於引擎的廢氣開始蔓延了整個倉庫，我於是拉開些微門縫。倉庫裡的東西堆得雜亂，門縫中透出來的風在室內到處亂竄。不過這種情況發生在眼前這個時候，其實反而會讓人覺得慶幸。

在我溫熱引擎的時候，拓也便著手準備飛機起降用的跑道。

我們這間國中的校舍背面，有鋪設了柏油的教職員停車場。因爲這間學校在蓋農村中央，所以土地多得讓這塊停車場得以占有廣大的面積。

停車場的內側有一條筆直的通道，若不是有事來學校的人絕對不會出現在這條柏油路上。

拓也在我們一起去青森市玩的時候，到日常用品店買了黃色跟黑色的塑膠繩索。他用繩索在停車場中央拉出了起降跑道。這麼做是爲了避免人車通行干擾了飛機的起降作業。那條起降跑道筆直地延伸到了停車場內側的通路上。根據我們的計算，光是停車場內的空間便足以讓飛機起飛，不過爲了以防萬一，我們還是將停車場內側的通道圈入了起降跑道的範圍之內。除此之外，正經八百的拓也還在哪裡的工地撿回來了一塊柵欄，上面掛了一塊木板寫著——今天因文化祭活動之故，本通道禁止通行！

我事後看到不禁笑了出來。明明就是胡謅，竟然還寫得這麼煞有其事。事前我們還在計畫階段的時候，我開口對拓也問道，要是我們擅自劃定通行規章，被老師們發現的話會不會受罰。結果他回我道：

「只要我們用一副理所當然的態度做這種合情合理的事情，那麼就算事情本身只是我們自作主張的行爲，也不會有人覺得奇怪了。」

「所以起降跑道的張羅就由我來負責吧！」拓也接著說：「你呀，要你用一副堂堂正正的態度去做虧心事是強人所難吧！」

因爲我真的就如他所說的不善於隱藏自己的歉疚，所以深表同意地點頭回應，然後按照他的安排行事。

拓也的撲克臉策略似乎相當奏效。在我惶恐地抱著飛機還有遙控器跟工具箱來到校舍後面，看到的是他沒有受到任何責備地張羅好了飛機用的起降跑道。

「這邊是起降跑道的進入點。」

拓也說著用他腳上的橡膠鞋底在柏油路上劃了一條線告訴我位置。我於是將飛機放到了該處，再度點火溫熱機身裡的引擎。紅藍兩色漸層的透明火焰在空氣中噴射。偶爾空氣中飄來油料燃燒的汽油味，我心中滿溢著緊張的情緒，因此無法加以應對。

目前的動作已經十分醒目，圍觀的人群慢慢地聚集了起來。其中亦不乏老師的身影。因爲我們態度十分從容，所以老師似乎沒有發覺這是未經許可擅自舉辦的活動。不對，也許他們只是裝作不知道而已。

「喂，你們這是火箭嗎？」

人群中傳來了認識的同學問話。

「不是啦，是飛機。」

「可是這架飛機沒有翅膀呀！」

「有啦，這個就是。」

「那能飛嗎？該不會只是插花搞笑吧？」

「你少廢話，安靜地看著吧！拓也，我們提早讓它起飛。」

我耐不住現場的壓力，對拓也提出了這樣的意見。

「嗯，也好。說開始就開始吧。」

拓也張開手，示意讓圍觀的群衆退開。我則拾起了置於地上的遙控器，拉開收納起來的天線。操縱桿輕輕地滑動，機體內部順勢發出了零件傳動的聲音。副翼與升降舵像是飛機的伸展操一般開始活動。僅僅是這種起飛前的準備，圍觀的群眾便發出了一陣輕微的騷動。

我深呼吸。

「要起飛囉！」

「飛吧！」

我將遙控器上的滑桿往前推。飛機尾部的噴射引擎踹開了身後什麼也沒有的空間，在反作用力之下筆直衝了出去。

金屬質感的尖銳聲響撼動了鼓膜。刻意輕化的機身對柏油路上的細微起伏產生了反應，機身在衝刺之中小幅度地不斷震盪。我儘管感受到自己心中的不安情緒，但我仍然清楚地知道手中的滑桿不能有任何的鬆動，右手的大拇指僵硬地將其固定。

瞬間，飛機的機身彷彿在空氣的彈力之下微幅地躍起，輕輕地飄了起來。每次看著飛機離陸的瞬間，我總有自己的心臟被往上拋了出去的錯覺。

飛機升空了。

噴射引擎帶動的速度跟我過去操控的螺旋槳飛機截然不同。那是疾馳的高速。我讓飛機騰空做出了迴旋，回頭往我們的方向飛了過來。噴射引擎驅動的飛機反應比我想像中來得敏感，在它迴旋的時候著實讓我的神經抽動了一下。

每當我操控飛機飛行時的緊張感此刻又從我的背脊中竄了上來。它麻痺了我全身上下的每一吋細胞。

我讓它橫過了校舍上方，在空中做出了三次大幅度迴旋。

直至此刻，圍觀群眾的喧囂才終於傳入了我的耳中我瞥過視線瞄了一下身旁的人群，發現他們全都露出了呆滯的表情抬頭望向天空。這是個非常奇特的景觀。校舍的二樓跟三樓也探出了許多注意到這架噴射機的人群。圍觀的人數出奇的多。

我想在更近的距離之下觀看這架噴射機飛翔的模樣，於是我讓它在幾乎與地面接觸的高度之下貼地飛行。飛機瞬間劃過了我的面前，只留下引擎的咆哮在多普勒效應的影響之下變得沉重。

沒錯，就是這種感覺。

這種感覺該如何加以形容？一旁圍觀的群衆能夠理解我心中的感受嗎？

我覺得此時此刻的這個空間中，有兩個我存在。

現在，藤澤浩紀這個人既是起降跑道前拿著飛機遙控器的男生，也是那架劃破了空氣，遨翔於天空之中的噴射機。我不是在遙控，我是我，同時也化成了天空中的飛機。現在的我，在這個短暫的時刻同時包含了兩種不同的可能性；其中一半是天空中飛馳的生物，另一半則是雙腳踏在地上的另一種生物。我抬頭望著飛在天空中的我，同時也在空中低頭俯瞰著雙腳緊貼於地面的另一個自己。這是一種心怡神悅的意識分裂，多種不同的自我油然而生。我將此刻自己的心情傳達給另一個自己，同時也接受另一個自己回傳過來的情緒。這眞的是一種很奇妙的體驗。我並非將自己寄託在遨翔天際的飛機上，也不是與飛機融爲一體，我只能用「自己體內的一部份可能性在此刻飛離了我的身體」加以形容。

空中與地上的我，同時呈現兩種不同的酣醉。

「喂，你發什麼呆呀？」拓也的聲音傳入了我的耳中。「該換手了吧？」

我讓飛機穩定飛行，示意要拓也接過遙控器。

要讓遙控器在飛機飛行中換手必須要有一點訣竅。我用手指固定著兩支滑桿的傾斜角度，維持著這個姿勢將遙控器遞給拓也，讓拓也的手指壓在我的手上。然後我再讓手指頭逐一抽離開來。以上這些動作必須在短暫的時間內完成。由於我們預先練習過了好幾次，所以在遙控器易手的過程中非常順利。

當我從遙控器抽手之後，我的心緒出現了短暫的恍惚。

抽手之後，我終於可以冷靜地以旁觀者的眼光觀看這架噴射機。它劃破天空的速度，有著與螺旋槳飛機截然不同的銳利感。這是一種足以讓身上的每一吋細胞覺醒的戰慄感受。細長如火箭般的機體在風中撕開了一條逆向的航道。我感受到噴射機外圈的環狀機翼削過了一層空氣外皮，同時深入了我的心臟。那是一種身心坦露在外的感動，全身的細胞為之振奮。

我不禁仰頭伸展著身體，任由高亢情緒的驅使而揚起了一陣咆哮。

我的嘶吼溶進了噴射引擎中的金屬質音爆，轉瞬間邊消失在空氣中。高分貝的引擎脈衝不知不覺引來了許多人從窗戶裡探出頭來，四周傳來輕輕的掌聲。

我又從拓也手中接過了遙控器。此刻我的肌肉一陣緊繃，被滑桿吸附的手指再度渲染了我的意識。

我暢快地在風中高速穿梭。

終於，某種異樣的感受在我的心頭浮現。那是一種彷彿預知自己將要感冒一般，根本也找不出身體哪兒不舒服的違和感。

一會兒之後，我們才察覺到機體的反應早已變得遲鈍。

「喂，浩紀，你不覺得怪怪的嗎？」

拓也開口說話之後，引擎旋即發出了不諧和的哀鳴。

「糟糕！」

我們試圖讓飛機掉頭緊急迫降，然而這個動作已經太遲了。引擎在半空中停止運轉，飛機在兩棟校舍夾道的空間中滑翔，然後消失在校舍的那頭。

視線的彼方傳來「鏘」地巨響。

「掉到體育館去了！」

我跟拓也驚叫出聲，同時拔腿便朝著體育館奔去。我們飛也似地繞過了校舍來到了操場這頭，眼前就是我們的目的地。我們直覺那架失控的噴射機會撞上體育館的牆壁或窗戶，兩人的視線於是掃過體育館的正面。飛機不在這裡。

遠處傳來了叫喚。我們回過頭，看到校舍三樓的窗戶裡幾個人探出了頭，他們齊手指著體育館的屋頂。

「在上面嗎？」

我於是又朝向校舍奔去，拓也則跟在我的身後。我們趕到了樓梯口，一步三階地飛奔上了三樓，然後衝進了一旁的教室。那恰巧是沒人使用的教室。這是一所位在人口疏落區域的鄉下學校，教室沒人使用的情況相當普遍。

我們衝到窗前，兩人同時探出頭來。

這棟有著銀絲捲外型的體育館上方，我們的飛機就掛在它的屋簷外緣。藍色的飛機跟體育館的水色鐵皮屋頂出奇地相襯。彷彿我們的飛機迫降在一片大範圍的划水道上，正一路地向下滑行。結構脆弱的機首整個撞爛掉了，似乎就是因爲這個部分勾住了屋頂，才得以避免整架飛機摔到地上。

「啊啊啊啊！」

我跟拓也看到眼前這個景象同時揚起了一陣丟臉的哀號。接著幾秒鐘的空白裡，我們就這麼呆望著那架墜毀的飛機。

一會兒之後，一股夾帶著輕鬆與滑稽的心緒湧上了我的心頭。

這種不知爲何而來的笑意搔弄著我的腹部。面對自己莫名的反應，我努力地繃緊了面部的肌肉試圖壓抑。然後我不禁瞥過頭，看到一旁的拓也表情竟然也跟我一樣扭曲。

我們同時從喉嚨裡嗆出了氣聲。

在彼此分別顫抖著身子持續了一陣細碎的偷笑之後，我們終於耐不住性子放聲大笑了起來。我們笑得幾近瘋狂。儘管明知眼前這個狀況不是該笑的時候，我們卻無法壓抑自己心中這股奇怪的情緒。

我跟拓也紛紛靠在鋁窗窗邊還有桌子前，屈著身子笑到喘不過氣來。

「唉……」

拓也笑累了之後發出了嘆息，然後他開口說道：

「我們眞是默契十足的搭檔呢！」

那是我人生中截至今日的三十一個年頭裡最讓人感到親密，同時也最能溫暖心靈的一句話了。

之後我跟拓也一起被叫到了教師辦公室狠狠地讓人訓了一頓。站在我們面前的老師嚴正地告誡我們不要再做這種危險的舉動。這天深夜，我們兩人偷偷地潛入了學校，那時天空下著雨，我們趁飛機沒被大人拿走之前將它取回。

5

每當我回憶起佐由理，腦中總有幾個必然伴隨著她同時出現的場面。其中之一便是以南蓬田車站爲背景，我巧遇了這個少女的往事。

南蓬田車站是距離我們國中最近的車站。它在津輕線鐵路中算是較大的一站。然而，車站裡不過也就只有兩個月台，而剪票口也只有回程月台前的一列。如果想要搭乘去程的列車，那麼非得從橫在兩座月台上方的鐵皮便橋走過去不可。

車站裡月台上旅客面前的景色，盡是一片稻田、雜木林，還有民宅稀疏點綴的田園風光。總之，這條鐵路線普遍存在於國內各鄉下，是永遠處於虧損狀態的那種路線。剪票口前設置了一間木造的候車室，室內冬天總會點著裝有燃料的電暖爐。若要說這樣的光景就是雪國的特色，那應該沒有人會反對吧。

像我們這樣的國中生除了騎腳踏車之外，幾乎都是利用這條鐵路線當作上下課時的交通工具。雖說是多數學生利用的鐵路，不過這畢竟是一間鄉下的學校，所以人數之少也許不難想像。我跟拓也每天都得花上四十分鐘的時間搭乘電車通學，而佐由理也是一樣。

我記得那是在國中二年級的尾聲，大約是遙控噴射機事件過後一年半左右的事。我不記得正確的日期，不過應該是在學期結束前兩天吧。

我們學校的學生將把三點半駛進車站的電車稱爲「放學電車」，五點半的電車稱爲「社團活動電車」。我跟拓也每天搭乘社團活動電車回家。拓也是競速滑冰社，而我是弓道社。我們每天都熱衷於社團活動。

每當電車進站的時刻，我跟拓也總是站在同樣的位置等著對方一起從同一扇車門上車，然後占據那個永遠屬於我們的位子。無論天氣多麼寒冷，我們從來不曾躲到候車室，始終遵循著我們之間這項不成文的約定。

因爲只要站在月台上，即便是在車站外頭還是可以看到對方的身影。

那天傍晚，我一如往常地站在去程列車的月台上等著電車，還有結束社團活動的拓也。那是個晴天，我穿著短袖夾克抬頭望著天空，注視著夕陽濃烈的橙紅色一點一點蝕去藍天白雲的光景。我呼出來的氣體遇冷而化成了一團白色的水汽，在眼前擴散開來之後被風吹散。

幾位女生嘻笑打鬧著一起通過了剪票口，我聞聲朝她們望去。

我之所以會產生這樣的反應，是因為佐由理的聲音。佐由理的身影抓住了我的視線，然而我又在瞬間連忙移開了眼睛，只用眼角的餘光追逐著這個女生。

「還有幾分鐘？」

「還來得及啦。」

我似乎隱隱約約地聽到了佐由理與朋友之間的對話。畢竟這條鐵路的班次非常稀少，要是錯過的話，那可得再等上好一陣子了。

那時的佐由理綁著兩條麻花辮，儘管風格樸素，卻很適合她當時的模樣。那天她身著一襲連帽風衣，圍著圍巾，笑容滿面地跟朋友談笑著。

我之所以會記得這樣的畫面，那是因為這樣的景象在我的記憶中並不多見。

她們通過了剪票口，確認過列車還沒有進站便隨即躲進了月台旁的候車室。在她們離去之後，我緊繃的意識才得以鬆一口氣，緩和了下來。

彷彿鐵皮便橋淨空之後下一個人才得以通行一般，橋上又響起了一陣皮鞋踩在鐵質地板上的規律腳步。是拓也來了。他將兩罐自動販賣機買來的咖啡拿在手上。那兩罐咖啡偶爾也讓他覺得燙手而在手掌與指尖中轉來轉去。他下了便橋來到了月台的同時，旋即將右手上的那罐咖啡拋給了我。熱騰騰的咖啡落到我凍僵的雙手中，我險些因為耐不住高溫而鬆手。我跟拓也前一天打了賭，這罐咖啡便是我從拓也那邊贏來的獎品。

拓也喝了一口咖啡，視線毫無意識地停留在對面的月台，並開口對我說道：

「浩紀，工廠那邊你下一次預定什麼時候去？」

「嗯，對喔……」

這個時期的我們都瞞著學校偷偷打工。

「社團活動到明天為止嘛，所以大概後天吧。你呢？」

「我們滑冰社明天的晨間練習也是最後一天。那就後天吧。」

「好啊。」

這所我們就讀的國中，基本上大家上了三年級之後就會退出社團活動。原因當然是為了專心唸書考高中。不過我跟拓也還是趁著空閒時間在外面打工。平日在學期中都只有週末才能過去，不過後天開始就放寒假了，可以全心投入工作。

我們針對隱瞞打工的矇混方法演練了幾套說詞，然後便靜靜地等待列車進站。我們兩人基本上都不是多話的個性，所以常常會有這種靜默的時刻。

聽到列車進站的鈴聲響起，我稍稍前傾過了上半身，探頭遙望筆直的鐵路那端，等待小小的列車車燈浮現。車頭隨著距離拉近變得越來越清晰，鈍重的車身緩緩滑進了車站。一陣金屬的摩擦聲中列車停了下來，我透過車廂兩側的玻璃看到對面月台剪票口處，佐由理跟她的同學們慌慌張張地跑上便橋的模樣。我的注意力下意識地凝聚在她們上下便橋時踩踏鐵皮所發出的急促腳步聲。

直到拓也將咖啡空罐投入了垃圾桶中發出鏗咚的聲音，我才察覺到自己手中的咖啡只喝了一半。我連忙將其飲盡，隔著一段距離將空罐拋向垃圾桶。罐子碰到桶緣差點就彈出來，還好最後順利地掉進了垃圾桶內。

我回過頭。佐由理跟同學們以朋友間親密的小動作嘻笑打鬧著，從我的視線外緣走進車廂。

「我們上車吧。」

聽到拓也的催促，我慌忙地追在他的身後朝著車門走去。

就在進門之前，我不經意地抬頭看了看此刻已經是整片橙紅色的天空。

車窗外頭，那座高塔在形狀纖細的雲層包圍之下，依舊出現在北方的天空之中。它就像是刺穿了整個大氣層一般，暈染上了夕陽的餘暉，聳立在遠方民宅聚集的瓦礫片上方。也許就是這種只能遠觀卻無法觸及的東西才會讓我深深著迷吧。

我跟拓也依舊占據了車廂中兩張對坐的雙人座椅，兩個人四隻腳非常沒有坐相地翹在對面的椅子上。我們用一成不變的坐姿，坐在每天固定的這個位子上。拓也翻閱起了麥金塔的主題電腦雜誌，而我則攤開一本比起大都市總會晚一天才到貨的 JUMP 漫畫週刊消磨乘車的時間。

我們在車上多半不會交談。這種靜默的空氣總是非常自然地圍繞在我們的身邊。我知道很多人的嘴巴連一刻都安靜不下來，不過我卻無法理解他們到底爲什麼感到不安，非得開口說話不可。我跟拓也之間這種靜謐氣氛反而讓會帶給我一種安定的閒適心情。除此之外，電車奔馳的規律震盪，以及周圍乘客的對話也是讓我感到愉悅的要素之一。窗外的景色逐漸變得朦朧，在整片寂寥的夜色籠罩之下，疏落民宅點綴的田園風光逐漸消失，此時鑲在車廂窗框裡的玻璃就好像一面鏡子，模糊地照出了我的模樣。透過這片玻璃，我彷彿能夠清楚地感受到自己所處的這個時空。這種感受讓我有一種難以言喻的親密感，我覺得自己被仔細地呵護著。

這天，一股不安的情緒悄悄地湧上我的心頭。我全身上下的每一吋肌膚爲此緊繃了起來。起初我完全無法理解這種感受究竟從何而來。然而，這股不安的情緒一下子化成了聲波傳入了我的腦中。

那是佐由理的聲音，她的聲音混在那群女生的對話之中傳入了我的耳裡。佐由理之外的其他女生，她們的聲音都夾雜在其他各種雜音之中變得模糊，只有佐由理所說的話，以非常清晰的波形傳入了我的耳裡。她的聲音穿過了車廂內所有的雜音深入我的腦中，我不知所措起來，一種叫人不禁瑟縮起身子的不安同時包覆了我全身。

我試圖假裝平靜，刻意將自己的意識放在窗外的夜色之中。窗框內的玻璃映出了拓也的臉。他的視線依舊停留在雜誌上，只是此刻的我卻也可以從他身上讀出他心中鮮少出現的緊張情緒。

忽然間，我彷彿知道此時的拓也耳中也只有佐由理的聲音。

這是一種幾近篤定的直覺。我的胸口瞬間湧上一股深刻的苦楚，肺部因而急遽地一陣收縮，兩頰的肌肉隨即緊緊地扯住了上下兩側的顎根。

那是一種不言而喻的挫敗感。因爲我的對手拓也，是個非常聰明的男生。而我，是那個被女生們放在拓也旁邊比較之後絕對不會考慮的對象。

除此之外，其他的原因當然更是不勝枚舉。

6

翌日，毫無意義卻漫長地令人感到厭煩的結業式終於落幕。我換上了運動夾克朝弓道場走去。雖然社團活動到今天早上的晨練就已經結束了，不過我卻想再多拉幾下弓箭。

射箭這項運動反映了我的個性。

同樣的空間裡只有我跟箭靶，我讓自己的意識筆直朝向靶心飛去。在這樣的意念之下，我跟靶心之間便會閃過一道銳利的直線。

每當這個時候，周圍的景物跟雜音會完全消失，我將得以進入一種渾然忘我的世界。這種心境每每讓我產生一種錯覺，覺得自己跟箭靶合而為一，甚至我成了箭靶，箭靶成了我。這個瞬間，我於是成了箭靶狙擊的目標。

我在這一刻獲得了無比澄澈的心境。

遠方一陣乾澀的聲音響起，提醒我對面的靶心已被箭矢貫穿。

當然，不是任何時候都可以這麼順利。我心中偶爾也有無法除去的雜念，使得箭矢偏離的狀況。這種時候射出去的箭當然無法漂亮地擊中靶心。

尤其是最近這一陣子。我完全沒辦法集中精神。雜亂的思緒在我的腦中不斷瘋狂地亂竄。只是身體還是記住了射箭的技巧，飛出去的箭矢並沒有偏離靶心太遠。唯一的差別只是那種澄澈的心境不會出現罷了。

我消耗了所有的集中力，正打算退出射擊線而轉身，就在這個時候，我透過弓道場的窗戶看到了拓也探頭窺伺著練習場。

「我來見習。你現在要射箭嗎？」

「不……剛剛好要休息。今天狀況不好。」

我們趕在福利社關門前買了三角包裝的咖啡牛奶，走到操場邊的飲水區旁坐了下來。

「明明我們就要退出社團活動了，結果你今天還去練習呀？真是投入。」拓也一手用吸管戳破了三角包裝的牛奶同時開口說道。

「沒什麼投入不投入的。你呢？」

「我怎麼樣？」

「今天早上的社團活動畢竟是最後的晨練，應該發生了不少事情吧？沒有什麼特別的聚會或是歡送之類的活動嗎？」

「喔，有啊。」他接著開口說出令人感到震撼的內容。「活動結束後，有女生爲了當作退出社團活動的紀念而跟我告白了。」

「什麼！又來了呀！」

「嗯。」

拓也用他平淡的口吻繼續講述當時發生的事情。在晨練結束之後，他被三個平常便十分要好的女生叫住，一位姓松浦的學妹遞上了一封信，之後又說了很多怎麼樣怎麼樣的話……當然拓也不是會把這種事情隨便跟其他人講的人。他會提起這種事，就只有跟我兩個人在一起的時候而已。說這種話的拓也從來不曾帶著什麼驕傲自滿的表情，因爲這種事情對他來說並非什麼值得驕傲的事。

我嘆了一口氣然後開口說道：

「眞叫人羨慕。你這是第幾次啦？」

「也沒有幾次吧！四月到現在也不過第二個人而已。」

「夠多了啦。」

「喔，也許是吧。」

拓也把手伸進他的褲子口袋摸了摸，然後取出一只打火機。我知道他菸癮又犯了想點菸，什麼話也沒說便直接踹了他的鞋子。我的舉動讓他想起自己身在學校，於是將掏著香菸的另一隻手什麼也沒拿便抽出了口袋。

「然後呢？」我問。

「什麼？」

「你這次也回絕了那個女生嗎？」

「嗯。」

我將空牛奶包用吸管吹氣灌得鼓鼓的。

「眞是暴殄天物呢！那個叫松浦的女生是一年二班的松浦吧？她長得很可愛呀……眞是太可惜了。」

儘管我當時是直覺式地將這句話脫口而出，不過事後回想起來，我也許在無意識之間想藉著這句話試探拓也的想法。

「你這傢伙眞的這麼想嗎？」

他劈頭便接過了這麼一句話，讓我的心臟瞬間抽了一下。

「是啊。她很受歡迎呢！而你就這麼把她甩了，一般人都會覺得沒道理吧？」

「我才不管一般人怎麼想呢！」

他將打火機放在手中「喀嚓、喀嚓」地玩起了滾輪打火石。

「既然你這麼說，那要不要乾脆讓你跟她交往呢？」

他唐突地冒出這麼一句話。

「什麼？你這個結論怎麼來的？」

「如果換成是你，你會跟她交往嗎？」

經拓也這麼一問，我沉默了。

「松浦可奈呀，她確實是很可愛，也是個很乖的女生。這點我當然知道，我也有同感。不過光只有這樣的觀感沒辦法構成交往的條件吧！」

「嗯……」

「男女之間交往的眞正要素，我覺得應該落在更重要的環節上，跟暴殄天物或是可惜之類的想法一點關係也沒有。你也這麼想吧，浩紀？」

「……嗯，確實是如此。」

我回答時稍微壓低了音量。他的見解非常有道理，而我卻只能說出人云亦云的廉價觀感。

「所以說呀，」他窺伺著我的表情開口說道：「乾脆你去跟松浦交往算了。」

「不不不，我早說過這種結論有問題嘛！」

「這麼說松浦也不是你願意交往的對象囉？那誰才合你的意呢？」

在拓也問話的瞬間，我的腦中浮現出了佐由理的臉龐。我旋即拋開了這個意識，但是依舊支支吾吾無法作答。

「嗯……那個……」

「到底怎麼樣？快說！」

此時的拓也臉上浮現出了帶著一臉惡意的笑容。看到他這副表情於是我明白了，這是他對我方才出言試探他的反擊。我胡亂搪塞了過去，然後刻意地說出了違背實情的答案。

「唉呀，那個……其實松浦也不是不行啦！畢竟她長得可愛呀……嗯，不過話說回來，我又不知道要怎麼做才能跟她交往。所以呀，該怎麼說呢……我可以接受松浦呀。」

拓也一臉得意地哼了一聲，繼續把玩著他手上的打火機。他面對我絲毫沒有條理的說話方式仔細地玩味了一番之後轉頭面向我，在我耳邊低聲說道：

「我說啊，被告白的人不是你吧？」

「不是你這麼問我的嗎？」

「哈哈哈！要你裝出這種來者不拒的態度簡直比登天還難呢！哈哈！」

面對惱羞成怒的我，一旁的拓也依舊維持著他那張詭異的表情大笑了好一陣子。

這種愚蠢的對話在我們日常相處的過程中其實是常常出現的，所以這個話題沒多久也就輕鬆帶過了。不過事後回想起來，我們當時的對話內容其實非常危險。

拓也相當受到同學的愛戴，個性也非常穩重，帶有一種吸引人的氣質。一般來說這種人其實身邊都沒有什麼需要煩惱的事情，問題是拓也是個好人，是個爲人處事可靠，個性一本正經的傢伙。在我的觀念裡面，認眞的思考模式對於一個人來說其實非常重要，也非常難得。

這樣的拓也，他的目光總是被佐由理吸引。爲人正經的他，總是以坦蕩蕩的方式表現自己對佐由理的感情。他跟我不一樣，不會像我閃爍其詞，故意裝作自己對佐由理沒有興趣而含糊帶過這類的談話。

他這種爲人處事的方式讓我眞的非常欣賞他。他是我不可或缺的摯友。

我是個對待別人一律都很和善的人，因此無論跟誰的關係都相當和睦。在班上或其他場合我都有許多玩伴，我常常會跟這些朋友廝混一整天。不過跟拓也相處的時間卻跟那種平凡的友誼不同，是十分特別的關係。

我不想傷害我跟拓也之間這種特別的情誼。這種心情比起我被佐由理吸引的感情要來得強烈——至少現在這個時刻是如此。

我覺得在我心中的這把量尺，似乎有一天會給我截然不同的答案。我對此感到恐懼，害怕得不能自己。

除此之外，拓也是個十分敏感的人。他一定也已經察覺到我被佐由理吸引的事情了。早在這個時候，我們兩人之間的深刻情誼已經萌生了某種微妙的緊張關係。

*

我跟拓也第一次邂逅這名叫作澤渡佐由理的女生是在國二的那年。

不對，正確來說，在這間小規模的學校之中，我們不可能到二年級才知道有這樣的一個女生。只是我們之間沒有交集罷了。在我們升了二年級之前，這位女生對我們來說連名字和長相都對不起來，只是個同年級的女生，根本不能說是認識。畢竟要跟別班的女生成爲朋友，唯一的機會就是社團活動。不過佐由理參加的是音樂社。

當我們上了二年級，整個學年重新編班。我跟有幾個一起嘻笑打鬧的朋友都分到了別的班級去，這讓我非常失望。不過值得慶幸的是，我跟拓也在二年級依舊是同班同學。就在新學期的學年編班表前，我跟拓也面對面地示以微笑，像是擂臺上鐘響後的拳擊手彼此輕觸了對方的拳頭。

我跟拓也的新班級中，也見到了佐由理的身影。

她是個非常美麗的女生。然而在男生之間卻從來沒有聽過澤渡很可愛、是個美女等等這類讚許她容貌的傳言。

該怎麼說呢？佐由理的美是一種內斂的氣質。就好像帶著耳機的人，美麗的音樂只會飄盪在他的心中，不會擴散到外面的世界。佐由理的美就是這種典型。所以如果沒有帶著深刻的意識仔細地觀察她，並不會察覺到她身上那種耀眼的特質。佐由理這種特質，跟無論做什麼都自然地散發出一股迷人風采而受到矚目的拓也比起來，恰好成爲一種極端的對比。

就在我察覺到佐由理這種內斂氣質的當下，讓我有一種非常不可思議的感受。爲何所有人都沒有注意到這個女生出衆迷人的風采呢？每天都會看到這位如夢似幻一般的女孩子，卻沒有引起衆人些許的騷動？

不過說歸說，儘管佐由理的氣質讓我十分驚豔，我卻也不是在看到她的第一時間就察覺到她這般吸引人的特質。佐由理給我的這種印象，是在某個機緣之下，我們之間的關係變得親密使然。

二年級的現代國文教科書中收錄了幾首宮澤賢治的詩歌。在我們班上負責任教這門科目的老師姓吉鶴。這個人每當開始上課的時候彷彿當下就換了一張臉似的，不但在態度方面一下子變得積極，就連嗓門跟說話的速度都會馬上展現出非凡的魄力。

就這位老師的觀點而言，宮澤賢治是一位非常偉大的詩人，他還說既然我們懂日語就應該要熟讀宮澤賢治的所有詩歌。他任教的明明是一所國中，卻影印了不知道哪一所大學的論文期刊發給學生，要我們去唸。他還要我們做大學的報告，學期末更要我們以團體研究的方式提出報告。

結果那份報告是我跟拓也還有佐由理三個人一起做的。

會出現這樣的組合完全出於偶然。我跟拓也本來是打算兩個人一起做的，不過剛好分組的那天佐由理請假，而我們這組又是班上人數最少的組別，於是佐由理便半強制性地被分配到了我們這組來。

「那傢伙是因為年輕時的文學志向未達成才會變成這樣吧？」

拓也坐在圖書館裡的書桌前單手撐著下巴開口說道。他口中的「那傢伙」指的便是我們的現代國文老師——吉鶴。

「是啊，真是夠了。這東西怎麼會是國中學生該做的習題啦！」

我跟拓也一鼻孔出氣，兩人不滿地抱怨著。

佐由理看著我們笑了出來，然後開口說道：

「宮澤賢治可是擁有很多熱衷的詩迷呢！好多人對他的作品喜歡得不得了。雖然吉鶴老師不知道，不過聽說文學社有不少人就是單純爲了研讀宮澤賢治的詩歌而入社的。」

「眞的假的……」

我聽著佐由理的聲音，心中不禁泛起了悸動的漣漪。

她單獨跟我們兩個男生在一起，卻完全沒有任何不悅的神情，或者是害臊的態度。這讓我感到十分意外。我一直認爲女生身旁要是沒有時時刻刻跟著一個同性的朋友，她們就會覺得不安。然而佐由理卻似乎是個完全不怕生的女生（至少現在的她看起來是這樣）。面對我們語帶抱怨的言論，她可以如此從容地地插話進來，這舉動也讓感到我有些訝異。

「不過你們說歸說，其實都還滿喜歡吉鶴老師的吧？」

聽到佐由理如此唐突的詰問，我跟拓也不禁彼此互看了一眼，然後轉頭盯著她。我是不知道拓也怎麼想，不過佐由理這番話其實完全說中了我的想法。

「爲什麼妳會這麼想？」拓也問道。

「因爲我覺得你們跟吉鶴老師應該是同一種人吧！你們都擁有讓你們全心投入的事物，總是隨時都會沉醉在那些事物之中。我覺得你們在這方面很像，應該會有親切感吧？」

「嗯……」

我無法作答。佐由理提出的觀點相當敏銳且切中核心。

「澤渡以前就對我有相當的了解嗎？」

「嗯。」

「爲什麼？」

「就是你們去年做的那個東西嘛！嗯，那個……」

佐由理攤開了右手手掌，掌心左右微幅擺動地緩緩劃過了我們眼前。

「……是文化祭呀。」我終於理解佐由理的這個觀點從何而來了。

「嗯，很棒呢！那東西是你們兩個人做的吧？」

「是啊。」我愉悅地點點頭。

「今年不做了嗎？」

「今年不做。」拓也說：「一方面同樣的東西做多了沒什麼意義，再加上我們已經開始著手製作別的東西了。光是那東西已經讓我們忙得不可開交了。」

「別的東西？那是什麼？」

「秘密。」我答了腔。

「是秘密呀……」佐由理嘟起了嘴，然後又開口對我們提出質問。「男生之間的友情是什麼樣的東西呢？」

「什麼？」

（這女生沒頭沒腦地問這是什麼問題呀？）

我帶著驚訝的反應回給佐由理一個反詰的意念。

「因爲你們兩人非常要好嘛！我總是看到你們在一起。像你們這樣的友誼到底是什麼感覺，這讓我覺得好奇。」

「這個問題我們也不知道該怎麼回答，而且我們也不是任何時候都在一起呀！」拓也答道：「浩紀有浩紀的朋友，我也有我的朋友。再說，朋友之間相處的感覺，是男生是女生應該沒什麼不一樣吧！」

「是嗎？」佐由理的聲音變得有些低沉。「我覺得不一樣呢！」

她如是說著，卻又沒有表現出追問的意思。

「嗯。」我沒有特別意念，只是作聲予以回應。

說實話，這個時候我心裡有點覺得佐由理打擾了我跟拓也相處的時間。雖然她並非真的不懂禮貌，不過她口中有些思慮不周的提問讓我感受到了些許的危機感。

說得坦白一點，只有我跟拓也在一起的場合會比現在來得輕鬆許多。然而佐由理的介入卻好像有些什麼東西不對勁了一般。我覺得我跟拓也是一對無懈可擊的搭檔，在我們這對搭檔之中卻混入了一種不屬於這份情誼的東西，也就是這個女生。我覺得她的出現，讓我跟拓也這對完美的搭檔產生了微妙的改變。

現在回想起來——雖然我一直都不是那種感受性特別敏銳的人——當時的預感眞的沒有出錯。

時間來到兩天後的星期天。我們三人結束了早上的社團活動之後來到拓也家，打算繼續完成我們的現代國文報告。拓也是單親家庭，而父親禮拜天都會整天埋頭在主屋隔壁的獨立工作室裡，我們於是得以輕鬆地集會討論作業。

佐由理住在學校附近的中小國車站那邊，離學校很近。她原本提議要我們到她家一起去做報告。不過我跟拓也完全沒有加以思索便回絕掉了。哪有兩個大男生這麼不害臊地跑到女孩子家裡去的？不過話說回來，佐由理卻彷彿反而完全不介意這種事情一般，對於來到沒有大人在的男生家裡絲毫沒有表現出任何抗拒的意思。

「這女生還眞是有夠奇怪……」

我跟拓也事後針對這點稍微探討了一番。對於我們這種正處在思春期的男生而言，這樣的女生眞的是很不可思議。

拓也家跟我們家很像，是一棟和風的古典式建築。我跟佐由理跟著拓也穿過神明廳，來到了隔壁房間。然後拓也賣力地從另一間房裡搬了一張低矮的大桌子進來。我們於是將圖書館借來的資料跟我們筆記攤放在桌上。

佐由理將腿屈到了一邊，以輕盈的動作坐了下來。這麼幾個動作表現出了她已經自然地融入了當下的環境跟氣氛，理所當然地坐在我們的眼前。此時的佐由理看起來非常地放鬆。

下一刻，這個女生忽然將手放到了她的膝上，縮起了肩膀歪著頭開口說道：

「奇怪，我總覺得現在這個場景我好像之前作夢夢到過……」

她說話時顯露出完全沒有防備的態度。

也許就是這種態度撼動了我心中的擺垂。

我的心開始微微地晃動。

她說她喜歡宮澤賢治。這份報告在她的主導之下進行得非常順利。

她的腦袋好得令人咋舌。我跟拓也腦袋方面的構造基本上都是爲了理科而生的，無論是數學或是理化方面我們的成績都相當出色。不過佐由理卻恰巧跟我們相反，她在文科方面展現了長才。那些吉鶴老師發的，完全不是中學生程度可以應付的近代文學論文，佐由理非但可以輕鬆地理解，並且看完之後還能扼要地整理出其中的內容。她這樣的表現讓我們打從心底感到佩服，而報告也幾乎都是依照她的指示完成的。

不過我眞正覺得了不起的是，佐由理談論她喜歡的書時，那種能言善道的表現跟平常的她幾乎判若兩人。她敘述自己對於那些書籍的觀感時，總是讓我感受到滿懷著同情與親切感等等的，那種感同身受的情緒。

「我很了解宮澤賢治喔。」

像她這麼認眞地熟讀宮澤賢治的文章，我想宮澤賢治也會覺得很欣慰吧。

「宮澤賢治呀……」

我將自己對於這種難以理解的文章累積在腦中的無奈情緒連同嘆息一併吐了出來。

「我連自己喜歡誰的文章這種事情都從來沒有想過呢！」

「浩紀跟拓也平常都看些什麼書呢？」

「我都是看些電腦或物理相關的書籍。」拓也說完用他左手的大拇指指著我接著開口說道：「這傢伙都只看漫畫。」

「才沒有只看漫畫呢！」

「那你說說看你最近看了什麼書呀。」

「好啊！」我想了一下然後開口說出了《研磨技術詳解》，然後對於這本不甚稱頭的書感到羞愧。

「那是什麼書呀？」佐由理帶著一臉不可思議的表情問道。

「那是解釋刀刃研磨方法的技術性書籍。」我說：「主要講的是活用車床加工之前的磨床使用技巧，還有刀具、菜刀之類的研磨方式……」

「可以磨菜刀？」佐由理帶著訝異的表情看著我。

「菜刀當然可以磨。這種事情沒什麼好驚訝的，誰都做得到。」

「好像很厲害的樣子，我大概做不來吧。原來男生都看這種書呀！這些知識應該可以在很多地方派上用場吧……」

「錯了，錯了，這傢伙跟一般人不一樣，其他男生不會看這種書的。」拓也半開玩笑地說道：「浩紀其實是個怪傢伙。

「明明你自己的興趣也沒有好到哪裡去！」

佐由理看著我們笑了出聲。她的笑容總是可愛得撩起了我心中的情緒。

「好像很有趣的樣子。我就只看文學方面的書籍，要是這類的書什麼我都會看。」

畢竟佐由理在文學方面眞的有她的長處，她這麼說的話，大概什麼書她都能看得懂吧。

此時，我不禁想到了一個問題於是開口問道：

「佐由理爲什麼會喜歡看書呢？嗯，像我看書只是因爲需要藉助書本解決我在技術方面碰到的問題。那妳呢？」

「你的意思是我看的那些書在實質上並沒有什麼特別的用處是嗎？」

「嗯，差不多吧。」

「爲什麼呢？」佐由理歪著頭。「我喜歡在看書的時候忽然湧上心頭的那種感受。我大概是爲了這種感受而看書的吧……」

「忽然湧上心頭的感受？」

「一種抽離感。」

「……什麼抽離感？」

「嗯，現在我們周圍的一切其實就是我們生活中的全部。我們身處在這樣的現實裡面。」她說：「不過當我在看書的時候，我會覺得自己好像從現實世界消失了，我所處在的世界只剩下我跟書本的內容而已。會有這種感覺的人只有我一個人而已吧？」

「不見得喔。」拓也接過佐由理的話開口說道：「當我爲了什麼事情投注所有的心力時，我也會有這種感覺。」

「是吧！」佐由理說：「不過我覺得你說的跟我的情況好像有點不一樣。我看書的時候，會覺得自己抽離了現實世界，進入到了書本所描繪的內容裡去了。」

「佐由理，妳在看這種書的時候也會有那種感覺嗎？」

我翻閱著《春天與修羅》這本小說，轉身對佐由理開口問道：

「這本書在寫什麼我眞的完全看不懂呢！」

「嗯，會呀。」

「眞的假的？會沉浸在『不挫於狂風，不屈於豪雨』的世界裡面？」

「我並不討厭這樣的內容呀。」佐由理嗤嗤地笑著。隨後她則表現出一副正經的模樣默頌起了一首詩。

「儘管嬰疾而手足萎靡，我仍是那築塔之人。」

「塔？」

「嗯，塔。」她點點頭，然後視線又回落到了手中的詩集上去。「一波波向著名爲『過往』的黑暗中奔流而逝的時間之潮，因群塔燦爛的光輝而永見於世。」

「什麼意思呀？」拓也問道。

「這是一首叫作『儘管嬰疾而手足萎靡』的詩，是宮澤賢治死前的作品。我最喜歡這首詩了。」

「現在妳唸出來的這個部分是什麼意思呢？」

「這個我也不太清楚……不過我覺得他大概是想要傳達自己不會就此消逝的意念吧……」

「聽起來好像是在形容北方的那座高塔一樣。」我不禁將自己的感想脫口而出。

「對呀！那座高塔聳立在那邊好像也有百年以上的歷史了。」

佐由理伸出食指輕觸著斟了麥茶的玻璃杯，讓杯中的茶水微幅擺盪。

「所謂書這種東西，是永遠不會消逝的記憶。」佐由理接著說道：「如果宮澤賢治的書百年之後還有人刊行，而我們也持續地研讀他的作品，再加上吉鶴老師這樣的詩迷，那麼宮澤賢治這個人即使早已不在世上，他今後依舊也會活在人們心裡吧。我想，像我這樣的人一定馬上就會被人們遺忘，再也不會出現在誰的回憶裡面了。雖然現在學校裡有同學和朋友陪伴，每天都過得很快樂，不過一旦畢了業，大家就要分道揚鑣，便再也沒有人會想起我了……」

佐由理這番話讓我感到十分震驚。拓也的表情大概也透露出了他心中同樣的反應。這般嚴肅的話題，加上我們之間不甚親暱的關係，佐由理的言論完全出乎我跟拓也的意料之外。

她方才說話時的語氣並沒有帶著任何悲哀或是寂寞的情緒，只是以非常平淡的口吻訴說這樣的感受。這種態度反而讓我們感受到了佐由理心中那份坦然的想法。

所謂坦率其實是一種非常駭人的表現。帶有玩笑意味或是輕佻的語氣並不會造成聽者的壓迫感。然而，這種率直的言論聽了卻讓人格外覺得坐立難安。

「應該不會這樣吧……」我在這股非得說些什麼來緩和場面的壓力下開口。

「是嗎？不過我覺得會！因爲如果是我，畢業以後一定會在不知不覺之中，慢慢地把這些一起相處過的同學跟朋友都給忘掉的。我知道自己未來會這樣，所以也能夠想像其他人也會把我忘掉。我想這其實是沒辦法的事……」

我試圖不讓自己心中的情緒在外表上顯露出來。不過，此刻的我其實受到了相當大的震撼。原來女生一直都在思考著未來的事情嗎？眞是奇怪的想法。我的腦中永遠都只有現在要做什麼，明天又要做什麼而已。

總而言之，佐由理這樣的言論讓我受到了相當大的衝擊。這讓我覺得，光是佐由理今天給我的感受，我就無法輕易地忘懷。

我想我永遠不會忘記妳的。

這句話在我的腦中盤旋，一直猶豫著該不該在這個時候說出口。不過這種像是八點檔連續劇裡面的台詞，終究還是無法鑽出我的喉嚨。我於是沉默了。

不過事後回想起來，我當時還是該說的吧。

幾天後一次現代國文的課堂上，佐由理被吉鶴老師點名朗誦宮澤賢治的「訣別之朝」。她口中宛若琉璃一般晶瑩剔透的聲音，襯著詩歌裡初雪一般的白皙印象，兩相交織出了一種諧和的韻律。

我在幾年之後我回想起那天的事，這才發覺，也許佐由理當時一直在跟我們求救。她希望我們帶她離開這裡，帶她到某個不屬於這個時空的「約定之地」。我不知道她為何把我們當成求救的對象，不過坦白說，當時能夠帶她離開那個時空的人，大概就只有我跟拓也兩個人而已了。畢竟她是個心思纖細的女生，也許她眞的預知到了這樣的事實也說不定。

然而當時的我們都太過年輕，永遠都只想著自己的事。這就我們當時的年齡來說其實也是沒有辦法的事情。不過我依然會想，要是我們能夠早點察覺到佐由理的聲音，也許日後我們三人之間的關係，就不會是今天這種結局了。

一想到此，我心中便湧出了一股難以承受的哀慟。

*

在操場邊的飲水區揮別了拓也之後，我又回到了弓道場。我還想再多射幾箭。

在四下無人的射擊線上，我拉弓對準了遠方的靶心，集中了精神……

『男女之間的交往，不可能只取決於女生長得可不可愛吧？』

『應該有更重要的因素才對。』

『你覺得誰是你願意交往的對象呢？』

拓也這些令人難以反駁的說詞成爲了我腦中揮之不去的雜念。

我的箭射偏了。這一定是因爲我的個性不夠正直使然。

「澤渡……」

箭矢擊中箭靶悅耳的聲音傳入我的耳裡。然而箭矢的落點卻偏離了靶心。

只有結業式跟班級活動的那天，所有的學生們早早就回家了。下午三點鐘過後的南蓬田車站幾乎看不到人影。

我將手伸進短夾克的口袋，半閒晃地跨過了月台間的便橋。當我差幾步路來到便橋通往月台的樓梯前，剛好從橋上的窗外向下看去，其中的景色讓我不禁佇足停了下來。

月台上有一個女生手拿著書，邊看邊等著列車進站。

是佐由理。

我的神經一下子整個繃了起來。當然不能就這樣一直站在原地不動，於是我邁開腳步往月台走去。不知道什麼原因，我走下便橋的時候刻意地壓低腳步聲。

我想我那個時候一定相當害怕。我跟佐由理之間沒有共通的話題，這麼相處下來，我們之間的氣氛一定會馬上僵住，然後我就會被她當成是個無聊的人看待……種種類似的不安情緒竄過了我的腦中。我是個膽小的男生。

我想除此之外，佐由理這個女生本身就是讓我覺得害怕的原因吧？我覺得她這個人會強行介入我的人生，讓我不得不為她產生改變。每當她一走近，然後對我伸出她那白皙的雙手，我就覺得自己的心靈彷彿像是樂高積木一般在她的掌心裡拆卸重組。不過也許只要拓也也一如往常地待在我們身邊，那麼我們之間也就不會缺乏話題，我也可以輕鬆地叫住佐由理吧……

沒錯，這跟拓也也有關係。在我的心中，存在著少許禮讓拓也的意念……不對，也許這種說法只是個藉口，我根本只是單純地想要避開佐由理也說不定。

我於是就這麼站在離她十五公尺遠的地方，將視線投射到遠處。然而我的腦中還是無法抹去她的身影。佐由理翻書時乾澀的摩擦聲傳入我的耳裡。這聲音讓我不禁朝著她看了一眼。她跟昨天一樣在脖子上圍了一條圍巾，身上套著同一件連帽風衣。冬季午後晴朗的天空中，澄澈的空氣裡時而可以看到她口中呼出的白煙。溫度雖低，但是她看起來並不覺得寒冷。也許此時的佐由理正熱衷於閱讀書本的內容，因而感覺不到寒意也說不定。她的站姿讓我著迷。候車時的月台上總會有許多站著看書的人，但是佐由理沒有像他們一樣低頭駝背，而是挺直了腰桿將書本捧在眼前。她水汪汪的大眼睛裡面有著一雙深邃的瞳孔。那對眼眸偶爾會骨碌碌地靈巧轉動。這不過是一瞬間的小動作，然而她這般細微的舉動也都映入了我的眼底，然後……我察覺到她的目光忽然轉移到了我的身上。

「藤澤。」

佐由理收起了書本，同時面帶微笑地叫出了我的名字。她彷彿詮釋了「毫無芥蒂」這個句子的含義，臉上的笑容瞬間驅散了當場尷尬的氣氛。我感到自己的臉頰泛起了一陣紅潮。我紅著臉，對於迎面而來的微笑感到不知所措。佐由理小跑步地朝我這邊靠了過來，而我也相對地朝她跨了三步左右。下一個瞬間，我跟佐由理之間只剩下五十公分左右的距離，這個距離讓我尷尬得不知如何自處。

「我才正想要叫妳呢！」我一句話試圖矇混過關。「澤渡今天比較晚回家呀？我還以為這班電車只有我一個乘客。」

「嗯，我因為練習所以晚了一點。」

「小提琴嗎？」

「嗯，因為我拉得不好，所以程度比起其他人要落後了許多。」

說完後她帶著不可思議的表情開口問道：

「你今天沒有跟白川在一起嗎？」

「是啊，我也是參加社團活動。」

「你常常一個人射箭嘛！」

「咦？為什麼妳會知道？」

我的心情越來越無法平靜，於是轉身面向了對面月台。

「我常常經過弓道場附近。明明不是社團活動的時間，可是卻可以聽到有人射箭，所以我就繞過去看了。」

「因為我常常靜不下心來。如果有其他的社員在旁邊我總是沒有辦法集中精神，所以我到現在技術還是很糟糕。」

「那跟我一樣呢！」

輕鬆開朗的氛圍從身旁擴散開來。我察覺到列車即將進站，於是別過頭朝著鐵軌的彼方望去。白色的柴油引擎電車在我焦急的視線緊盯之下滑進了月台。我知道佐由理的目光始終落在我的身上。

我跟佐由理從最後一節車廂的車門走上了列車。

佐由理沒有坐下，只是靠在客車跟駕駛艙之間的隔牆上。我站在她的身邊，也跟著一起靠在牆上。

「明天就是暑假了，你打算怎麼過呢？」佐由理開口對我問道。

「我要跟拓也一起去打工。」

「打工？眞好，我也想試試看……家裡怎麼說呢？」

「他們不知道。妳該不會不善於瞞著家人做自己想做的事吧？」

「嗯，也許吧。我會害怕被家人揭穿。你們在哪裡打工呀？」

「在濱名一間接受軍方委託的工廠幫忙組合導彈。」

「眞好……像我的生活中頂多就只有社團活動而已……」

「妳沒打算退出社團活動嗎？」

「嗯，還想再多玩一陣子。」

「這樣啊。」

「嗯。」

我們之間的對話在這裡結束了。

我想也許我該多問些關於她的事情。冷靜想想，其實有很多話題可以聊的，像是今天她在社辦拉的曲子，或是問她喜歡什麼樣的音樂，也可以問些跟她家人有關的事情等等。

不過我卻不知道為什麼沉默了。

在這個靜默的時間裡面，我只是默默地聽著列車行駛在軌道接縫間規律的震盪聲。這綿延不斷的聲響起初只是這段尷尬時刻間的倒數計時，然而聽了一陣子之後我卻覺得那聲音似乎就是我的心跳。

電車搖晃，讓我輕觸到了佐由理的肩膀。

這個瞬間，一種特別的感受湧上了我的心頭。這種感覺可以用「引力」來形容。這種引力似乎就是來自於佐由理，是波濤洶湧的海潮間難以抗拒的漩渦。此刻的我就像是在這個漩渦中無力掙扎的小船，逐漸被這股引力吸入了漩渦中心。我感受到自己心中那個醞釀所有情緒的部分被她強拉了過去，無力掙脫。我彷彿置身百慕達三角洲的中心，或是黑洞的邊緣。

當然，這只是我單方面的感受。不過這種感受太過強烈，強烈到讓我心中產生了劇烈的變化。我覺得直到前一刻為止的自己就好像另一個人。雖然沒有道理，但是我對於佐由理的感情幾乎可以說是恨意。因為我不希望自己身上出現如此劇烈的改變。我希望自己能夠在我的控制之下慢慢地朝著自己喜歡的方向改變，像是慢慢地學會過去不擅長使用的工具，或是慢慢掌握擊中靶心的訣竅。然而，我卻覺得自己此刻彷彿受制在佐由理的控制之下。對此，我咬著牙根拼命忍耐。

就在這個時候，車內響起了列車即將停靠中小國車站的廣播，我心中那份有如置身暴風圈裡的苦楚終於緩和了下來。然而這種引力卻沒有因此消失，依然持續地撥弄著我的心靈。我想這種心情就算有一天可以習慣，卻也永遠不會消失吧。

「我馬上要下車了……」電車開始煞車減速時佐由理開口說道。

我茫然地思索著她語中的含義。是因為跟我單獨搭車沒什麼聊天而感到無聊嗎？我想問，但卻又覺得這麼問很不識趣於是露出了滿臉的疑惑。

就在這個時候，她輕輕地將視線移到我的身上開口說道：

「那個，藤澤……」

「嗯？」

「我昨天，夢到了我們像今天這樣獨處的夢。」

我噤了口氣，然後整個人僵住了。我以為我的心跳會這麼停住不動。這句話到底是什麼意思呢？我不知道，不過至少跟我在一起並非是什麼討人厭的事情吧……也許我還有希望。這種事情不可能不叫我感到高興。我體內的血液一下子全部衝到了腦中。列車停了下來，車門伴隨著沉重的聲音向兩旁退開。她輕盈的身子離開了我們身後的這面牆，躍下了列車站在水泥質地的月台上。我彷彿被牽引住一般，跟著佐由理身後走到車門前。她轉身面向我，面帶微笑地朝我揮了揮手。

「拜拜！新學期見囉！」

「……嗯，再見。」

車門在電影煽情的運鏡節奏中關上，將我跟佐由理以車窗的玻璃隔開。我什麼也沒問，但我覺得她方才說話時的語氣刻意堵住了我問話的空間。儘管覺得可惜，但這也讓我鬆了一口氣。電車緩緩啟動，我跟佐由理所處的空間，就這麼緩緩地任由它們橫向岔開。

我幾乎要貼在車廂內最後一張玻璃上以雙眼追逐著佐由理的身影。她現在正走下月台邊的石階並且跨越鐵軌朝出站口走去。中小國車站在月台間並沒有搭設便橋，乘車的旅客必須直接橫越鐵路在月台間移動。

佐由理沒有直接走向出站口，她看似愉悅地沿著鐵軌朝列車駛離的方向漫步走著。她站上鐵軌，像是走在平衡木上一般開始玩了起來。列車漸漸駛離了模仿著「站在我這邊（註4）」電影中情節的佐由理，而我則透過車窗看著她。她的模樣眞的十分迷人。

當她的身影逐漸遠去之後，我走到她下車的那扇車門前，額頭頂住了玻璃深深地嘆了口氣。那種佇立在暴風雨中的心情依舊纏繞在我的心裡揮之不去。我不禁望向車外，列車前進的方向正好可以看見聳立在蝦夷島上的那座高塔。

高塔的身影在我的心中捲起了另一個漩渦。我的腦中充斥著無法理出頭緒的渾沌，讓我幾度喘不過氣來。我帶著茫然的眼神望向那座高塔卻看到了佐由理的身影跟高塔重合在一起。只存在於我眼中的佐由理，站在朝著高塔延伸出去的鐵軌上停不下腳步地筆直朝著遠方走去。

7

佐由理的身影始終迴盪在我的心中，直到隔天清晨我都爲此而輾轉難眠。

我帶著朦朧而陰鬱的意識從床上爬了起來。此時我的父母都已外出工作，祖父也不知道出門去了哪裡。我在廚房隨意弄了些吃的當作早餐，開著電視半夢半醒地將食物囫圇吞到肚子裡去。

電視裡播放著報導幾天後美國與聯邦國之間政務官會談的相關新聞。會談的焦點大概會落在日本的南北關係上面吧。聯邦國對於美軍增派三澤基地駐軍一事無法釋懷。至於美國則對於聯邦國在蝦夷領地上建造的那座高塔提出勘查要求，希望能夠了解那座高塔的建造用意。

——開什麼玩笑，這種事情怎麼能隨便說公開就公開嘛！

我感到些許的焦躁。雖然對日本來說聯邦國處於敵對立場，不過就只有跟那座高塔有關的事情，我無論如何都想站在聯邦國那邊。

我離開家門，乘著電車來到了津輕濱名車站。我將預先停放在車站外頭腳踏車停車場裡的淑女車牽了出來，騎上了田地中央的小路。越過了兩座橋頭之後這條道路為了繞過一座小山丘而劃出了一道弧線。腳踏車越過了山丘便可以看到蝦夷的工廠。

我一鼓作氣衝進了工廠的土地，隨即繞過了大型卡車可以輕鬆在裡面兜圈子的停車場（其實根本是個雜草叢生的大型庭院罷了），然後在工廠辦公室前停了下來。

我從廠房外頭鐵門拉到頂的一側走進了工廠，看到了廠房工人宮川還有佐藤兩人穿著連身工作服，站在圓形暖爐前面雙手叉在腰上。

「早安！太好了，現在是早茶時間嗎？」

「是啊，坐這邊吧。」宮川先生開口對我說道。

我回話之後正要去拿立在牆邊的折疊椅時，早一步先到工廠的拓也端著裝滿茶具的托盤從茶水間走了出來。

「你太慢了啦，浩紀！」

「不好意思啦。」

拓也將茶杯置在大家面前的老舊桌子上。佐藤先生伸手拿了一塊花林糖（註5）然後帶著愉悅的笑容開口說道：

「浩紀，我聽說了喔！」

「聽說什麼？」

「聽說你們兩個偷了一架海上自衛隊的遙控標靶飛機，火焰槍呀。」宮川先生聽到了這個話題馬上也跟著插了嘴進來。

「才不是呢！」倒完茶後坐到椅子上的我跟拓也異口同聲地駁斥。

「才不是偷來的！那是在天天森撿到的！」

在我說完這句話之後，拓也也跟著接過去解釋。

「那是在訓練中墜毀的，它被棄置在雜木叢裡面，我們只是去把它撿回來而已。」

「其實就是偷來的吧？」佐藤先生出言追擊。「不過這眞是不錯的點子呢！那東西的引擎雖然不是很夠力，應該還是有辦法的。結果最需要花錢的料件你們一毛錢也沒花就弄到手啦？」

「小心不要被抓喔。」宮川先生說：「畢竟最近有不少巡航飛行訓練。雖然這種東西掉一個兩個對他們來說不是什麼大事啦。」

「是啊。公安有事沒事就會到我麼這邊來晃個兩圈呢！要是因爲你們在這間工廠打工而被抓到，那可就不好玩了。」

「會有公安來嗎？」聽了佐藤先生說的話，我於是開口問道：「可是這裡不是美軍委託的工廠嗎？怎麼會被盯上呢？」

「我說你呀！這間工廠接的可是爆破型火器呢！小心防範這類東西不要外流到恐怖分子手裡是很正常的事吧？」

「還有啦，看到社長那張其貌不揚的臉當然要懷疑啦。」佐藤先生接過宮川先生的話壓低了音量說道。

然而，就在我們笑出聲來的瞬間……

「你們在人家背後說什麼閒話！」

辦公室的鋁質門扉推開，岡部社長從裡面走了出來。岡部社長的聲音低沉宏亮且充滿粗獷氣息。他留著小平頭，臉上的鬍子沒刮還叼了根香菸，怎麼看都是壞人相。要不是他穿著工作服，眞的看起來就像是哪裡來的流氓。

「喂，你們說我怎麼樣？」

「糟糕。」佐藤喃喃說道。

此時岡部向我們走了過來，然後跟我們說了不好意思，今天沒有讓我們打工的機會了。

「原本打算要讓你們幫忙處理的料件沒有送到，麻煩你們明天再來吧。我會好好操你們，把材料費給賺回來的。」

「哪有這樣的！」我跟拓也同時叫道。

岡部社長斜眼瞪了我們一下。

「是！」我們於是連忙改口。

「好啦，今天已經沒事了。你們到上面去吧！」社長接著轉頭面對那兩個員工。「你們兩個別偷懶啦！快點工作去！」

我們斜切過蝦夷工廠圍地裡的雜草叢生的院子，穿過怎麼看都覺得那是違建的巨大天線群，然後鑽出了眼前鐵絲網上的破洞。橫越廠房圍地的工廠後頭是要到「上面」去的捷徑。如果要循正常的道路過來，那得要沿著蜿蜒的迂迴路徑走上好一段時間不可。

我們穿過了一小片的墓園，經過一間無人駐守的寺廟，然後來到山裡。沿著沒有鋪設柏油的山路直直往上走，經過這條窒礙難行的土石路與陡峭的坡道，很快就可以到達目的地。

我們之所以會開始打工，是因爲有現實方面的考量。

在蝦夷還稱爲北海道，並且屬於日本領土的時代，聽說曾經有過要在津輕海峽挖掘一條海底隧道串連本州與北海道兩地的計畫。就好像多佛海峽那條狹長的隧道一樣。

這個計畫因爲南北分裂的關係中斷了，不過在這個梯型丘陵的周圍都還留有當時工程遺留下來的多處廢車站還有鐵路。

我們默默地登上這座小丘。隨著呼吸變得急促，口中呼出的白煙也跟著增加，然而我們依舊沒有停下腳步。接著，橫在我們眼前的樹林頓時向兩旁退開，露出了一片寬敞的視野。

我們到了山頂。眼前的景象豁然開展。時值春雪尚未融化的季節，眼前盡是一片白皚皚的模樣。雪國的光景直到地平線的盡頭方才消失，然後隔著一條象徵了地表的弧線與天空相連。

我們總是佇足此地，從這裡眺望北方的天空。那座高塔映入了我們的眼簾，我們總是會用些許的時間凝視那座高塔。

將落在這片雪地的視線稍微往右邊望去，可以看見幾座低矮的建築並排在一起，安靜地座落在該處。就在那座木造車站的旁邊，橫著三列水泥月台還有一座橫跨其中的陸橋。

那是個遭到棄置、從未使用的車站。這棟孤獨地座落在雪地中的建築讓我聯想到了曾經在照片中看過的南極觀測站。這是津輕海底隧道計畫的其中一座車站。計畫在建造的途中便遭到終止。這座車站於是完全被棄置不用，再也沒有人會靠近這裡。

在我們國中一年級的秋天，在這裡開始進行了一項計畫。我們之所以會到蝦夷工廠打工，就是爲了賺取這個計畫所需料件的費用。

我們踏過地上的積雪橫越這片白茫茫的大地。地上的積雪已經比起前一段時間要薄了許多。放眼望去，已經可以看到生鏽的鐵路從雪地中透了出來。

「春雪已經融化不少了，眞希望能早點開始作業。」

「只要不再繼續下雪就好了。」

在我說完之後，拓也便接著答道。這座山在冬天大半都被積雪覆蓋，我們幾乎都沒有辦法上來。除了天氣之外，當然資金方面也是原因之一。

在這座廢棄車站旁，有間列車停靠保養用的車庫。這間車庫看起來像是趕著搭建出來的，應該只是作為臨時停放之用而已。我們以「停機棚」稱之。我們繞到了停機棚的後門，拓也從口袋中取出鑰匙，接著開口說道：

「現在剩下的就是把欠缺的料件補齊，不然我們沒有辦法完成它。儘管引擎已經有了，奈米碳纖維機殼外罩跟啓動器都還有沒弄到手。其中最麻煩的應該是超導馬達吧！然後我們還需要大量的煤油。明天開始打工的話那進度又會落後了……」

「總會有辦法的。再說，我們還有暑假可以做呀！」我說。

「也是啦。」

我們進入了昏暗的停機棚。

這間破舊停機棚內的牆版沒有接合得很好，四處都會從外部透出光線。在這個環境裡的微光之下，停機棚中央那具大型物體的輪廓模糊地浮現在我們的眼前。

拓也走到牆邊，將牆上的總電源開關扳了下來。

「叭」地一聲，位在角落的四具鹵素燈管打下了微微偏藍的白色燈光。眼前這具大型物體方才清晰地顯現出了它的模樣。

這具大型物體之上到處覆蓋著塑膠帆布，下面則露出了鋁質骨幹。

這東西現在只有骨幹而已，不過乍看之下還是可以清楚地辨識出它那身有如大鵬展翅的鳥形外觀。

這是架飛機。

這就是我們製作計畫中的物體。是真的飛機，是這個世界上獨一無二的飛機——薇拉希拉。

這是事後我們為它取的名字，其意為「白色的雙翼」。這架飛機的顏色早在製作之前就已經決定了。如果要問原因，那是因為這架飛機是為了飛往北方那座白色的高塔而去。

沒錯，這架飛機不單單只是為了遨翔天際而生，它有它建造前便決定好的目的地。

就是那座聳立在我們觸手可及的距離之內，而我們卻怎麼樣也到不了的白色巨塔。

我跟拓也說什麼也要親眼看看那個我們從未到過的蝦夷島，還有矗立其中的高塔。

我們抬頭仰望著這架只有骨幹而尚未完成的雙翼，陶醉在彼此心中滿溢的喜悅心情裡面。此刻的我們心中都懷著同一個夢想，夢想著我們一起乘坐在這架飛機複座式的駕駛艙內，然後我們催動油門，任由薇拉希拉帶我們衝破飛行時的G力，遨遊在廣闊無邊的天空之中。

我們打算搭乘這架薇拉希拉飛越國境，前往那座位於北方的高塔。

*

我們決定要著手製作這架飛機是在一年級的遙控噴射機事件之後不久。

「接下來就是實機了。」

這樣的想法早在我們那架遙控噴射機還沒有完工的時候就已經占據了我們的心靈，我們意識到這個計畫勢在必行。

我們將藉助彼此的力量達成過去我們所辦不到的事情；我們能夠觸及的領域將會因為對方而更加開闊。

這種踏實的感受轉化成爲一種愉悅的動力是非常可怕的事情。這種高昂的情緒催促著我們不停地前進。

「做吧！」

「嗯！」

我跟拓也之間確認彼此意向的言詞就這麼兩句。

我們從沒想過也許這個計畫不會成功。其實認眞地回想起來，單憑我們兩個國中生，從蒐集料件到實際製作一架飛機，這眞的是很異想天開的事。

就在我們從體育館的屋簷上取回那架遙控噴射機返家的途中，我們邊走邊牽著兩輛腳踏車。那架飛機綁在腳踏車上，途中我們幾乎沒有任何交談。之所以沉默是因爲沒有多說話的必要。

「我們要飛到哪裡去呢？」

這是我們鮮少交談的靜默中稀奇的幾句對話之一。根據這個提問，飛機的設計方向有了相當大的改變。

「我想飛去某個地方看看。」拓也答道。

「那你跟我一樣。」我說。

對話結束了。我們沒有告訴對方自己想要飛去哪裡，因爲我們早已熟悉彼此的想法，至於彼此心中所想的那個目的地，甚至不需要猜測就已經明白是哪裡。

我們走在一片漆黑的深夜。這時候儘管望向北方的天空也看不到我們想見到的東西。然而，我跟拓也的心中，那座純白色的高塔就像耀眼的太陽一樣，在伸手不見五指的黑暗中發出了長柱狀的強烈光芒。

如果我在當時被問道，爲什麼要去那座高塔，我大概完全無法作答吧。就算現在的我也不見得能夠清楚地解釋當時的想法。

這樣的憧憬跟焦慮，若非每天就在近距離看著那個建築而長大的人也許是無法理解的。

日復一日，十幾年下來都在那座塔聳立的天空下長大的人就是這樣。以距離來說，那座塔跟這個津輕半島之間有三百五十公里遠。所以其實它並非如此貼近我們的生活，不過它對我們來說彷彿就近在眼前一般。不，與其說是近在眼前，倒不如說它正逐漸逼近（不過當我知道這並非錯覺，而是量子物理學中的「宏觀物體的穿遂效應（註6）」則又是日後的事了）。那座高塔就這樣偶爾像是要對我們展現它的美貌一般放大了自己的身影。

那座如此美麗的高塔究竟是為什麼而存在的呢？它究竟聚集了多麼璀璨而美妙的事物呢？我的心中一直存在著這樣的疑問。

如果要到達那座高塔不需要橫越一道海峽，那麼我一定可以更早一步到達那個地方。要是電車可以到就搭電車；如果電車到不了就騎腳踏車；要是再遇上腳踏車也過不去的道路我就徒步。不管要花上多少天，我都會去。

不過眼前的是一片海洋，還有敵國的國界擋在我跟那座高塔之間。

明明如此美麗的地方就在視線所及之處，明明那裡一定有著什麼東西，不過在我的面前卻橫亙著一道無法跨越的障礙。我被隔離了。這種感受彷彿被同伴排拒在外一般難以忍受。

所以我不得不對這個世界提出抗議。

我非得抓住那個東西不可。

國中一年級的冬天，我有個機會可以到拓也的社團參觀他們的練習。他是競速滑冰社。然而這間學校並沒有滑冰場，所以他們社團的社員必須搭乘小巴士到距離學校有一段距離的湖邊，利用凍結的湖面練習滑冰。那個場地幾乎到了半山腰去了。從那個湖畔往山腳下俯瞰，可以看到津輕海峽跟對岸的那座高塔。

我靠在小巴士的車門上看著拓也溜上了湖面。起跑的槍聲作響，拓也用腳上的冰刀蹬了一下湖面，與其說是溜冰，倒不如說是半跑動地開始衝刺。

我察覺到了，拓也的溜冰練習是以筆直賽道上那頭的高塔作爲目標，盯著它而加速。當他來到了一定的高速之後上半身便會大幅度地前傾，儘管如此，他的視線依舊沒有從高塔身上移開。

他進入了彎道，高塔已從他的視線中消失。不過我想他此刻的衝刺一定還是以腦中描繪出來的那座高塔作爲目標而去。

當拓也在環狀賽道上繞行到了四分之三圈時，高塔再度進入了他的視線範圍。此時，我覺得他彷彿拼命地傾出全身所有的力量，將自己所有的一切都寄託到了每一次向後蹬出去的腳尖上。他衝過了終點，帶動全身的高速此刻只剩下慣性而大幅減速。在這個過程中他的視線依舊沒有從高塔上移開。

我察覺到了這樣的拓也，並且爲此而感動得熱淚盈眶。

此刻的我拼命地壓抑心中想要對他大叫的心情。我想告訴他，我也是一樣，我們的想法一模一樣！

我們有著同樣的想法，同樣強烈的執著。能夠找到如此志同道合的伙伴是難以言喻的感動。此時的我一點也不覺得拓也是個外人。他彷彿就是另外一個我。

「絕對要到那裡去。」他換了鞋子回到巴士這裡。我拍了他的背對他說道。

拓也於是驚訝地回過頭瞪大了眼睛盯著我看。他開口說道：

「嗯，絕對要去。」

他說話時臉上的笑容彷彿企圖藏住此時羞怯的心情。

實機製作上的問題大致可以歸爲兩類：

一、是能否弄到料件。
二、起降跑道的籌備。

起初我們打算要把我家中的那間車庫整理出來，一部分一部分去製作需要的料件。在這樣的情形之下，我們該怎麼搬運飛機，還有要在哪裡讓它起飛都成了問題。

我們需要一個既寬廣而直線長度又夠的空間，而且越靠近北海道越好。我們想讓飛機飛行的路線避開民宅與小鎮，筆直朝向津輕海峽飛去。

爲此我們甚至認眞地考慮過要在起飛時占據高速公路，或是變更飛機的設計，製作一台水上滑翔機。至於我們能找到那間廢棄的車站眞的只能用偶然加以形容。

「不能使用廢棄鐵路線的鐵軌嗎？」

提出這個意見的人是拓也。眞是的，他就是有這麼多用不完的點子。

我們爲了能夠找出適合整理成跑道的直線，像是電影中的情節一般沿著一條鐵路的內側漫無目的地一直走下去。那恰好是在冬季的初雪落下之前的事。我們沿著鐵路來到了那座山丘上。

找到廢棄火車站的瞬間我們兩人一起興奮地跳了起來。

我們找到了架設在平緩丘陵地上幾條縱橫交錯而有些生鏽的鐵路、鐵路切換設備、三座島型的月台，還有架設在月台上殘破不堪的陸橋。

這一切的一切都讓我跟拓也興奮不已，彷彿找到了一座秘密基地一般。鄰近的湖泊因爲水量的累積而讓整座車站有大半的面積都泡在水裡。島型的月台幾乎已經是湖中的孤島，這個景象眞是美極了。我們低頭便可以在湖中看到不少的魚群，因此甚至也可以在這裡釣魚。

我跟拓也大聲嚷嚷地四處探險。我們時而跑上陸橋（上了陸橋之後好像一跑起來就會踩壞腳下的木板，所以我們又放慢了腳步），時而從月台上撿起石頭往湖裡扔。然後我們看到了一輛橫倒在路旁的廢棄巴士，於是從中取出座椅丟到外面來。

我一直有一個小小的夢想，想枕著鐵軌當作枕頭來睡午覺。這種事情要是在還有列車通過的鐵路線上做了那可不得了。不過在這個寂靜無人的地方，根本不需要在意這些事情。

在我躺下來之後，拓也沿著鐵軌假裝自己是一輛列車跑了過來，朝我腹部踢了一腳。他急促的鼻息彷彿一輛蒸汽火車頭。只是，他口中發出的聲音當然不是爲了喘氣。

「你在興奮什麼啦！」

「找到這樣的地方當然興奮啦！你不能理解嗎？」

「廢話！我當然懂啦！」我說。

然後我們便在那座廢棄的火車站開始製作我們的飛機。就地利上而言，那裡可以直接飛向津輕海峽，也有直線的鐵路可以作爲跑道。如果要從這裡起飛，那麼在這邊製作飛機是最省事的途徑。

不過在另外一個問題方面，也就是飛機料件的調度問題。這讓我們好一陣子找不出頭緒。需要的料件像一座小山一樣多。第一個問題就是飛機的噴射引擎。除此之外還有飛機骨架用的鋁，機殼用的結構化奈米碳纖維，再加上超導馬達，其中沒有一樣不是高價品。不籌措適度的資金不行。然而比起資金，更大的問題是我們沒有入手管道。還未成年的我們，根本不知道要從哪裡弄來那些東西。

不過我們也終於在這些難題中看到了一線曙光。這個契機終究是來自於我們現在所處的這座廢棄車站。這個世界上偶爾也會有那種解決了第一道難題之後，剩下的問題也全部迎刃而解的事情。

我們數度進出這座廢棄車站之後，找到了沿著山路直接下去，從蝦夷工廠背後出山這條最短的捷徑。我們偷偷地穿過工廠外的圍地進出那座小山。從這條路出來，我們便可以藉由一條鋪設了柏油的道路然後快速地到達車站。我們在工廠外圍生鏽的鐵絲網一隅找到了一個破洞，這讓我們可以偷偷地潛入蝦夷工廠的土地。

有一天，我們經過這裡的時候被恰巧被工廠的廠房工人逮到。當時我們還不知道他的名字，不過這個人就是工廠裡最年輕的佐藤先生。他一臉嚴肅的將我們帶到了社長辦公室。我們原本打算在被看到的時候馬上逃走，不過他絆住了拓也的腳，讓拓也滾了一圈，然後隨即將拓也制服。我當然不可能丟下拓也逃走，於是只有不情不願地乖乖投降了。

當時我覺得他們對待兩個不過就是潛入工廠的國中生，那樣的態度有點太過火了。不過眼前詭譎的氣氛讓我不知道這種話說出口之後又會遇上什麼樣的待遇，於是我便噤聲沒有多話。

社長辦公室位在這棟鐵皮建築的二樓，裡面有好幾張員工用的不銹鋼辦公桌。所以那其實是一間類似工作室的地方。室內最前面的一張桌子前那位我們當時尚不知其名的岡部社長，叼著香菸坐在那裡看報紙。

佐藤先生從背後押著我們走進了辦公室。他告訴社長我們就是從工廠後面潛入的入侵者。岡部社長聽了回了一聲「什麼！」他放下了報紙，嘴上依舊叼著那根香菸從座位上起身。

社長是個身材魁梧的壯漢，他的身高或許不到一百八，但應該相去不遠。結實的手臂像樹幹那麼粗。他走到我們的面前低頭睨視著我們。

「你們是來幹嘛的？」

岡部社長當時說話的語氣簡直就像是要把我抓著就丟出去一樣。

「我給你們一分鐘解釋。要是你們的答案讓我聽得順耳，我就放你們回去。」

我跟拓也顫抖著身子連忙向岡部社長解釋。我們告訴他穿過廠房是通往山頂那座廢車站的捷徑；我們怎麼找到那個可以當作起降跑道的廢車站；還有我們打算在那裡製作飛機的事情……

「飛機？」岡部社長狐疑地說道：「喔？你們該不會就是那兩個在學校玩遙控噴射機，然後被學校狠狠削了一頓的笨蛋吧？」

「你為什麼會知道？」

當我才問出口，便因為害怕會反遭到對方怒罵而縮起了身子。然而此時岡部社長卻將口中的香菸捻熄在菸灰缸裡，同時笑著答道：

「大人也有大人的情報網啦！南蓬田國中的老師全都是我的朋友。」

拓也小小地「噫」了一聲。這種反應跟我不謀而合。不過拓也馬上判斷出這位社長應該是個講理的人，因此便唐突地開口問道：

「那個，請問這裡是軍事工廠吧？」

「嗯，是啊。是我們這些長相兇惡的大叔製造恐怖玩具的地方，不是你們這些小孩子可以隨便接近的場所。」

「請問你們可不可以賣鋁給我們？」

聽到拓也忽然問出這麼一句話讓我嚇了一跳。

「賣鋁給你們？你們要這東西做什麼？」

「我們要拿它來製作飛機的料件。」

「你們說的飛機只是個玩具吧？」佐藤先生插了嘴開口說道。

「那不是玩具。是可以讓兩個人搭乘的真的飛機。」拓也有些生氣地駁斥道。

儘管前一刻面對急轉直下的場面讓我受到相當大的震撼，不過聽到拓也的問話也讓我熱血沸騰了起來。

要是能在這麼近的地方調配到飛機需要的料件，那麼真的沒有比這個更順利的事情了。我於是跟在拓也之後接著大聲問道：

「如果可以的話，超導馬達跟小型噴射機引擎也麻煩你們！」

「等等，你說噴射機引擎？」

岡部社長屁股靠到了辦公桌的桌緣，點了一根新的菸然後開口問道：

「你們有帶機體設計圖嗎？借我看一下吧。」

我從短夾克裡取出了折成小小張的設計圖，將這張表面有些摩損的紙張交給了岡部社長。那是我跟拓也從秋初便傾注全力設計出來的東西。岡部社長將設計圖展開，像是糊牆一般將整張紙攤在桌上，然後仔細地審視一番。

「雙軌式的主要動力系統……環狀機翼……你們這種想法會不會太囂張啦？喂！佐藤，你過來看一下。」

「是……哇，這什麼呀！這設計根本就是個人興趣而已吧！這個是？嗯……」

「什麼啦？」

「這東西可以飛呢！」

「那當然了！」我跟拓也同聲叫道。

「叫宮川過來一下，那傢伙對這東西最清楚了。」

當佐藤先生聽到岡部社長吩咐，小跑步離開了辦公室之後我對岡部社長開口問道：

「這間工廠也有承包飛機的製作嗎？」

「沒有，我們沒有做這麼不得了的東西。不過有接軍方類似的訂單就是了。」

佐藤先生帶著一位體格粗壯的員工回到了辦公室，那是宮川先生。他似乎已經知道事情的原委，跟社長打過招呼之後便即刻將注意力放到了桌上的設計圖上。

「這種設計很危險呢……」

他認眞地檢視了一下設計圖後，便招手示意我們兩個過去。

「這個地方太輕忽了，飛機會從這裡出問題。這種設計雖然能夠減輕機體的負擔，不過不見得支撐得住。」

「不過要是那個部分改掉了，飛機整體的平衡性就……」

「沒錯，整個設計都要重頭來過。」在我說完之後宮川先生斬釘截鐵地答道：「我會再詳細告訴你們該怎麼修正，你們過幾天再來問我。」

「怎麼樣？你給這個設計的評價如何？」岡部社長對宮川先生問道。

「設計方向上非常有意思。我想，讓他們做做看也不錯。」

「喔，這樣啊……」岡部社長說著從嘴裡吐出了輕煙。「不過我說你們呀，航空用的鋁合金相當貴喔。你們有錢的話我不是不能賣，不過你們有錢嗎？」

「那個……」

「不過話說回來，你們這些小鬼懂得金屬加工的製程嗎？」

「我們懂！」我沒有留下半秒鐘的空間便接過岡部社長的話答道。

雖然我除了這類工作之外幾乎什麼都不會。不過相對的，在那個方面我有絕對的自信。在這種時候謙虛或退縮，那只是妄自菲薄而已。

「請不要小看我們。」我接著說道。

「我們當然會金屬加工。」當我說完之後拓也跟著開口。他的聲音越是平穩，越能夠讓人感受到其中的魄力。

「喔？你們還眞敢誇口呢！眞是這樣的話就跟我下來吧。」岡部社長說完便走到門邊旋開門把。「我來考考你們。」

我們於是被帶出了辦公室，來到隔壁棟兩層樓高的開放式廠房。廠房的其中一面牆全部都以鐵捲門取代，讓一整輛大型卡車可以直接開進廠房裡面。

「讓我看看你們的手藝吧。」

岡部社長動了一下下巴，佐藤便迅速卻實地開始動作。

地上有一個兩手環抱大小的鐵箱子，裡面有幾個鉤子扣在內部的裝置跟配線上。佐藤先生接下來做出的動作就是將那個鐵箱的側面鑿出一個方形的洞。這種工作本身不難，不過麻煩的是這個洞的位置必須分毫不差，是個在精度的要求上非常嚴苛的工作。

我們在對方催促之下，沒有要他們多加說明便帶著必要的裝置，在鐵箱上同樣鑿出了兩、三個洞。

社長接著要我們做的是將半球體的外殼接合作業。這個部分我們也順利完成了。然而，最後出現在我們面前的一個跟人差不多高的橘色圓桶還是讓我們嚇了一跳。我們必須爲這個圓桶加裝尾翼，然後接上筆記型電腦確認其中各種儀器的動作情形。這種工作其實我們也是可以辦得到的。我們戰戰兢兢地完成這項工作之後，耳邊傳來岡部社長的聲音。

「你們這兩個小鬼不過國中而已，竟然能完成這種工作眞是不簡單。」

「不過，這東西不是……」岡部社長說完，拓也便小聲地開口問道。

「嗯，是導彈呀。」

「哇，果然是！」

我們聽到之後當場忘記該有的禮貌而大聲叫了出來。

岡部社長伸手搔弄著自己的下巴然後一臉興致盎然地對我們說道：

「你們兩個，來我們工廠工作吧。這間工廠現在人力不足呢！你們答應的話不管是鋁合金也好，馬達也罷，全部以成本價賣給你們都沒關係。我們工廠做的可都是些高危險性的工作，薪水很高喔！」

我跟拓也轉過頭，面對面四目相望。

像這種水到渠成的狀況真是有趣極了。看來我跟拓也得到了這幾個長相兇惡的大叔相當程度的賞識。

我們就這麼領取了安全帽跟工作服，每個禮拜天下午跟連續假期都來到蝦夷工廠從事高危險性的工作賺取報酬。

我們從一年級的冬天到二年級的春天一邊在這裡打工，一邊也借了工廠的一個角落重新思考飛機的設計案（這段時間因為積雪的緣故而沒有辦法上山）。宮川先生跟佐藤先生常來看我們的設計圖，並且往往都給予不可行的評價，這個時候我們就會覺得很嘔。不過一方面他們說的都是對的，再加上過程中我們都會從他們身上得到一些設計上的知識跟技巧，結果我們還是心存感激地聽從他們的建議。

然而，這個設計圖上始終有一個部分無論他們怎麼說，我們就是不願意更改。

時間來到了二年級的寒假。我跟拓也每天從早到晚都在工廠幫忙導彈製程的最後組裝跟檢查工作。隨著美國、日本跟聯邦國之間的關係日趨緊張，蝦夷工廠的訂單也越來越多。雖然我跟拓也擔任的工作都是最輕鬆簡單的部分，不至於手忙腳亂，不過只要時間一空下來，我們還是會被叫去幫忙正式員工負責的部分。要是一鬆懈下來，卡車上的滿滿的導彈就會一枚接一枚地堆積到我們的面前。這份工作不但必須要善用頭腦提高工作效率，而且也非常辛苦。

我知道飛機需要相當大量的煤油，但是不知道需要多少的使用量。於是到了休息時間，我便緊跟著岡部社長，詢問他實際需要的煤油量。結果他卻狐疑地反問「要做飛機的事情真的沒有在開玩笑嗎？」然後他拿了一塊煎餅，放在嘴裡一邊咬著同時開口說道：

「不管你要煤油還是硝酸甘油，只要有錢我都可以賣給你。不過噴射機燃料可不便宜呢！再說，那東西對小孩子而言也太危險了，你們就乖乖地換成超導馬達或往復式活塞引擎如何？」

「不要，這個部分我們絕對不會妥協。」拓也答道。

「唉……」

岡部社長彷彿要說我們不自量力一般嘆了口氣，然後靠到椅背，讓椅子的接合處發出了細碎的摩擦聲。暖爐旁小小台的單聲道電視中播放出三澤基地緊急情況對應訓練的新聞內容。

「你們爲什麼非得要選噴射引擎不可？」

「因爲帥呀！」

「因爲帥呀！」

拓也依樣附和著我的意見。不過說完我馬上覺得不太對，這時候拓也也表現出了相同的反應跟我同時叫道：

「不是這樣吧！」

「浩紀，等一下。我們選用噴射引擎的理由不止這個吧！」

「沒錯，沒錯。我們是考量到了很多狀況才做出這樣的決定的。」我說。

「那你們說來聽聽，那個雙軌式動力系統的想法到底是怎麼來的？」

「嗯，因爲稀有啊！」

「對，就是稀有。」

「因為我們想讓飛機可以變形！」一搭一唱之後我們異口同聲地說出這句話。

「不對，不是這樣啦。」拓也下一秒便連忙改口。「我們是有非常正當的理由才導出飛機必須變形的結論吧！」

「是這樣嗎？」我說。

「我說，你們到底知不知道噴射引擎要多少錢啊？」岡部社長忽然插上了這麼一句話。

「要多少錢呢？」

「那可是一說出來就會讓你們夢想破滅的價格呀。」

我聽了心情一下子涼了半截，一旁的拓也也沉默了。

電視機裡面此時映照出天天森轟炸訓練場的大規模演習中的影像。淋代海岸沿海出現數艘訓練支援艦的身影。艦上氣勢磅礡地射出了多架橘色外觀的火焰槍四代跟炎蜂。

火焰槍跟炎峰是作為靶機之用的遙控無人噴射機，是專門做為假想中敵機用於軍事訓練所生的飛機。天天森的海岸開始朝天空放出火線，多枚的地對空飛彈朝著目標衝了出去。新聞中的鏡頭焦點緊接著移到了機腹中彈而爆炸的炎峰，還有機翼被毀而掉到森林裡去的火焰槍上。

「哇！好可惜呀……」我帶著沉痛的感慨說道：「那些全部都是為了被擊墜而生的呢！要是能夠把其中一架讓給我們就好了……」

我原本猜想自己會被身旁的兩人當成白痴，然而拓也卻瞬間回過頭睜大了眼睛望著我。

「就是這樣！」他說。

「啊……」

我即刻理解到了拓也心中的想法。

此時岡部社長彷彿看穿了我們的企圖而開口說道：

「你們要做什麼都好，不過可別死啊。不然我可麻煩了。」

翌日，我跟拓也一早便搭乘了電車往三澤市去。我們在那裡換乘了觀光巴士而來到了天天森車站。我們確認過周遭沒有其他人影之後，一起爬過了掛著「國防部」字樣的圍牆，然後在覆蓋住整遍地表上的叢林中漫無目的地走上了大半天。針葉林中墨綠色的枝葉跟覆蓋其上的皚皚白雪呈現高度的色差，長時間待在這種環境下叫人不免感到頭暈。我們擅闖軍事用地的舉動要是被轟炸射擊場內的自衛隊士兵抓到可不得了，因此我們無時無刻都繃緊了神經注意周遭任何細微的變化。

天色逐漸暗下，正當我們打算放棄的時候，一團橘色的物體出現在我的視線之中。我全身湧出了一股難以壓抑的亢奮情緒。

那是被擊墜的火焰槍四代。它枕著樹根就橫躺在地上。雖然遭到擊墜的靶機必須要馬上回收，不過拓也認爲其中應該有一兩架漏網之魚才對。當我打算出聲告訴拓也，然而他卻先我一步細細地叫了一聲。他另外發現了一架沒有被自衛隊回收的火焰槍。在不到二十公尺的距離之內，我們一口氣發現了兩架我們要找的東西。

當我們仔細審視過之後，發現其中一架已經完全毀損，不過另外一架沒有受到嚴重的傷害，其中的零件都可以拆卸再利用。我跟拓也將塑膠帆布纏在飛機外頭，用麻繩將它捆了起來，然後在不讓任何人發現的情況下將它扛出了森林。

其實在旁人的眼中，兩個中學生抱著飛彈大小的柱狀物絕對是非常奇怪的事。走在街上雖然可以因爲當時昏暗的視線不用太擔心，不過在搭乘巴士，通過列車剪票口，還有車掌前來驗票的時候都讓我緊張得不能自己。從頭到尾我的心中一直不斷地默唸著「我沒做錯事，我沒做錯事……」

到了三廄，我們步出剪票口的當下，內在與外在累積的疲勞都讓我不禁深深地呼了一口氣。我們在一片漆黑的田間小路中扛著火焰槍回到了我家的車庫裡面。事後檢查了一番，火焰槍的引擎完全沒有問題。我們就這樣靠著數千塊日圓的交通費換得了一具噴射引擎。

8

當我的思緒日漸深刻地被佐由理牽引之後，我察覺到，她的身體好像不太好。雖然她請假的次數不多，不過早退的情況卻不罕見。過去也曾經看到兩三次她在朝會的時候昏倒，然後被帶到保健室休息的情況。然而當時的我跟周圍的人一樣，覺得佐由理是個女生，這種事情多少會發生也沒什麼好奇怪的。

我跟拓也兩人藉由現代國文科目中以宮澤賢治為題的報告，拉近了與佐由理之間的距離。那時候開始我們跟佐由理便成了偶爾聊天的朋友。

然而這樣的關係並非特別的親暱。不管怎麼說我們當時都只是國中生，同年齡的男女之間有一種難以言喻的隔閡。我跟拓也都覺得跟男生相處比較輕鬆自在，而佐由理也有自己的女生朋友，她們之間的關係看來也十分親密。

到了國中三年級的時候整個狀況產生了變化。

重新編班之後我跟拓也分到了不同的班級。儘管我們都覺得遺憾，不過在校外我們不乏見面的機會，因此分班對於我們之間的關係並沒有多大的改變。我是個愛耍嘴皮子的人，因此很快就融入了新的班級，而拓也也循著他以往的模式馬上就變成了班上的中心人物。

佐由理跟我同班，我對此感到暗自竊喜，不過卻也同時覺得良心不安。我覺得跟佐由理同班對拓也很過意不去。

今年春天開始，從我的角度看來，佐由理在班上的女生中漸漸地遭到孤立。我不了解其中的原委，當然也不好直接開口問佐由理原因。

學校裡的人際關係其實還滿棘手的。重新編班之後一兩週內如果沒有建構起自己周遭的人際關係，之後的一年內都會連帶受到影響。也許佐由理就是這樣也不一定。

佐由理長得很漂亮，也許她本人並沒有察覺。而這就是她讓女生們覺得反感的原因。沒有自覺的魅力其實是會造成同性之間的反感跟排斥。

佐由理是那種做過的夢永遠都不會忘記的人。她偶爾會跟我或是拓也提起她夢中的內容。她很喜歡談論自己夢中的事，不過也有不少人不知道該如何應付這樣的話題，所以也不能排除她是因爲這個緣故而被女生們刻意地疏遠。要猜想其中的可能性其實怎麼也想不完，不過我並不知道眞正的原因到底在哪裡。總之，國二的時候總是跟朋友一起搭車回家的佐由理，到了國三夏天的時候經常變成孤單的一個人。

這種情況連我都察覺到了，想必處在別的班級的拓也憑著他敏銳的洞察力，應該也已經發現這個現象了吧！他將佐由理強行拉進我們的秘密計畫之中也許就是因爲這個緣故。

那是以七月初的時節說來熱得過分的豔陽天。整整花了一年半的飛機製作計畫，順遂地進入到結構化奈米碳纖維機殼組裝的進程。那是飛機外觀一下子便得以成形的作業，是整個製作過程中最有趣的一部分。我跟拓也每天放學便連忙趕往山上的廢車站，全心投入地開始鋪設飛機機殼。

那天照理說也應該要如此。第六節課結束，班上的同學幾乎都要接受升學考試規劃的輔導，我卻頭也不回地衝出了教室。就在正要離開的時候佐由理叫住了我。

「藤澤，我也要去！」

聽到佐由理忽然這麼說，讓我在許多方面都感到驚訝而僵直在原地。

「你說妳也要去？」

「嗯，就是你每天都會去的那個地方。昨天白川邀我跟你們一起去。他說要讓我看很棒的東西。」

「讓你看很棒的東西……」

我驚訝地說不出話來。

拓也對我提也沒提過便擅自邀佐由理跟我們一起去廢車站。

我們所做的事情要是讓周圍的人知道了，絕對會變得相當麻煩。我完全沒想到他會告訴佐由理，不過所謂的秘密並不是會在某個契機之下毫無緣由地外洩出去。拓也將我們一起製作飛機的事，還有那個我們極爲珍視的場所如此輕易地告訴佐由理，這讓我難以釋懷。

拓也這傢伙這麼做是怎樣！老實說，這就是我當時心中的感想。

不過事情發展至此，就算我堅持不帶她去，事情似乎也會變得越發不可收拾。

「浩紀，我們走吧。」佐由理不知道有沒有察覺我心中微妙的情緒，依舊開口說道。

她帶著閃閃發亮的眼神催促著我。看到她的表情我終究放棄抵抗，帶著她一起走出了學校。

到了南蓬田車站，我站在去程月台上爲了等她購買前往津輕濱名車站的車票。此時拓也終於出現在剪票口前。佐由理看到拓也，於是叫著他的名字而對他揮手。我站在佐由理看不到的位置對他皺了皺眉頭。

「對不起啦。」

我從拓也的表情跟手勢中讀出這樣的意涵。我們幾年下來有著深厚的交情，因此可以從彼此的手勢跟動作輕易地了解對方的想法。於是我也看出來這件事對拓也來說也是一件出乎意料的狀況。

上了電車之後我們當然是三個人坐在兩張雙人座椅面對面的座位上。列車到達津輕濱名車站前的幾十分鐘裡，我們聊的盡是些普通的事情，例如哪些節目其中的有趣內容，或者是哪個藝人又怎麼樣了。不知道佐由理是不是那種習慣把驚喜留在最後揭曉的人，路上從未見她開口問過我們接下來要去哪裡。她這樣的反應讓我們打從心底鬆了一口氣。在我們閒聊的過程中，我一直按耐不住心中想要詢問拓也爲什麼會邀佐由理一起來。不過因爲佐由理就在現場，當然不太好意思開口。

就在津輕濱名車站到站的時候，佐由理說她的車票在口袋裡面勾到了拿不出來。我見機不可失，催促著拓也先來到了月台上，然後小聲地問道：

「你爲什麼隨便邀佐由理一起來？」

「沒辦法呀……聊天的時候自然而然就聊到了嘛。」

「什麼聊天的時候自然聊到的？」

「我沒辦法解釋，不過我就是沒辦法不告訴她。你就原諒我吧！」

這樣的解釋誰能夠理解呢？我還打算繼續追問下去，然而此時佐由理已經從電車上下來了，我只好住嘴。

佐由理似乎已經知道我們要先繞道我跟拓也打工的地方去，於是先到車站前的商店裡面買冰淇淋，準備用來慰勞廠房人員。我跟拓也在門外等著，繼續了剛才的話題。

「要是讓她看到那個東西的話，她大概會問東問西問個沒完吧。例如我們爲什麼要做這架飛機什麼的。」

我小小聲地說道。

「也是喔……」拓也以同樣的音量回答。

「你打算怎麼對她說？」

「要跟她說我們要用它飛到塔那邊去嗎？」

「這太冒險了啦……」

「也對。不過要是被問道飛機要飛到哪裡去該怎麼回答呢？」

「豬頭，當然是你去想啊！」

「誰是豬頭，你才是豬頭啦！」

「兩位……」

「有！」

佐由理的聲音近在耳邊，讓我跟拓也同時反射式地叫了出聲。不知道什麼時候她已經提著塑膠袋走到了我們的附近。她忽然出聲讓我們不禁背都挺起來了。我們就這樣直挺挺地僵直在原地，沉默了一會兒之後像是說好了一般，露出了企圖矇混的笑容。佐由理則彷彿被我們笑容感染了一般也跟著笑了出來。

「浩紀跟拓也眞的都是怪人呢！」

那是一種靦腆而給人留了餘地的形容方式。我第一次意會到「怪人」這個詞彙有這樣的表現方式。

我們走路走到襯衫上滲出了些許耐不住高溫而流出來的汗水。到了蝦夷工廠的門口，我們看到岡部社長正用水管在庭院裡灑水。他似乎也耐不住炎熱的天氣，將連身工作服的拉鍊下拉到了腹部，領口撥開落在兩邊的上臂而裸露出了整個胸膛，腳邊也有一個飲盡的啤酒空罐。我們遠遠地向他打了招呼，他也出聲回應道：

「嗨！今天眞熱呀！」

社長說完後看到我們身旁的佐由理，因而肩膀抽動了一下。

佐由理非常有禮貌地跟岡部社長打了招呼。

「您好，今天要打擾您了！」

「嗯，哪裡，我這個樣子眞不好意思……」

岡部社長表現出了過去從來不曾有過的慌張態度迅速地將袖子拉了下來，然後將拉鍊拉回到了胸口。

「我們這兩個小鬼平常煩勞妳照顧了……」

岡部社長的臉肌肉整個鬆弛下來，緩緩地泛起了紅潮。我見狀心裡不禁暗自嘲諷起了他這般與平常有著極大落差的表現。

我們拿了兩支佐由理買的冰棒，來到庭院正中央的一棵大樹下靠在樹上乘涼。進入樹蔭之後一下子涼快了許多。在我們來到這邊之前，那隻住在廠房屋簷下的小野貓已經窩在這裡，翻著身子在草地上擦著牠的背部。當我們拉進了距離，那隻貓起初嚇了一跳，然後隨即又安心地轉身繼續擦牠的背。

我們一邊啃著冰棒一邊從遠處觀看著岡部社長的舉動。他依舊滿臉通紅地跟佐由理不斷地閒聊著。

「岡部社長呀……」我有氣無力地開口對拓也說道。

「怎麼樣？」

「他是單身嗎？」

「不，聽說有過一次離婚經驗。」

「這樣啊，我好像能夠理解他爲什麼會離婚……」

不知道岡部社長是靜不下來呢？還是面對年輕女生感到緊張，總是看到他不斷地用手搔弄著後腦杓。我們看到佐由理不時發出笑聲，也不知道她是覺得岡部社長說的話有趣，還是岡部社長本人太過滑稽。

「真是個怪叔叔……」

我不經意地將這句話脫口而出之後，才覺得這麼說似乎不太厚道。這樣的態度有修正的必要。

拓也咬了一口冰棒，並將它放到那隻貓的身旁。面對拓也的舉動，那隻貓起初嚇了一跳，然後才畏畏縮縮地開始舔起了那一塊冰棒。

「哇！這隻貓會吃冰棒耶！」明明是拓也自己要餵牠的，卻反而做出了驚訝的反應。

「怪貓。」我喃喃說道，之後也察覺自己果然欠缺了溫柔的一面。

當我們打開廢車站旁的停機棚大門，佐由理看到了處在昏暗光線下的那個東西而飛奔了過去。她跑進了停機棚中央，回過頭睜大著眼睛盯著我們看。

「好棒……這是飛機？」

「嗯。」拓也沉穩地答道。

「這是你們兩個人做的嗎？」佐由理看著我接著問道。

「嗯，從二年級的夏天開始一點一點弄到現在。我們在剛剛那間工廠打工籌措需要的料件，然後也不時請教岡部社長相關的問題。」

「對。」拓也點點頭。

「離完成還需要一些時間就是了。」我補充了一句看了就能夠了解的事。

佐由理走到方才鋪設了機殼的飛機旁，緩緩地伸起了手。在她的指尖觸碰到飛機的前一刻，忽然頓了一下然後回頭看了看我們。

「我可以碰它嗎？」

「妳放心，那東西不是隨便用力碰一下就會壞掉的東西。」拓也答道。

佐由理右手的中指先了掌心一步輕觸到飛機的奈米碳纖維機殼。就在這個瞬間四周產生了某種變化，我清楚地感受到了。

佐由理纖細的指尖觸碰到飛機的那個瞬間，全身彷彿觸電一般輕顫了起來。她嚇了一跳隨即縮回了手。

「喂！」

——妳沒事吧？

欲吐出的話到了嘴邊又收了回去。她的雙手環抱住了自己的身體，確認前一刻竄流全身的冰冷觸感。一會兒之後她又靠向了飛機，闔上了雙眼將額頭貼到了機殼上。我聽見她深深地呼了一口氣。

皚然的羽翼旁，身穿白色水手服的佐由理就靠在它的身上。

一旁的我，將這個光景中的飛機與佐由理看成了一體，彷彿她們是失散多年的雙生姊妹在此刻重逢一般。她們不發一語地通過心靈交換彼此的意念。那架應該是無機物的飛機此刻彷彿擁有生命的物體。

我不禁愕然。彷彿我們至今費盡苦心製作飛機完全是爲了佐由理。是神之所託？或是命運促使我們爲她製造這架飛機？種種疑問在我的腦海中浮現。

我帶著些許的懼色轉頭望向拓也。他此刻正按下數據機的開關，用筆記型電腦串連著飛機。我不發一語地拉著他的袖子，讓他帶著一副狐疑的眼神回頭看我。我看他轉過了頭於是暗示他注意飛機旁的佐由理。

她緩緩睜開了眼睛。

「眞是太棒了……」佐由理喃喃說道：「眞的好棒喔。」

那不過是自言自語般的音量，此刻聽起來卻彷彿近在耳邊的呢喃一般清晰。我覺得自己身上所有的毛細孔似乎在瞬間啪地全部綻開來了。

面對佐由理的言詞，我在束縛中的意識僅能回一句謝謝。

我們沒辦法丟下佐由理去繼續鋪設機殼的作業，結果那天我們完全沒有進度。我跟拓也還有佐由理三人坐在廢車站的月台上，偶爾朝湖水扔幾塊石頭，偶爾望著遠方盤據在遠方的積亂雲而發呆。一會兒之後聽到佐由理想嘗試釣魚，我們於是從停機棚中取出了釣竿跟魚餌，教她如何甩竿。雖然最後一條魚也沒有釣到，不過她卻露出了滿足的笑容。

「我已經可以將魚竿甩到想要的地方了。」

我們躺在月台上的陰影處抬頭仰望著天空。太陽緩緩地朝地平線落下，西方的天空染上了一片紅色的暮景。兩道長長的飛機雲劃過了天際朝著東南方延伸而去。拓也坐在我的身旁看著書，佐由理則脫掉了鞋子坐在水泥月台旁，將雙腳深入湖水之中撥弄著漣漪。

「這邊眞是寬敞，」佐由理開口說道：「也看不到其他人影。你們怎麼找到這個地方的呀？」

「這個就說來話長了。」我說。

「能夠簡單地用一句話說明嗎？」

「簡單來說就是偶然了。」

「你們不覺得這個地方好像童話裡才會有的場景嗎？」

「童話呀……」埋首在書本中的拓也抬起了頭。

「嗯，就像是英國或是北歐的童話一般。在森林中漫步之後迷了路，結果來到了一個不可思議且誰也不知道的地方。那裡是以前妖精居住的地方，不過現在已經不存在了。」

「這樣啊。」拓也曖昧地點點頭。

「迷路之後會怎麼樣呢？」我問。

「迷路之後就回不去了。」佐由理淡淡地答道：「他會從此在世界上消失，然後就在那個妖精已經離去的妖精之鄉，靠著釣魚跟採集食物度過往後的餘生。」

「這樣啊。」

「我覺得最後的結局好像有點殘酷。」拓也說。

「會嗎？」聽到拓也的感想，佐由理表現出了些許的不滿。「我覺得要是像那樣迷失其實是很棒的事呢！」

「要是我們沒辦法從這裡出去那可就麻煩了。」拓也說：「現在這個時節是還好，不過要是冬天可是會被大雪淹沒的。到了那時候不但完全動彈不得，就連那間停機棚也會透進冷颼颼的寒風呢！一點都不是人住的地方。」

「好啦，好啦。」佐由理說話時嘟起了嘴。「不需要想得這麼現實嘛，人家只是舉例而已。」

「是啦。」拓也點點頭。

「而且有了飛機不是想飛就能飛出去了嗎？」

佐由理彷彿忽然意會到這件事情一般瞪大了眼睛轉頭問道：

「拓也，飛機什麼時候會完成呢？」

「其實我們是打算在這個暑假完成它啦！」我從水泥月台上盤腿坐起了身子答道：「不過照這個進度看來……」

「大概是趕不上了吧？」拓也接過我的話繼續說道：「剩下的工作應該還需要不少時間。不過至少今年之內要把它做出來。」

「這樣啊……還很久呢……」

此刻天空的那頭傳來一陣雷聲，這聲音讓我不禁抬頭環顧四周。北方天空中那片有如整塊鮮奶油的積亂雲，不知何時變成了陰沉的深灰色。

那片積亂雲漂浮的位置，從視線上看來好似跟那座聳立的高塔重合在一起。它籠罩著高塔下的整遍區域，然後緩緩向東移動。我想此刻那裡的人應該正爲了雷聲大作的暴雨而困擾著吧！

「你們製作這架飛機的目的是要飛到哪裡去呢？」佐由理開口問道。

「要飛到那座高塔那裡去。」我說。

語畢拓也推了我的肩膀一下。看到他一臉不悅的表情，我才察覺到自己方才不小心說了不該說的話。佐由理問話的時機剛好是我看著那座高塔看得入神的時候，加上當下一派輕鬆的問答，我便不覺自然地脫口而出。儘管我當下便覺得不妙而試圖彌補，不過已經來不及了。

「你說的塔是聯邦國的那座高塔嗎？」

佐由理聽了瞬間反射式地側過了身子。

我跟拓也短暫地對望了一眼，這是爲了確認彼此想法的動作。然後我們回頭看著佐由理，同時對她點頭表示肯定。

「那架飛機應該可以在天空飛行超過四十分鐘。足夠飛到那座塔去了。」拓也說。

「雖然要如何飛越國境是一個問題，不過針對這點我們也有我們的計畫。」我接著答腔。

「好厲害……這是眞的嗎？」

佐由理聽了我們的計畫之後並沒有表現出不必要的擔心或是說教責備的反應。她不斷地叫著「好棒，真是太棒了！」然後像個小孩子一般表現出雀躍不已的一面。這讓我們感到鬆了一口氣，並且得以對眼前這個女孩敞開我們的心靈。

「好棒喔！真好，可以去北海道……」

「佐由理要一起去嗎？」

「咦？可以嗎？」

面對佐由理的反應，我點頭表示確定。在我點頭的同時，拓也也出聲應答。

「真的嗎？要！我要去，我想跟你們一起去！」

佐由理用膝蓋爬到了我的面前，撐著地板將腿放到側邊坐了下來。

「太棒了！謝謝你們！」

「不過也許還沒到就會掉下來也不一定喔。」拓也說。

「不會的，絕對不會掉下來的！」

「為什麼？」

「我就是知道嘛！」佐由理天真地說道。

這句話聽起來就好像一種必然發生的未來一般深植在我的心裡。我們的飛機一定可以到達那座高塔，因為佐由理如此深信著。

「你們答應我好不好？」佐由理說。

「答應妳什麼？」我問。

「答應我絕對要帶我去北海道，好不好？」

「嗯。」我點點頭。

「那就這麼約好囉。」拓也也開口附和。

「眞的喔！一定帶我去喔！一定要喔！」佐由理再次徵求我們的允諾。

一旦聽到有人如此認眞地請託，我於是打從心底感到高興，也覺得這個約定有實現的價値。我於是更想再爲她多做些什麼。

「妳都這麼說了，我們就再多做些什麼來紀念這個約定吧。」

「紀念？」

「那架飛機還沒有命名呢。拓也，你沒意見吧？」

「嗯。」拓也點頭附和。

「飛機由澤渡來命名。」

「咦？這怎麼行？那是你們兩個人的飛機呀……」

「要是不讓妳命名的話，我們搞不好會把這個約定忘掉呢！」拓也半開玩笑半要脅地對佐由理說道。

「咦？不可以！」她聽到拓也口中的話反射式地叫道：「可是馬上就要人家想名字……」

「不需要現在馬上決定呀。」

「等等，讓我想一下。嗯……」

佐由理說完便一股腦兒開始思索，然後我們便看到她嘴裡唸唸有詞。

「薇拉希拉！」一個從未耳聞的響亮詞彙從佐由理口中一躍而出。「這是我之前在書裡看過的詞彙，指的是『白色的羽翼』。」

「薇拉希拉」，佐由理脫口而出的這個詞彙於是成了我們約定的名字。

接下來的一段時間我們一起在橙紅色的原野中漫步。我們快步沿著山路回到蝦夷工廠的時候，天色已經幾乎完全暗了下來。當我們看見廠房與辦公室窗戶中的燈火時才好不容易鬆了一口氣。

跟岡部社長打過招呼後，我們便立刻離開工廠，穿過大川平商街之後回到了津輕濱名車站。我跟拓也在回程月台陪著佐由理搭上前往中小國方向的列車。當她找到位子坐了下來之後便一直透過窗戶跟我們揮手直到列車離去。

佐由理的電車走了，我跟拓也方才移動到對向月台，等待著過了一會兒之後才進站列車到站然後上車。

「有邀她一起來真的是太好了。」我開口說道。

拓也聽了也擺出一副頗有同感的模樣點頭表示同意。

車廂天花板上電風扇不問時間流逝地規律旋轉，我跟拓也自然地沉默了下來。拓也面對此時彷彿一面鏡子一般的玻璃車窗靜靜地盯著其中的景象。我則帶著心滿意足的心情深深地吸了一口氣。

雖然這跟佐由理先前提到的童話沒什麼關係，不過我總覺得我們三人一起在那個廢車站共同享受的悠閒時光，還有此時我跟拓也車廂裡這片柔和的靜默氣息今後會永遠持續下去。不管是明天，後天，還有明年，或是更久以後……

原本不過是我個人心中的那份憧憬——那座聳立在雲之彼方的高塔——在今天成了對我而言意義重大的約束之地。

「答應我好嗎？」

就在我們毫不猶豫地回應她的那個瞬間，我們心中湧出了一股毫不畏懼的力量。

實際上，近在咫尺之間的現實正不停地刻畫著歷史的延續，世界正在改變。然而此時我跟拓也卻依舊逕自沉醉在當下車廂內的夜色之中。我們為了彼此堅定的友情而陶醉，專注於凝視我們心中那個佐由理的殘影。我們以爲當下彼此心中的一切就足以代表整個世界……不，我們只是一廂情願地衷心期盼當下那些讓我們陶醉的事物能夠成爲這個世界的全部。

9

美方與聯邦國於津輕海峽發生武力衝突

十五日黎明前，美日聯軍與聯邦國之間於停火線（津輕海峽海岸線以北，北緯四十二度以南的中間地帶）發生武力衝突。

據美軍發言人指出，兩軍衝突僅屬於小規模性的偶發事件，美日聯軍沒有任何傷亡。至於聯邦國方面則無法得知確切的死傷者人數。

三千三百名警力戒備以維護聯邦國大使館安全

警政署發言人表示，有鑑於美日聯軍與聯邦國之間的武力衝突，警政署將增派三千三百名員警前往聯邦國大使館戒備，以防止國內恐怖組織的突擊行動。

國內的反聯邦國恐怖組織，威爾達解放軍曾於今年二月聯邦國海上巡邏艇入侵領海之後對此事表示強烈不滿，並且預告他們將炸掉聯邦國大使館以示抗議。本次美日聯軍與聯邦國間的武力衝突事件，恐將重新挑起威爾達解放軍實行該項計畫的決心。警方對此將嚴加戒備。

我從報社的網站上得知了這樣的訊息。所謂的津輕海峽指的就是我們昨天從廢車站眺望的那片海洋。原來，就在我們離開之後那裡發生了戰鬥，我們當時就身在那片總是聚集了國際焦點的海域附近。近在咫尺的現實眞的一直未曾停下腳步地持續刻畫著新的歷史。然而，對於當時的我而言，所謂的世界比起實質上的意涵更要來得簡單。所謂的世界，就只是一個掌心可以掌握的大小而已（至少對於當時的我來說就是如此）。

放學後，我跟拓也又來到了蝦夷工廠上班。我們正在更衣室打算換上工作服，此時佐藤先生慌慌張張地走了進來，告訴我們今天工廠忽然有了麻煩所以沒有工作讓我們做了。我們聽了於是好心地表示，有什麼需要我們幫忙的地方我們都願意幫忙，然而我們得到的卻是「有些事情不能讓小孩子知道」這種回應，然後要我們趕快離開。他說完就把我們攆了回去。

「這些人就只有在他們想把我們當成小孩子使喚的時候才把我們當小孩子看。我們來都來了，就這麼把我們攆回去是怎樣?拓也，你說是吧?」

我在回家的路上開口抱怨著。然而此時拓也卻似乎在思考著什麼事情。

「……啊，抱歉，我沒有在聽。」他意識到我正在對他說話才又回過神。

「你想佐藤先生他們應該是遇到了什麼麻煩吧?」我說：「我們要不要回到工廠去偷看?」

「不行!絕對不可以回去!」

聽到拓也如此強硬的語氣，讓我被他的氣勢所嚇到了。

「爲什麼不可以回去?到底是怎麼回事啦?」

「我以前就覺得那間工廠不像是表面上看到的那麼單純。」他說話時皺起了眉頭。「總覺得不要介入太深比較好。」

拓也到我們班上找我是隔了兩天之後的事。

自從我們上了三年級之後彼此之間有一種默契，就是沒事絕對不會到對方的班上去。一方面放學之後我們都會在一起，另一方面要是我們連在校內都一直膩在一起，那會影響到我們在學校的人際關係。

因爲這個緣故，他很少會在午休的時候來到我們班上。

他招呼了我，跟我一起來到了佐由理的座位旁，說有事情要拜託佐由理。

「拜託我？什麼事呀？」她開口問道。

「妳今天沒有社團活動吧？」

「是啊。因爲發表會快到了，社員們全都到市立體育館進行團練去了。」

「那音樂教室就空下來了。澤渡，妳有帶小提琴來對吧？」

「咦？是有啦。」佐由理從對話中察覺到了拓也的想法。「白川，你不會是想……」

「我想聽妳拉小提琴。」

「什麼！」

佐由理差點就叫出聲音來，不過因爲顧忌到周遭的狀況，所以刻意壓低了音量。

「我不要……」她喃喃道。

「爲什麼不要？」

「因爲很丟臉呀。」

「不會丟臉啦。」拓也強硬地接著說道。

「為什麼你會想聽我拉小提琴？我的小提琴沒有好到可以拉給人家聽的程度啦。」佐由理說。

「想聽需要理由嗎？而且不聽怎麼知道沒有價值呢？」

拓也談話時強勢的應對手腕讓我感到咋舌。要是我也用這種說話方式絕對會變得不三不四。他大概就是憑著這種有點強硬的態度而讓身邊大大小小的事情都依照他的意思發展吧。

不過我覺得拓也此時的語氣有些咄咄逼人，於是試著插嘴緩和一下他此時的態度。

「只要拉一首妳最拿手的曲子就好了好不好？就當作妳平常練習的時候我們偶然經過不小心聽到就好了嘛！」說完我又再補上一句：「沒有啦，如果妳真的不想拉給我們聽的話，我們不會強迫妳的。」

「那……如果我真的說什麼都不願意的話，你們會怎麼辦？」佐由理開口問道。

我看了看拓也。他的表情告訴我，交給我去辦。我於是想了一下之後對佐由理說：

「……我們會硬拗吧。」

「真的要拉呀……」

佐由理一臉拿我們沒輒的表情，整個人無奈地貼到了桌子上。

「嗯，要拉！放學後我們會到音樂教室等妳。」

拓也說話時兩邊的嘴角微微上揚，表現出些許得逞的喜悅。

他離去時用手肘頂了我一下，小小聲地對我說：「合作無間！」

我們推開音樂教室厚重的木製門扉，看到佐由理已經站在裡面。她面向我們身體就靠在一架三角鋼琴上。

風吹進了大肆敞開的窗戶，掀起了窗邊白色的窗簾。由於當時佐由理表現得非常害臊，我原以為她會不管熱不熱都關上音樂教室所有的門窗，就這麼悶在裡面。看到現在的樣子我稍稍鬆了一口氣。畢竟從門外聽不到拉小提琴的人是誰，就算有人聽到應該也沒關係吧。音樂社的社員似乎在團練以前在這裡稍微暖身了一下，教室裡的桌子跟椅子全都被推到了其中一個角落集中堆放。我跟拓也則從牆邊拉出了兩張鋼木混製椅子找了適當的地方坐了下來。

「我說呀，我眞的拉得不好喔。」佐由理開口說道。

「沒關係啦。我從沒親眼看過人家在我面前拉小提琴呢！根本不會知道妳拉得好或不好，所以別介意。」

拓也話中的意涵一點都聽不出來是不是有安慰的意思。

「我不是想聽專業的小提琴演奏才找妳拉給我們聽的。」我說：「快點開始吧？」

「嗯，我很緊張呢！」

佐由理看似整個人躲到鋼琴的陰影下一般，從琴箱裡取出了小提琴，提著琴頸畏畏縮縮地又走了出來。她來到了教室的正中央，將琴譜放到了樂譜架。爲了避免從窗外吹進來的風吹翻琴譜，她用樂譜夾夾住了琴譜。夏日的陽光從窗外透進了耀眼的金黃色。佐由理站在背光的方向，落日的餘暉從她的身後透了出來。她將臉頰兩側的髮絲撥向耳後根的動作猶如烙印在夕陽之中的黑影。

「妳要拉什麼曲子呢？」拓也問道。

「來自遠方的呼喚。」她說：「那個，可以請你們待會聽完不要有什麼歡呼的動作嗎？因爲那樣會讓我覺得緊張。還有也請你們不要拍手。如果可以的話，請你們的目光盡量不要落在我的身上。」

「我知道了。」拓也看來一副想要開什麼玩笑的模樣，不過最後還是做罷。

佐由理深深地呼了一口氣。

下一刻，她終於架起了琴弓。

聽完之後，我覺得她的小提琴就跟她本人宣稱的一樣，並不是特別出色。不過看得出來她十分認眞地專注在詮釋她所演奏的曲子上，沒有一刻出過什麼亂子。我跟拓也一樣完全不懂音樂，不過我想她這次的演奏一定完全表現出了她的心意。她將自己所有的意識全都投注到了手中傳達出來的每一個音符，還有音符之間串連出來的整個旋律上面。大概就是這樣的感受。

佐由理所拉的曲子是一首單純的小提琴獨奏曲。也許這首曲子本來應該是跟鋼琴或是其他樂器合奏的曲子也不一定。不過，在今天這個場合之下當然就只有小提琴的獨奏了。畢竟我想聽的只是她拉出來的音樂，所以這樣剛好。

那是一首旋律非常溫和的曲子，一首帶有溫柔氣息且相當大方的樂曲。這首曲子帶給我的感受讓我不禁聯想到天空的顏色。那種感覺有如置身於這個時節蔚藍的天空之中。空中有低矮的雲朵流過，同時抬頭似乎可以感受到某種透明的東西正從天空垂了下來一般。

這首曲子後半段大方的氣質依舊，而旋律卻緩緩地染上了一股哀愁。這時的我則有如置身於斜陽之下。原本透明耀眼的陽光開始緩緩地染上了微微的紅暈，並且傳達出了一種沉甸甸的不安。

就在這個時候，她手上的琴弓刻意地放緩了在琴弦之間遊走的腳步，快速撥弄琴弦的力道，帶出了樂曲宏亮的橋段。此時窗外灑進室內的金黃色餘暉，宛如將這段旋律具像化一般呈現在我的眼前。我彷彿覺得自己跟佐由理的關係十分親密。小提琴中流洩而出的旋律急速地拉進了我跟她之間心理上的距離。當然，這只是我個人的錯覺罷了。不過我卻被她寄託在聲音具像化的心靈而吸引，挑起了內心激盪的情緒。

這首曲子收尾的方式叫人感到不可思議。它在讓人感覺不到著力點的地方忽然劃下了休止符。那是一種心中的餘韻被棄置不顧的嫌惡感。然而，就在下一秒鐘我卻忽然覺得自己能夠接受這樣的休止符。我想這種缺乏著力點的感受就好似佐由理這樣的女孩，她就彷彿這首曲子的結尾一般，缺少了某種重量感，宛如只有在夢中才會出現的，如夢似幻的女生……

在佐由理演奏結束之後我們於是結伴一起離開學校。我們鎖上了音樂教室之後通過沒有半個人影的走廊，在老師辦公室將鑰匙掛回鑰匙櫃中。在校舍出入口換過鞋子之後我們走出操場離開校門。我們在車站中的去程月台搭上了回家的電車。

上車前我一如往常地朝北方高聳的巨塔望去。位於聯邦國的那座高塔時而看起來就像來到了不遠處一般巨大。今天就是如此。它彷彿下一秒鐘就會在我們頭上倒下來一般。

回家的路上，即使在經過了中小國車站，佐由理下車之後，我的心中依舊迴盪著她方才所演奏的曲子。在我的腦中，佐由理不時慌慌張張地邊回頭邊走在我們的面前。她前一刻跟我們對坐時，那一雙小巧的膝關節也令我印象深刻。我彷彿回到了她在音樂教室用下顎跟肩膀夾著小提琴，彈奏著樂曲的那一刻。

這天夜晚其實相當炎熱，不過我卻得以沉浸在一種幸福的氣氛之中深深地睡去。

11

東北地區的暑假很短，相對的寒假也長，所以事實上假期並沒有特別多或特別少。不過，我卻不知道爲什麼覺得自己吃虧了。

那天的結業式宣告了一個學期的結束，還有短暫暑假的開始。我跟拓也還有佐由理三人在離開學校之後便一同穿著制服便來到那座廢車站。那是個天氣炎熱，卻不乏涼風吹撫的好天氣。

我們所處的這片草地散發出了一股悶熱的濕氣，不過還是會有風吹過，驅散空氣中的熱度。

在這樣的豔陽之下，一旦瞇起了眼睛，空氣就彷彿一片透鏡一般改變了世界的形貌。

不知何時開始，佐由理自然地會在放學的時候等著我跟拓也一起回家。我們常常也會先到廢車站嬉戲一番再掉頭回去。這樣的發展讓我覺得是很正常而合理的事。

飛機的製作工程比起預想中要來得順利。宮川先生不知道從哪裡找到了一具二手的超導馬達，以非常便宜的價格幫我們購得。因此必備的料件全都湊齊，我們的心情也隨之亢奮了起來。我們每天投入在飛機製作工程之中，直到天色昏暗才趕著下山。變形機翼製作已經結束，飛機的外觀幾乎快要成形，剩下的工作只有細部機體平衡方面的問題了。此時我跟拓也早早便急著著手討論完工後的試航計畫。要是順利的話，搞不好在暑假結束前就可以實際讓飛機起飛也說不定。

「結構化奈米碳纖維機殼不會反射雷達波吧？所以就算不用這麼小心翼翼也不會出問題不是嗎？」我窺伺著拓也置在大腿上的筆記型電腦開口說道。

他那台十一吋大的液晶螢幕中顯示著網路上抓下來的北海道南部地圖。圖中的細節非常詳盡，真不知道他從哪裡找到這張地圖的。當滑鼠點擊地圖上的一角，畫面便會切換到該地區的等高線３Ｄ顯示圖。

「是這麼說沒錯啦。」拓也說：「不過這並不表示我們的飛機真的具有美軍幽靈式轟炸機那種隱密性呀。再說，我們可是要飛越停火線呢！就算我們採用了奈米碳纖維機殼也會被聯邦國部隊發現的。其實搞不好一個閃失，在我們飛越停火線之前就已經被美軍逮到。」

佐由理靠在停機棚的牆邊，沐浴在陽光下翻著她的書。她剛開始都在我跟拓也的旁邊聽著我們的談話，不過似乎完全無法搞懂我們談話中的內容，於是早早就放棄窩到另外一邊去了。

我跟拓也待在大門敞開的停機棚中。風會從門外吹進停機棚內，讓我們即使在作業中也能感受到一陣陣的涼風。

「也許真的只能貼著海浪跟地表低空飛行也說不定。只要一大早出發的話，可以隱藏在天色之中，沒有辦法用肉眼辨認，進入蝦夷領地之後再順著地圖上的山間地帶飛行就可以了。」我指著3D模擬出來的山脈顯示圖說道。

「是這麼說沒錯啦。」拓也說：「不過要以這張地圖作為航道的參考依據實在讓我覺得有些不安。這是有點年代的地圖，實際的地形不到當地勘查是沒有辦法確認的。進入蝦夷之後就只能夠冒險提高飛行高度了。」

「只要進入蝦夷，聯邦國的雷達就不會抓到我們了吧？畢竟他們的注意力都會擺在停火線上才對。薇拉希拉是小型的飛機，再加上飛到一定以上的高空，在地上的人眼中不過就是小鳥一般的大小罷了。」

「嗯，大概吧。這麼一來，我們就得在進入蝦夷的同時更換動力系統了。這趟航程必須高速通過海面，然後進入陸地之後就轉換成安靜的飛行模式。」

「嗯。」

我們得到了共識，於是又將彼此的注意力移回到了製作工程上面。拓也拿著電腦正在調整飛機的平衡方式，而我則是專注在飛機的基礎部分進行多重的焊接工作。拓也快速敲擊鍵盤的喀喀聲，在停機棚內細碎地不停地迴盪。我的手邊則微微地揚起了些許的白煙，還有焊接時的燒灼味。像這般複雜的工作，若是沒能完全投入所有的精神專注地進行其實反而會成為一種痛苦。因此當下我得將自己的意識全部都集中在兩手交會的空間之中。時間流逝的感覺消失，當我再回過神，將發現到自己手中的進度有如飛也似的。

忽然間有什麼異樣的感受湧上我的心頭。那也許是個不需要意識便可以聽到的聲音。

外面？

我將焊接工具放下，伸展著身體站了起來，然後緩步地來到了停機棚外。

此時的天空依舊晴朗，彷彿一站在陽光底下皮膚便會讓炙熱的溫度給燙得難以忍受。草皮的綠色此時格外鮮豔，映照在烈日之下更顯得耀眼。掠過天際的風帶來了遠方的浮雲，同時也低空吹撫大地，撩起了湖面的水波……

就在這個時候，一片叫人不寒而慄的光景闖入了我的視野。這股寒意蔓延到了全身。

停機棚前方，橫跨在三座月台之間的木造陸橋從完工之初便被棄置該處。經年的日曬風吹讓陸橋各處因風化而殘破不全。

就在陸橋上缺了一面牆的地方，佐由理單手抓著地板破洞的邊緣，快要跌下了橋墩。她的下方是一泓湛藍的湖水，幾條鐵路在前段部分便深入水中，被整面的湖水給淹沒。

「澤渡！」

我連忙朝佐由理那頭奔去，連跑帶跳地穿過了淺水灘，跑進了車站區內，一邊衝刺，一邊雙眼緊盯著佐由理。

佐由理隻手吊在陸橋殘破之處，時而因為細小的動靜而害怕地閉上了眼睛。此刻她支撐著身體重量的那隻手不停地打顫。我看到這個光景的同時就知道佐由理碰上了什麼意外。那一帶的陸橋因為雨水侵蝕而變得脆弱，她大概爬上了陸橋，想從缺了一塊的牆邊眺望遠方的景色，卻因而踏破了原本就已經不堪任何重量的地板。

「妳等我一下！」

我快速躍上了階梯，腳邊的木板在我跨上去的同時嘎嘎作響。一奔上橋面我便連忙朝佐由理那邊衝了過去。

「應、應該沒關係吧……這裡沒有那麼高。」她低頭帶著不安的語氣說道。

就在這個瞬間，承受了她整個人重量的那塊木板啪地應聲折斷。

我幾乎是趕到那塊木板上方看著它斷裂。

掉下去了！

佐由理那隻失去著力點的右手，那隻右手的手腕……我抓住她了！

我整個人趴在地上抓住了佐由理！

我在知道自己沒有任何猶豫機會的瞬間緊緊抓住了她的手。一個女生的重量跟地板上傳來的強烈撞擊讓我覺得自己的手差一點就要斷掉。佐由理很瘦，大概只有四十公斤出頭，不過要單手撐住那樣的重量依舊十分困難。視線下方是映照著蔚藍天空的湖水。此刻的我就像是從游泳池的跳水板上探出了半個身子，只留了下半身緊緊扣在跳板上。在映照著天色的湖水之前，佐由理抬頭跟我對望。她鐵青著臉露出了僵硬的表情。

這是當然的。我在她就要掉入水中的瞬間……

（趕上了！）

瞬間這樣的實感從手掌傳遍了我的全身，身體一下子開始出汗。

被我緊握著手，整個人掛在空中的佐由理將她的視線短暫地映入我的眼中。

她的表情此時緩和了下來，也許該說有些茫然。

「我們……以前也……」她說。

然而此刻的我卻無法仔細去思考她這句話的含義。緊張情緒瞬間得以鬆懈的安適感讓我的心思陷入一片恍惚。我深深地呼了一口氣。

「太好了，趕上了……我現在就拉妳上來……」

話沒說完，腳邊的木板也啪地一聲斷裂，讓我瞬間失去了平衡。眼前一片晶瑩剔透的水面在視野中蔓延開來。下一個瞬間，我便感受到湖水冰涼的觸感——我掉到湖裡去了。我們墜落水中的衝擊揚起了湖底的細沙，視線一片模糊。這讓我瞬間陷入了慌亂。然而就在下一秒鐘，我的雙腿便找到了著力點，讓頭部得以浮出水面。佐由理跟我幾乎同時從湖面探出了頭。只要站起身來，其實湖水也不過就淹過了腰際而已。

拓也此刻終於察覺到了這個意外而連忙趕了過來。他小跑步地來到湖岸的岩石區。我環顧四周，發現拓也那邊是最容易上岸的地方。於是我跟佐由理便朝著那個方向，在湖水的阻力中緩步前進。

「你們沒事吧？」拓也問道。「有沒有受傷？」

「沒事，只是全身濕透了而已。」佐由理說完轉頭轉頭面向我，臉上露出了微笑。「藤澤，真是不好意思，謝謝你。」

「還好下面是湖水。」

拓也伸出了右手欲將佐由理拉上岸。佐由理於是便伸出了手。

就在這個時候我心中瞬間閃過惡作劇的壞心眼。不過除此之外，也許也有那麼點不想讓拓也隨便握住佐由理的手吧。我先一步抓住了拓也的右手，然後用力地把他拉下了湖裡。

「哇！喂！啊……」

拓也試圖維持身體的平衡而在岸邊掙扎了一會兒，然而下一秒卻還是硬生生地濺起了一陣水花掉進了湖裡。

「只有你沒有落水怎麼夠朋友呢？」我嗤嗤地笑著。

「你幹什麼啦！」

拓也從水中探出頭來便一躍壓到了我的身上。我整個人又被推入了水裡。我踩住湖底，重新浮出水面的同時順手撩起一片水花朝拓也臉上撥去。

「你害我衣服全都濕透了啦！」

「這樣就沒有人例外啦！」

「你少囉唆！」

「抱歉，抱歉！」我從前一刻開始便止不住笑意。「誰叫你剛剛一副事不關己的模樣嘛！叫人看了就想把你拉下來。」

「你說什麼！」

「不用這麼生氣嘛！」

「你講那什麼屁話！」

拓也又把我撲倒沉入了水底，而我隨即反過來利用水中的浮力以其人之道還治其人之身。然而，拓也卻在水中抓住了我的腳，讓我大大地栽了一個筋斗然後浮上了水面。

「你不用上岸了啦！澤渡，我們走！」

拓也說完便朝向岸邊移動。佐由理不知何時也開始發出了嗤嗤的笑聲。

「喂，拓也，等一下啦！澤渡，妳也幫我說些什麼消消他的火氣嘛！」

「抱歉，白川……」佐由理閉上了嘴卻依然悶著聲止不住笑意。

「澤渡，怎麼了？」拓也看到了佐由理的表情開口問道。

「看到你們兩個人之間的互動，讓我覺得有這樣的朋友眞好。」

「爲什麼？」我跟拓也反射式地同聲問道。

幸好今天是個大晴天，夏至的高溫就像暖爐一般烘烤著大地。我們三人穿著衣服橫躺在廢車站的月台上，盼乾熱的水泥地板能早一步烘乾濕透的衣服。我們就這樣偶爾翻翻身，昏沉沉地度過兩個小時的午睡時間。而衣服也就這麼順著我們的意思讓太陽烤乾了。

日暮低垂，我們從月台上往天邊望去。夕陽的顏色彷彿燒灼中的烈焰一般火紅。面向陽光靠在柱子上的佐由理，她腳上的皮鞋正反射著夕陽的餘暉而顯得耀眼。

「我看到妳掛在天橋上的時候眞的快嚇死了。」我說。

「我知道那座陸橋很破，也很危險……不過我就是想到上面散散步，轉換一下心情。」佐由理答道。

「抱歉，讓妳一個人在那邊無聊。」拓也露出了一臉愧疚的表情插了話。「我們不應該一直都只顧著忙我們的東西，把妳放在一邊不管。」

「不是啦，我不是要怪你們。沒關係啦。」佐由理聽了連忙搖頭。「我想從高處看這片風景。還有，我想仔細地看看遠方的那座高塔……」

「嗯。」拓也點點頭。

「從這個地方可以很清楚地看見那座塔呢！它從這個角度不只看起來清楚，甚至顯得非常漂亮。我好像是被迷住了一樣，就這麼坐在天橋地板上的破洞旁發呆。也許是因爲我一直坐在同一個地方，地板承受不住重力才斷掉的吧。」

佐由理雖然試圖以客觀的方式解釋，不過搞不好她也有意圖要藉此撇開自己很胖的可能性。

不過其實佐由理是個任誰看到了都會覺得很纖瘦的典型。甚至多數人都會覺得她應該要再豐腴一點會比較好。方才我抓住她的時候，那種手腕一捏就碎的觸感讓我難以忘懷。

我坐起了身子，用眼角的餘光看了看佐由理。

她伸直了雙腿，將手放在膝蓋上貼地坐著。那雙脫掉鞋襪的腳掌赤裸裸地呈現在紅色的夕陽下。她的腿非常纖細，誘人的曲線讓我在察覺到的那一刻心臟猛力地抽動了一下。我不禁窺伺起了她的小腿以及裙襬下曲線美麗的大腿。

此時她正茫然地呆望著自己的腳尖，然後沒有特別意圖地只是用她的食指輕觸著腳掌上的大拇指。一隻瓢蟲從剛剛開始就一直在佐由理身上飛飛停停，牠此刻飛到了佐由理的手指上，然後緩緩在佐由理的指尖遊走。佐由理似乎不想嚇走那隻瓢蟲，於是整個人安靜地一動也不動。

「我呀，剛剛那個瞬間作了一場夢……」

「夢？」我問。「什麼樣的夢？」

「嗯，忘記了。不過應該是跟那座高塔有關的夢。」

「那座高塔看起來就像是假的一樣……」拓也語中帶著感嘆。「聯邦國眞是太厲害了。」

我將視線移到了高塔下的天空，從塔底緩緩往頂端延伸。

「好像那座塔的頂端連到了別的世界一樣。」

塔頂總是消失在大氣層中模糊地看不清楚實際的模樣。無論天氣好壞，從沒有人看過高塔的頂端長什麼樣子。塔頂就是高得讓人無法用肉眼加以掌握。

此時天空傳來一陣飛機掠過的的聲音。

佐由理的指尖依舊可以看見那隻瓢蟲的身影。牠停在佐由理食指跟手掌的交界處，彷彿成了佐由理戒指上的一顆寶石。

牠飛走了。

一直不打算嚇跑牠的佐由理，此刻看牠飛走之後，口中不禁露出了嘆息。她轉過身，將手放到水泥地上抬頭仰望天空。

「今天的夕陽好像特別長久呢……」

好像眞的是這樣。

從前一刻起就籠罩在我們身上的陽光漸漸轉變成紅色，太陽卻長時間地停留在地平線上沒有沉下去。

「好像今天一整天都是黃昏似的。」我說。

佐由理聽到轉過頭來看著我。

我在這片豔紅色的夕照之中，與佐由理四目相望。

就在這個時候時間停下了腳步……

我的意識神遊到了另一個世界。

在這轉瞬之間的虛幻夢境，我變成了佐由理。當時的她正坐在天橋斷面殘破的地板邊緣眺望著遠方的高塔。此時從塔的方向吹來了一陣風，風拂過湖水的表面，在湖面上激起一波波的漣漪。

下一刻的天空在大片的顏料渲染之下換了一張布景。眼前的景象如同一張老舊的照片褪去了鮮明的色彩。耳中忽然傳來尖銳的引擎聲。幾道不祥的飛機雲劃過了高空。

世界整個顛倒了過來。

上下對調，左右反轉，近在咫尺的物體跑到了遠方；也許顛倒的不是這個世界，而是我自己。

忽然之間，塔的周圍迸出了煙火一般的小火光，存在這個身體中的另外一個女生意識對此感到不可思議。

不過我知道那是什麼——那是戰鬥的火光。

是戰爭。

在塔的周圍發生了戰爭。

我只是純粹地望向那座聳立於北方的高塔，心中並沒有浮現任何特別的感慨。因爲我處在夢中，無法隨心所欲地思考。

然後事情發生了。塔的底部出現了閃光。那是比起相機的鎂光燈要刺眼數十倍的閃光。

視線一片空白。

接著，塔的根部出現了強烈的爆炸。以那陣光芒爲中心，不祥的紅光呈現放射狀地向外渲染開來。整個天空紅成了一片；由白色閃光外緣的澄紅色到頭頂上的鮮紅色，再向外擴散成了帶黑的暗紅色。

整座高塔在閃光中逐漸崩塌，然後緩緩地整個垮了下來。在高塔坍塌的過程中四處可以看見附著其上的火舌。

一切都在崩壞，一切都在消失。我當下便了解到了自己正在目睹這個世界的末日。這片紅色的末日光景就像油漆一般鮮豔，深刻地撼動了我的心靈。

大氣一陣強烈的震盪。塔底爆炸時強烈的風壓席捲而來。一股炙熱的氣息覆蓋了我的全身。髮絲在強風中擺盪，衣服也讓風壓恣意拉扯，彷彿整個人下一刻便要讓這陣暴風給捲走。陸橋在強風中搖晃，橋上的每一個接縫在風中發出了哀鳴。

陸橋頹傾，坦露在空中的橋面被強風應聲吹斷。

坐在該處的佐由理忽然失去了著力點，從橋上摔了下去。我的意識跟著佐由理一同墜落。這樣啊……那座支撐著天空的高塔崩毀之後，天空就會塌下來了。這不是很自然的事嗎？

我在無邊無際的深淵中不停地下墜……

現實中延續了夢裡那種下墜的錯覺，讓我在忽然間驚醒。我環顧了四周，確認自己處在廢車站的月台上，正跟著拓也還有佐由理一同望著遠方的夕陽。

我彷彿做了一場夢。

那似乎是非常重要的事情。

「我剛剛好像做了一個夢。」我將這種異樣的感覺脫出說出。

「什麼樣的夢？」佐由理聽了於是開口問道。

「忘記了……」我想不起來。

「今天的黃昏好像會一直延續下去呢……」

我再度想起那天夢中的光景，已經距離當時相隔了數年的時間。我已經失去了許多東西，一切都不復存在。我總是在一切都已經爲時已晚的時候才察覺到那些事情的重要性。

我們三人在衣服跟鞋子全都乾了之後，依舊沉醉在那天漫長的落日餘暉。我們似乎覺得這天的夕陽會永遠延續下去。

地平線彼方的太陽儘管移動緩慢，卻與我們的期望背道而馳，一點一點地沉入了西邊的天空。我們的視線追著太陽最後的一角消失在這片天空下，只留下欲走還留的曖昧光線徘徊在地平線上方遲遲不忍離去。

夜幕低垂，我跟拓也環顧著周遭的景物同時站了起來。然而此時的佐由理卻依然雙手環抱著膝蓋坐在原地。她說她不想回去。

「現在可是暑假呢！」拓也聽了之後安慰道：「在夏天結束之前，這片天空永遠都是我們三個人的。我們明天再來吧？後天也可以，什麼時候想來我們都可以過來。然後我們每天都可以過著像今天一樣的生活。」

佐由理抬起頭，臉上的表情彷彿天上的浮雲改變了形狀一般展露了笑容。

那眞的是炎炎夏日中非常特別的一個回憶。

時至今日，我心中最爲純眞的那個自己依舊無法掙脫那個回憶，完全成爲它的俘虜。

從這天起，佐由理便從我們的生活中消失了。

暑假開始，我跟拓也每天早上都在蝦夷工廠打工，然後整個下午都待在廢車站製作薇拉希拉。

結業式那天，佐由理在這邊跟我們說她每天都要來玩，結果卻在分開之後完全失去了蹤影。我感到些許的寂寞，偶爾也歪著頭思考著其中的原委，然而眼前這架快要邁入試飛階段的飛機即將完工，我於是終日埋首作業沒有深入去想。

就差那麼一點點了。我心中反覆地迴盪著這樣的意念。馬上就可以在天空中遨翔，然後飛向那個我們嚮往的地方……

我們三人的約定之地。

佐由理說她也想去聯邦國的那座高塔看看。她一聽到我們肯定的回覆，便圓睜著那雙原本就水亮的大眼睛，露出了驚訝的表情。「可以答應我嗎？一定要帶我去喔！」她帶著懇切的語氣數度地重複這樣的要求。而我們別說是答應她，這個約定甚至馬上就可以實現了。腦中滿是這樣的意念，於是將此刻身邊少了佐由理的那份落寞與疑問自然地拋到了腦後。

拓也花了兩個禮拜左右的時間全心投入了系統平衡的數據架構工作。過程中不時看見他遇到了幾個複雜的部分而停下來思考。負責串聯各項機具之間的程式是由我們分頭開發。不過這個部分工程不是我能夠負荷的水平，於是我便抽手將這方面全權交給拓也處理，自己則專注於應付硬體部分的工程。

八月六日是返校日，佐由理這天也沒到學校來。

「該不會是身體出了什麼狀況吧？」拓也喃喃說道。

我聽了之後想起她身體其實相當虛弱的事實。

「是不是因爲那天掉到湖裡面的關係呀？」

我想起了結業式那天的我們在山坡上發生的事情，於是開口說道：

「因爲掉到湖裡而使得身體出了狀況……」

「也許是喔……」拓也吸了一口菸，同時皺起了眉頭。

接下來的一個禮拜我們又全心投入了飛機的製作工作。飛機製作的進度進行得相當順利，然而卻沒來得及趕在暑假前完工。佐由理依舊不見蹤影。

八月十三日，新學期的開始。在開學典禮的集會中我們依舊沒有看到佐由理出席。之後班會的時間佐由理也沒有到場。這讓我產生了不祥的預感。

我們班上的級任導師是一位姓佐佐木的女老師。她站在講台上甚至沒開口對學生打過任何的招呼，便直接告訴大家有件重要的事情宣布。

「班上的澤渡佐由理同學因爲家中發生了緊急事故，於是在暑假便轉學離開了。」她帶著有些嚴謹的口吻傳達了這件事。我甚至可以從她的表情中讀出她不善於講述這類狀況而感到些許不快的情緒。

教室裡一片嘩然。

面對佐佐木老師口中突如其來的言詞，我沒能即時領會其中的意涵。然而就在下一刻，我因爲這個衝擊性的發言而心中有如颳起一陣狂風一般陷入了紊亂。相對於內心的震盪，我的外表卻只是低著頭一陣茫然地呆望著桌上的鉛筆盒而說不出話。鉛筆盒在我的意識之中飄向了遠處。視線中的一切失去了它應有的形貌，在我腦海中呈現一片扭曲的影像。

我閉上眼，同時不覺緊扣住了自己的眉間，雙手不知所措地按在兩旁的太陽穴上。「冷靜一點！」我在心中默唸。然而另一個聲音見狀卻隨即大聲斥責道：「冷靜什麼呀！混蛋！」

「轉學？」

嘴邊下意識地吐出了低語。這對我而言是極度非現實的詞彙。

怎麼會這樣……

這天學校只是交代了許多複雜的聯絡事項，然後收集了學生們的暑假作業後便讓學生離開了學校。我旋即來到拓也的班上揪住了拓也。

「怎麼會這樣！」他說：「什麼家裡的變故？這是怎麼回事！」

「我不知道。」

「轉學的地點呢？」

「不知道，老師沒說。」

「去問。」他拉著我朝向導師辦公室快步走去。

拓也扭開導師辦公室木質門扉的力道不小。看來他似乎相當氣憤。我第一次看到他露出這般憤怒的表情。我們直接來到了佐佐木老師的辦公桌前，劈頭便問起佐由理轉學的事情。

「請您告訴我佐由理轉學的理由！」

「白川同學……」

老師被拓也緊繃的表情嚇了一跳。她隨後表現出了在班上宣布這件事情時的困惑神情答道：

「她的雙親除了家中的變故之外什麼也沒說……」

「家中的變故究竟是怎麼回事？」拓也沒有停止提問。「本人什麼也沒說就連忙轉學絕對不是普通的事情！」

「學校這邊沒有辦法這麼深刻地介入人家的家庭問題。白川同學……」

「那請您告訴我她轉學的地點！」

佐佐木老師被問得有些狼狽。

「這個……我也不知道……」

「不知道？怎麼可能不知道？轉學也要辦手續呀！沒有轉入學校的學籍，怎麼可能從這間學校轉學離開呢？」

「是啊。」佐佐木老師聽了拓也的話附和道：「理論上是如此，不過不知道怎麼回事，澤渡同學就這樣轉學出去了。這種狀況讓相關職務的老師也相當困擾。總之校方完全沒有辦法得知澤渡同學轉學的地點。」

「怎麼會這樣……」我低聲吐出了這麼一句話。

「怎麼可能會有這種事？」拓也語帶憤怒地說道。

我們走出導師辦公室，耳邊又傳來了拓也的抱怨。

「怎麼會有這麼荒唐的事！」

截至前一刻為止思緒全部呈現一片渾沌的我，此刻也覺得這件事情相當詭異。我忽然想到，在上學期初發下來的班級名冊我一直放在書包裡面。那張名冊上面有記載佐由理家的地址。

我從書包裡面翻出了那張皺皺的名冊。

「拓也，我們到澤渡家去找她！」

我跟拓也搭上電車來到了中小國車站。

拓也拿出了筆記型電腦，藉由網路查出了佐由理的地址，以及如何前往該處的地圖。她家位在車站附近的縣道旁，非常容易找。

我們沒有多費功夫便來到這間庭院寬廣的大宅前面。她家的土地有著對門及左右鄰舍的兩倍之大。庭院外側圍著高高的圍牆，透過圍牆可以看到院子裡的松樹。這是一間一層樓高的和式透天建築。儘管外表看得出來年代久遠，這棟建築卻也同時表現出堅實的印象而顯得大方莊重。我們踏進了庭院，按下了玄關前的門鈴。隨著房裡傳來微微的腳步聲，一位女性看起來像是佐由理的母親從房裡走了出來。玄關也同樣顯得十分寬敞。佐由理跟母親長得不像。

當她聽到我們是佐由理的朋友而露出了驚訝的表情。

「兩位是佐由理的朋友？」

她的語氣似乎表示眼前的狀況讓她感到相當意外。這讓我感到些許的不快。我並沒有將這樣的情緒表現在臉上。也許只是單純地無法表現出這樣的情緒。

「是的，我們是佐由理的朋友。」我留意地表現出了禮貌的態度開口答道。

「我們來跟佐由理打招呼。」拓也接著開口。

佐由理的母親臉上浮現出了佐佐木老師前一刻表現出來的困惑情緒。她告訴我們佐由理已經搬到遠方的住處去了。

「這件事是忽然決定的。」她說：「佐由理暑假的時候就已經住到那裡去了……沒有事先跟朋友們打過招呼眞的很不好意思。」

佐由理的母親表現出一副疏離的態度。面對兩個男生忽然前來探望自己的女兒，這種反應也許看來理所當然，而我卻不這麼覺得。

我請伯母告訴我佐由理移住的地點以及轉入學校的名稱。

她沉默了。

下一刻我們從她口中得到了不方便透露佐由理去處的答案。

因爲特殊原因……

（究竟是什麼特殊原因？）

我忽然間有股強烈的衝動想要一把抓住佐由理的母親。然而我強忍住這樣的意念，卻依舊因爲想不出其他的辦法而開口提出了愚昧的問題。

「您說的特殊原因究竟是怎麼回事呢？」

想當然爾，對方沒有正面回答我的問題。

「佐由理必須要在一個新的環境重新開始新的生活。」

她說完也許覺得這樣的態度有欠禮數，於是稍微緩和了言詞以柔軟的身段接著說道：

「眞的很抱歉，這件事情說起來非常複雜，並不是三言兩語可以解釋得來的。她必須要跟過去的環境還有人際關係暫時隔離開來。雖然對你們這些朋友很不好意思，不過希望你們能夠體諒。」

「冒昧請問，這是澤渡同學自己的意思嗎？」拓也提出了尖銳的質疑。

「這個……是的，是那孩子自己的意思。」

她的答案明顯透露出了令人起疑的不安。我跟拓也此時都心中有著一股想要繼續追問的意念梗在喉嚨裡面說不出口。我們沉默了。這一陣沉默的態度之中帶著我們心中強烈的攻擊性。這種應對方式我跟拓也同樣拿手。

「兩位同學……」

佐由理的母親終於屈服了。

「可以告訴我你們的名字嗎？有機會我會請佐由理日後回來探望你們的。」

這樣的答案依舊無法打消我們心中的不滿，然而到了這個地步，我們也不能再做什麼了。我跟拓也於是就這麼告別了佐由理的母親。回到車站前的路上，我跟拓也彼此悶悶地沒有說話。我的腦中忽然閃過了一個疑問。我不一會兒便找出了這靈光一閃的疑問究竟來自於何處。佐由理的母親說她「有機會」會請佐由理日後回來探望我們。

也許這只是一時措辭的問題。不過，從這個地方看來，佐由理的母親可能也沒有辦法輕易地見到佐由理。

有機會？

佐由理到底去了什麼地方？

我們帶著半分逃避現實的想法躲進了廢車站的停機棚。一陣短暫的沉默環繞在我們身邊。為了揮別這種沉默的氣氛，我們不情不願地開始將注意力轉到飛機的製作工程上。

拓也敲擊鍵盤的節奏顯得比以往遲鈍，我手中用以固定傳動皮帶的工具此時也顯得格外鈍重。不一會兒，我們便完全失去了幹勁，像是雨天洗好的衣服一樣整個人晾在飛機的機體上。

「所謂的特殊原因究竟是怎麼回事啦……」我下意識地將這句話脫口而出。

在自言自語之後我便開始認真思考其中的可能性。怎麼想也都只想得出午間播放的肥皂劇裡才看得到的荒誕內容。

飛機的那端傳來拓也說話的聲音。

「看來不像是債務方面的問題，她們家看起來在金錢方面有相當的餘裕。我剛開始覺得可能單純只是父母之間離異的關係……」

「如果只是這樣的話，那就沒有必要隱瞞澤渡去向的理由了……」

我不禁陷入了沉默。拓也也跟著不發一語。

這陣靜默的氣氛之中，我跟拓也腦中紛紛迴盪著各種沒有實際根據的揣測。線索少得可憐。無論我們怎麼想都得不到讓我們滿意的答案。我們儘管明白怎麼想都是徒勞無功，卻也不能停止思考這件事情相關的可能性。所有的思緒只留下不祥的預感確實成為腦中的沉積。

此時拓也忽然開口說道：

「無論這件事情到底基於什麼樣的原因，對澤渡來說都是相當突然的事情。我們之所以沒有辦法保持沉默是因為這很可能不是澤渡自己的意思。」

「為什麼你可以如此斷言？」

「這邊……你過來看這裡。」

我繞過飛機來到拓也深處的位置。他的視線停留在牆壁的一角。

佐由理的小提琴琴箱就豎立在牆角。暑假開始的那天我們離開這裡的時候，佐由理說小提琴很重，嫌累而沒有帶回去。

「從她把小提琴放在這裡看來，她暑假中還有打算要過來這邊的。」

這樣啊……不過這也許不能說是多麼可靠的線索。我想，放著沒有帶走的小提琴，說不定只是因爲佐由理離開這裡前往某處是基於急迫或難以抵抗的原因。

我們整天沒有任何的進度，只是帶著憂鬱的情緒就這麼離開了廢車站。

這般陰鬱的氣氛持續了整整三天。

我終於再也無法忍受自己這般長期的低落情緒。所有的事情都太過於曖昧，才會讓我們無論做什麼事都沒有進展。我想把一切事情都弄個水落石出。

「我們再去澤渡家一次吧。」我對拓也說。

「也是……如果我們不死心地多去幾次，也許能夠得到什麼新的訊息也不一定。」

「那事不宜遲，我們走吧。」

我們跟之前一樣搭車來到了中小國車站，經由縣道前往佐由理家。

然而眼前的光景讓我跟拓也同時停下了腳步。短暫地數十秒間我跟拓也整個人呆然佇立在原地沒有辦法開口說話。

佐由理家已然變成一片什麼也沒有的空地。

我跟拓也窩在廢車站的停機棚內，連燈也沒開。此時我們之間沉默跟前幾天前的氛圍截然不同。

佐由理完全失去了蹤影。

我想她並不是去了哪裡，而是在某種強大的壓力之下而被擄走。

「太沒有道理了！」我的心中不停地迴盪著這樣的感想，同時將蓄積於體內的那股怒氣全部指向佐由理被拐走的這個假設狀況。

然而，這樣的想法只會讓自己身體跟腦袋全都處在無意義的亢奮狀態。在難以遏止的憤怒之中我終於竭盡氣力，使得整個人墜入了一種悵然若失的憂鬱情緒。然而這種惆悵又在下一刻喚醒了心中難以平復的怒氣，於是周而復始，我就這麼陷入了有如遭到拷問一般永無止盡的煎熬之中。

會有這種狀況是因爲我的情緒沒有抒發的管道。

我找不到任何具體的對象發洩我的怒氣，這是一種非常糟糕的狀況。因爲負面的情緒無法得到宣洩，致使我今後亦將隨時隨地被這種負面情緒束縛。

拓也坐在工作台前的椅子上兩眼直視地瞪著眼前的牆板，而我則是繞行著尚未完工的薇拉希拉漫無目的地走著。我一直走到腳酸，終於停下了腳步。這裡恰巧是佐由理初次見到薇拉希拉時，將額頭貼在機殼上的位置。

我偶然地來到了佐由理當時佇足的場所，並且伸手將手掌貼到了當時與佐由理的額頭接觸的那個區塊。

澤渡……

妳走了，那薇拉希拉怎麼辦？

我們不是約好要搭著薇拉希拉一起飛翔的嗎？

妳丟下妳的薇拉希拉一個人究竟去了哪裡？

我在心中喃喃叨唸著，然後對於自己腦中不禁浮現出來的詞彙感到訝異——澤渡的薇拉希拉。我製作這架飛機的目的，究竟從什麼時候開始不是爲了自己，而是爲了這個女生？我一直懷抱著跟她之間的那個約定而製作這架飛機。守護這個約定對我而言一直都是如此自然且明確的事，讓我完全不曾發現自己製作飛機的目的產生了任何不一樣的變化。

由於佐由理失去了蹤影，讓今天的我變得悵然若失——我察覺到自己對薇拉希拉的熱情大幅度地衰退。此刻的我，感覺就好像拼了命地追逐什麼無法挽回的事物，卻怎麼也得不到結果，因而心生一股焦躁的情緒。

薇拉希拉還差一個禮拜的工程進度便可以完工。我跟拓也隔天也一如往常地在放學後搭乘津輕線鐵路來到廢車站，繼續最後收尾的工作。然而，不同於初期工程中的現象是，我們始終無法擺脫陰鬱的情緒，而這天也完全沒有進展。

再隔了一天放學之後，拓也沒有過來。我在南蓬田車站的月台處等他。列車已然進站，而我卻始終不見他的人影，於是我只好先上車。畢竟我們遇到了許多棘手的問題，另外也有可能是他感冒了吧。

我一個人孤單地開始薇拉希拉的製作工作。到了這個階段我跟拓也的工程幾乎是完全分開來的，一個人做也沒什麼問題。然而我堅持下去的意念卻在途中便消耗殆盡，於是我最後還是放棄，到日落爲止的時間全都在湖邊丟石頭度過。

又隔了一天，拓也按時來到了南蓬田車站，他似乎沒有意思要對昨天「缺席」作出說明。

隔第三天，拓也又沒有按時出現。

第四天，換我沒有去了。

什麼也沒說便對拓也爽約的事情讓我覺得愧疚，於是隔天我便小心翼翼地不要在學校跟拓也遇上。不過話說回來，那天拓也第一次什麼也沒說便沒到南蓬田車站的乘車月台來，我雖然胡亂幫他編了藉口，但其實我相當失望。我今天去了廢車站，也沒看到拓也昨天來過的跡象。我們有一本記錄工程進度的筆記本，當中並沒有留下拓也昨天的筆跡。

空蕩蕩的停機棚內，我的嘆息在一片寂靜的氣氛中顯得特別清晰。我累了，深深察覺到自己身心俱疲。我想休息。這樣的想法是幾年來從未在我的腦中浮現過。我在認識拓也之前什麼事情都是自己一個人完成的，對於自己一個人獨來獨往這種事從未有過半分懷疑。然而，今天只剩下我一個人的時候，孤獨卻變成了如此難以忍受的煎熬。

接連的兩天我都沒有去廢車站。儘管我打算要是在南蓬田月台上遇到拓也就改變行程，開始「上工」。不過我卻沒有看到他。

接下來的一個禮拜，我偶爾會到廢車站去，也相對地也休息了幾天。就算去了，頂多也是一整天茫然發呆度日。

到了文化祭的準備期間校內總是充滿忙碌的人群。不知道什麼原因，我們學校的文化祭比起他所學校都要來得早些。這麼說起來，我跟拓也一起在沒有申請的情況下擅自策劃遙控飛機的試飛活動已經是兩年前的事了。現在回憶起來，心中浮現出了一股既懷念又感傷的情緒。

那天我因為弓道社的學弟妹來找我商量文化祭的活動策劃工作而遲了點回家，距離前一次搭乘社團活動電車回家已經是好久以前的事了。儘管時間不對，不過「習慣」是沒有那麼容易改變的。我來到月台上固定的那個位置等待著去程電車進站。就在這個時候，我聽到耳邊傳來一個熟悉的腳步聲。我於是不禁回頭。

我在轉頭之前便知道那個人就是拓也。然而他的身邊卻跟著一個可愛的女生讓我瞬間感到有些畏縮。那是他競速滑冰社的學妹，松浦可奈。現在還是炎熱的夏末時節，松浦可奈卻緊緊地黏在拓也身上。怎麼看都不覺得他們只是同社的學長跟學妹偶然在放學的時候碰到而已。

「你這是什麼德行呀？」

我劈頭就對拓也說了這麼一句話。儘管我自己沒有察覺，不過我當下的表情似乎相當嚴肅。而這個表情似乎嚇到了松浦可奈。

「什麼叫『什麼德行』？」拓也想也不想地將這個質問丟回到我的臉上。

「拓也，你……」

我的聲音帶著些許的顫抖。我想問他自己對佐由理的感情是不是打算就這麼當作從沒有發生過，然而話到了口邊卻又吞了回去。這種事情不能讓一旁的松浦聽到。

「那件事情不管我們怎麼做都已經無濟於事了。」他刻意避開了敏感的字眼開口說道：「我們已經沒有辦法可想了不是？我們難道要永遠惦記著那件事，永遠把自己囚禁在那個回憶裡嗎？」

「那薇拉希拉怎麼辦？」

「那東西……」拓也的聲音瞬間變得軟弱。「那東西……我已經不想管了。我已經沒有幹勁了。剩下的就你自己一個人搞定吧。」

「你是認真的嗎？不要這樣……拜託你不要就這麼放棄！我們不是說好要一起到那裡去的嗎？」

「我已經累了……」

我切實地從他的語氣中感受到他已身心俱疲。說實話，這種疲憊的感受我不是不能體會。

「不管我們怎麼做，這件事情也許注定是要變成這樣的。也許這正好就是我們該要抽手的時候了……」

「拓也！」我怒斥道：「你這是酸葡萄心理！」

「就算眞是如此這樣那又怎樣。」

「這不像你呀！這不是你一貫處事的方式吧！你不是這種人！拜託你不要再說這種話了！」

「你又知道了！」他口中吐出了陳腐的台詞。這樣的說詞比起三流的連續劇都要來得差勁……

「眞掃興。我去別的車廂，你最好不要跟過來。」

他說著便轉身拉起了一旁的松浦，朝隔壁車廂停靠的位置走去。我對拓也的態度感到憤怒，這股憤怒幾乎占據了我大部分的思緒，而讓我只能眼巴巴地望著他他們離去。其間松浦多次因爲在意而頻頻回頭，不過拓也卻始終不肯轉身再面對我。

終於等到列車進站的時刻。列車行駛間，我只要一想到那傢伙就坐在隔壁車廂，便生氣得靜不下心來。我原本並沒有抖腳的習慣，然而此時我的膝蓋卻下意識地一直抖動。

我當下因爲情緒被拓也惹得氣憤難消，沒有心情再繞到廢車站去，直接在三廏站下車回家去了。

隔天我整理過了自己的心情，放學後來到了廢車站。我想這麼做的原因是因爲我對拓也的態度產生了反感。在遇見拓也之前我一向都是獨力完成所有事情，既然那傢伙已經放棄了，我就自己一個人把這東西完成給他看！

我帶著這樣的想法來到了停機棚，卻因爲空曠的室內著實地將我每一個孤獨的動作以回音傳送到了我的腦中，深深地打擊了我的意志。

我試圖振作因孤寂而被蝕去的執念，拼命地揮動手中的工具。然而，那具拓也愛用的機械鍵盤直到日前依舊從不遠出傳來喀喀的敲擊聲，還有他筆記型電腦中硬碟讀取時高速運轉所發出的聲音，如今都已經不在耳邊。這對我的心靈造成的傷害，遠比想像中要來得深刻。

一陣空虛感忽然向我襲來。

我失去了幹勁，手中的工具不經意地從手中滑落。

我到底在做什麼？

我投入了大量的時間、金錢，到底是爲了什麼？已經沒有朋友可以跟我分享成功時的喜悅了。那個總是會不停地稱讚我的女生，如今也已經失去了蹤影。

我從鋁梯上一階一階地爬了下來，整個人環抱著膝蓋蹲在地上。永遠都會只剩下我一個人了，無論是飛機完工的時候、起飛的時候，甚至是到達那座高塔的時候……

這麼一來一切就會變得沒意思了吧？

此時的我彷彿擰乾的毛巾，體內僅存的活力正一點一滴地被榨出來。不知道什麼時候我已經再也沒有任何力氣做事了。

「佐由理，這一切都是妳害的。」我在心底喃喃地抱怨道：「妳是如此重要。正因爲妳是那麼重要，所以我們才將一切都交給了妳。然而，妳消失之後齒輪也就不再轉動了……」

不行了。

我已經沒辦法繼續製作這架飛機了。

過去支撐著我們不斷地朝向前方邁進的那股推力，此時已不知道消失到什麼地方去了。我舉起身上的工具攜行袋使勁往遠方扔了出去。

（夠了。）

拓也早就這麼說過。他的判斷總是比我來得早了一步。就是這麼回事。拓也說得對，已經玩完了。現在怎麼樣都無所謂了。

我走出停機棚，將左右敞開的大門關上。我將鎖鍊緊緊纏繞在大門門把上，讓它再也無法開啓。除此之外，我又上了三道大鎖把這間停機棚永遠地封起來。

我從後門回到了停機棚內拿回了書包。牆壁四處回傳了我每一個步伐跨出來的聲音，讓我不禁感到一陣焦慮。

我來到變電箱前關掉了總開關。啪地一聲，所有的電燈全都滅了。在這個呈現一片死寂的空間中，薇拉希拉好像博物館裡的骨架模型，完全失去了眞實感。

我從後門走出了停機棚，上鎖，將鑰匙埋到地底下，然後帶著蹣跚的腳步沿著山路走下這座小丘。行李十分沉重，這種感受是兩年來從廢車站返家的過程中第一次出現。面對這樣的自己，我不禁在心裡對自己開口說道：

「喂，這可是下坡呢！居然連這點行李都嫌重！你到底是怎麼了？」

我來到森林的入口，回頭是讓鎖鍊一道道纏在門把上的停機棚大門。它就這麼靜靜地蹲在遠處的草原上，看來一副弱不禁風的模樣。

在停機棚的延伸處，那座高塔聳立在遙遠的天邊，依舊美麗如昔。一如往常，我此刻依舊覺得聽得見那座高塔的呼喚。然而此刻高塔的叫喚卻在我的心中留下了與以往截然不同感觸。我轉身背過高塔，此時我的心中彷彿受到高塔對我一陣嚴厲的斥責。它依舊讓我如此著迷，依舊在等待我的造訪。然而，此時的我卻幾乎溺斃在淚眼盈眶、自憐自哀的情緒中，只是咬牙切齒地將內心的憤怒與厭惡感指向這個懦弱的自己。

不要再呼喚我！

不要再引誘我！

不要再讓我如此著迷了……

我試圖振作，讓自己能夠堅強地跨出回程的腳步，卻在探出第一步的同時便耐不住心中的落寞，步履蹣跚地走了出去。

我彷彿感受到那座高塔沿著天空的弧線整個壓到了我的頭上。我對此感到愧疚。過去我花上了幾年的時間，賭上性命的渴望，如今我將要把它當作從沒有發生過。甚至是與佐由理言猶在耳的那個約定，也將隨著我的離開而一切煙消雲散……

「不要再看著我了！」我對著身後那座高塔怒斥道。

我此刻只想到一個看不見那座高塔的地方去。

這當然是生平第一次出現在我腦中的想法。我不禁覺得，也許這種想法其實在我的心中此刻正不斷地膨脹，正逐漸蔓延到我心中的每一個角落。

我再也不想看到那座高塔了，我已不堪負荷。每當看見那座高塔，我只會想起那架完工之際便被棄置不顧的飛機殘影，還有時常毫無預警地出現在我腦海中的佐由理。我再也不要接近那座高塔……

我想離開這裡。

我忽然憶起佐由理似乎曾經說過同樣的話。原來如此，她就是因爲這個念頭而去了我們所不知道的地方。

就在這個想法浮現的同時，我想要離開這裡的念頭於是忽然充滿了現實感。

我回到家，認眞地思考方才浮現於腦中的意圖。明年的春天就是一個不能錯失的轉捩點。我於是專心地將投入於升學考試導覽，還有網路上的應試資訊網站。我於是得知了東京有間以升學率聞名的私立高中，該校對於偏遠地區的錄取者有優厚的待遇。雖然這間學校不容易考取，不過從現在開始認真唸書的話也許可以考得上。

我花了幾天說服爸媽，終於得到了他們的許可。如果要到東京念一間好的大學，那麼與其去報名偏遠地區情資缺乏的補習班，倒不如到東京去選一所輔導應試經驗豐富的學校要來得有效率。他們接受了我這樣的說詞。

從這一刻起，我便為了追上我至今在學業方面落後的進度，開始一股腦兒地全心投入準備考試。雖然我將埋頭於無聊的死背工作，不過只要設定了目標，規劃好了進度，然後朝著目標紮實地前進，這樣的做事方式對我並不會造成困擾。我只要無時無刻都坐在書桌前背誦那些代數的公式還有助動詞的用法，我就不會再想起佐由理跟那座塔的事了。這樣正好。

我在學校偶爾會在走廊上碰到拓也。然而我們彼此面對對方都有愧疚，覺得對不起對方，所以我們再也不會跟對方打招呼。這樣的關係在幼稚的小孩子們眼裡叫作「絕交」。比較起之前我們每天膩在一起的狀況，這樣的改變真的很難叫人接受。一想到這裡，我的心就會像糾結在一起一般難受。不過我有我現在該做的事，我希望能夠盡量避開一些會讓我分心的事情。

時間就這麼匆促地流逝，第二學期過去之後又來到了寒假。在我一心一意地專注於準備考試的時候，第三學期也在轉眼間結束。

我在險些落榜的情況下考上了我理想中的那間學校。

我不知道拓也升學方面的規劃，也沒有聽說相關的結果。當然我也盡量地不去過問這些事。

說實話，我對於佐由理破壞了我跟拓也之間這般親密的友誼而帶著些許的埋怨。不過我想這只是我為這個結果找出來的藉口。

埋怨歸埋怨，這個狀況我已無力改變，也無從改變，於是逐漸可以從客觀的角度看清這其實不是佐由理的問題。這個世界就是如此，我們之間的關係會演變成這般田地也是沒辦法的事。

不過其實就結果而言，我終究沒有辦法讓自己眞正地用如此客觀的角度接受這個事實。而這個事實也在日後深刻地對我造成了影響。

我喜歡佐由理，也喜歡拓也。同時失去他們對我來說在心靈上留下了決定性的傷痕。

我想讓自己忘掉他們，卻怎麼也無法如願地加以忘懷。無法忘記自己想忘掉的事，其實非常痛苦。

對每個人而言，他們心中都有不知不覺中忘記的事；有想忘卻忘不掉的事；還有絕對不能忘記的事。

我逐漸得到這樣的體認。然而這其實是我怎麼也不希望明白的道理。

註1：寺山修司，生於青森縣，是詩人、小說家、劇作家、評論家、電影導演，也是賽馬評論家，生平留有以「丟掉書本，到街上走走吧」爲首的多部電影、小說、詩歌、劇本、評論等等作品。青森縣三澤市設有寺山修司紀念館。

註2：驅睡祭，包含青森縣在內，多數東北地區於夏日舉辦的祭典。由居民呼口號，一齊扛起裝飾著「武者繪」的神轎遊街，作爲慶典中的主要活動。慶典名稱的解釋有多種說法，一般多以夏末秋初驅趕妨礙勞動的睡意而於七夕舉辦較爲普遍。

註3：飛翼，泛指沒有尾翼設計的飛機，且機身主要部分隱藏在厚厚的主翼中。其中最具代表性的飛機乃美軍的B－2幽靈式轟炸機。有些飛翼形的飛機仍保留機身，但沒有尾翼的這個共通點則沒有例外。

註4：站在我這邊（Stand by Me），美國暢銷恐怖小說《屍體（Body）》（史蒂芬金的四季奇談之一）所改編的電影故事。

註5：花林糖，將水、砂糖、酵母、食鹽，還有小蘇打或入小麥粉中拉成拇指大小的圓棒狀油炸，沾過黑糖或白糖糖漿之後風乾的一種便宜糖果。

註6：宏觀物體的穿隧效應，微觀粒子具有波的性質，因此可以穿過它們本來無法通過的牆壁，這個現象稱之為「穿遂效應」。而宏觀物體在理論上也具有穿遂效應的特質，也就是說人也可能穿過牆壁，只是這個機率非常之小，雖然不等於零，但實際上就是零，以致於宇宙誕生至今一百三十七億年來從沒有發生過。

沉眠之章

雲之彼端·約定的地方

1

十六歲那年的春天，我初次踏上了東京的土地。

我從東北新幹線列車上下到月台，擠進了剪票口前的人群中。如此擁擠的景象讓我不禁咋舌。東京車站大廳大得嚇人，四周不見窗戶，儼然就是一個地底都市一般。要是沒有引導旅客的告示牌設計，我想我一定走不出這棟建築。

我找到丸之內線的地鐵月台，搭上了進站的電車。東京車站列車班次密集的程度讓我覺得相當貼心而愉快。我確實體驗到了這個地方五分鐘一班車的方便感受。這個地方時間的流速跟我過去所居住的世界有著截然不同的差距。

我彷彿就是爲了這種截然不同的感受而來到了東京。

我想起了今天早上從三廄的家裡出發時的情景。媽媽說他想陪我一起到東京，或者至少陪我到青森或八戶那邊，不過我說什麼都不想讓她跟，於是回絕掉了。我希望能在新的地方找到一個嶄新的自己。所以任何可能引起思鄉情緒的東西我都盡量讓自己避開，不要帶到這個地方來。

我在西新宿下車，走出地鐵站來到大街上。眼前聳立著一座頂端有個像是盤子一樣的東西蓋在上頭的高層建築。那座建築筆直地朝著天上延伸而去。

「眞是巨大！」我立刻湧出了這樣的感想。

我在成子天神廟的圓環十字路口右轉，看著地圖走了五分鐘左右。此時我不禁抬頭，看到的是跟方才一樣高層建築環伺的景象。

這眞是曠古絕倫的景色。讓人聯想到成群的高塔。

這是高塔叢聚的城鎮。新宿新都市中心林立的高塔沒有任何成見地鳥瞰著我。這些聳立的巨型建築來自四面八方的視線沒有讓我產生絲毫的焦躁，取而代之的是一種安適的心情。

我又步行了十分鐘左右，街景忽然急遽地改變。侵蝕了都會縱向空間的成群大廈轉眼間便全部消失，變成了緊貼著地面水平伸展開來的古老建築群。

這種景色的轉變讓我覺得十分新鮮。前一刻被拉至到了空中的意識，隨著景色的轉變，急遽地變成橫向延伸出去的空間。眼前的這片街景位在較爲低矮的地區，站在稍微高起來的山坡上便可以將這片古樸的風景盡收眼底。這種景色的差異十分顯著。

環顧四周，這片充斥著古老建築的街景，其實每一棟眞的都經歷了相當長的歲月，彷彿昭和中期的氛圍就這麼保留下來一般。這些房舍的屋頂幾乎都是瓦片堆砌而成的。處在北方的雪國，從沒有看過瓦礫的我對此有著深刻的感觸。這眞的是充滿了人類生活氣息的街道。原來東京這裡並不是只有像澀谷、銀座這樣的地方。

我在這片街道的盡頭緩步走下了迂迴向下延伸的石階。這座石階的彼方有著接下來將伴我度過高中三年生活的宿舍。

我稍微迷了一下路才找到這間十分老舊的房舍。它是由公益法人協會興建的宿舍。

說是宿舍也跟一般硬性規範團體生活的一般既有宿舍不同，它是一間帶有廚房的木造公寓。我的房間位在這棟兩層樓建築的二樓。這是父親藉由職務方面的關係幫我找到的宿舍。

仔細端詳它的外表，怎麼看都像是四十年歷史的古老建築。宿舍裡面沒有浴室，廁所是全員共用的。這些特色讓它的房租便宜得嚇死人。嗯，品質反應物價嘛。對此我沒有絲毫不滿。我並沒有特別想要享受一個人生活的風雅情趣，所以只要有一個可以睡覺的地方其實也就別無所求了。

我的房間裡面堆放著快遞送達的幾個大紙箱，我繞過了紙箱堆，走到窗邊打開窗戶，讓室內的空氣流通。這房間不是採用充斥於西式建築中的鋁質窗框，全都是古樸的木材，因此當我拉動窗戶的時候，木頭摩擦聲響徹了整個房間。

今天天氣相當晴朗。

陽光透過窗戶，點亮了昏暗的房間，瞬間的感受讓人覺得心曠神怡。

我留著房裡敞開的窗戶，帶著閒適的心情打算到外頭散散步去。畢竟來到一個新的地方，總要先熟悉一下地理環境，並爲接下來的生活作些準備。

走出玄關之後，我環顧了四周，在宿舍的兩側各找到一間投幣式自助洗衣店還有公共澡堂。再多走幾步來到大街上便可以看到便利商店，附近也有幾家小吃店。這條路上放眼望去便可以看到兩間便利商店隔街對望，這讓我這個鄉下來的鄉巴佬不禁愕然。

隨便這麼晃了一圈，看來這邊的生活應該不會有什麼不便之處。其實根本就是應有盡有。

我原以爲像東京這樣的地方，應該到處都是車水馬龍、人聲鼎沸的街道，不過這邊卻有著一股幽靜的氣氛。這裡的街道寬度汽車行走起來不太方便，兩旁的行道樹密度彷彿讓行人置身於某座公園裡面，環境舒適而宜人。

我走在街上穿過了另外一條小巷，在還分得清楚方向的狀況下隨意地左拐右彎，然後我來到了青梅街。我隨性地朝著西向的道路走去，沿途經過了一處鐵牆隔離的建地，裡面正在蓋新的建築。這讓我瞬間想起了佐由理家整棟房子被拆成一片空地的景象。

「唉，平房公寓在東京改建成高樓大廈的事情應該是家常便飯吧。」我如是想著，才又得以從方才瞬間的動盪中平復。

不讓自己有閒暇時間流連過去的回憶，其實就某方面而言是好事。

我不禁抬頭朝天上望去。瞬間……我感到一陣驚慌。北方的天空——聳立在民宅上方有如鉛筆筆芯一般直挺挺的白線忽然出現在我的眼中。

我眨了眨眼睛，仔細確認了一番。全身上下的毛細孔因遠方揮之不去的景象而綻開。

它毫無疑問地座落於該處……

那座塔。

那座高塔跟我在青森看到的比起來變得相當細小。儘管它成了極爲細長而有些模糊的模樣，但那確確實實就是蝦夷島上的那座高塔。

怎麼可能？怎麼可能到了東京還看得見？

我在腦中盤算了一下青森到北海道中央的距離，然後回憶自己在青森觀看到那座高塔的寬度，試圖推算出高塔直徑可能的大小。就算根據那個結果把塔的直徑再放大兩倍，那也不應該是東京可以看到的東西。理論上應是如此才對。

然而，那座塔模糊的影子卻出現我的視線之中。

我抓住了偶然行經此地的老人，告訴他我剛剛才搬來此地，然後問他這個地方是不是以前也可以看到那座高塔。他說他的視力衰退了平常看不清楚，不過那座高塔就跟富士山一樣，在天氣好的時候都會清楚地浮現在天空的彼方。

這……太沒有道理了。

老人走了，我呆佇在原地。

怎麼會這樣？我明明是爲了不讓那座高塔再次出現在我的眼底才來到這裡的……

我顯得狼狽，鏘地一聲靠在身後的鐵絲網上。

開學典禮之後新學期開始了。

我一個人隻身來到遠在東京的學校。我曾經以爲自己是一個鄉下來的外地人，可能會被大家瞧不起。當我抱著這樣的決心來到此地，卻發現事實也並非如此。雖然學校的同學幾乎都是在東京出生，不過卻也有不少從全國各地來到這所學校就讀的學生。所以無論是學校或當地的學生都很習慣這樣的現象，就算是鄉下來的學生也不會有什麼不自在的疏離感。

然而，高中就像我這樣特地從鄉下來到東京的學校就讀的學生還是相當少見，因此還是有許多同學對我抱持興趣而頻頻提出許多問題。除此之外，他們也會羨慕我自己一個人住的生活。我開玩笑地說，我住的地方怎麼看也不像是會讓人羨慕的窮人住宅，結果也逗得大家相當開心。

我從來就不是那種會對陌生人抱持警戒心的個性（當我理解到這樣的特質是何等珍貴的時候，我已經失去它了）。這樣的個性也讓我跟周遭的同學處得很好，無論做什麼事情也都相當順遂。在新的學校，我不久便結識了許多一起遊戲的朋友。因此，一個人住在外面的生活也就變得不是那麼寂寞了。至少在表面上是如此……

這所學校座落在西新宿氣派的公寓群中。明明就是所位於市中心的高中，學校的操場卻不是PU材質，而是紅土鋪設的跑道。

三樓的教室透過窗戶可以清楚地看到新都心的高層建築。

當我初次在此地看到那座高塔的時候，我覺得它彷彿跟林立於西新宿的高樓建築有著相同的血緣，每每抬頭望向那些聳立於大都會中，顯出一股驕傲氣質的高樓建築，我的心中便會湧出一股激盪的情緒。人們到底基於什麼樣的理由建造那些如此高大的建築物呢？爲什麼那些建築物非得這麼高大不可呢？

那些高層建築裡的人們，究竟都在裡面做些什麼？

我不時會歪著頭露出疑惑的表情。我並非想要進去那些大樓裡面看看，只是不知道爲什麼，我總覺得自己被它們排拒在外。

我十分用心地專注於學校的課業上。

不管怎麼說，我畢竟都是拿升學當作藉口而來到此地的，不認眞用功沒有辦法跟家人交代。老實說，我心裡不是沒有那種「等上了東京之後愛怎麼樣就隨我了」的想法，不過我還是覺得這點承諾我應該要好好遵守。再說，現在的我也沒什麼特別想做的事了。

就這樣，國中時代想都沒想過的預習跟複習工作，現在我也開始會做。學校的課業中一點也找不出什麼有趣的內容。不過我可以藉著唸書打發時間，也不再需要去想些無聊瑣碎的事情。這所學校校風嚴肅，並且採取升學主義，周圍沒有任何人會說你幹嘛一天到晚都在唸書。因爲對這間學校的學生來說用功唸書是對的，是值得尊敬的事。這樣的風氣讓我在新的環境之中逐漸得到了認同，同學看到我都會對我抱持一定程度的敬佩之情，也覺得我是個平易近人的人。在這個嶄新的環境之中我不是沒有遇過個性不對盤的人，不過這樣的人際關係還不到麻煩的程度。無論我走到哪裡都可以從容以對。也許從客觀的角度來看，這是非常得天獨厚，十分幸福的事情吧。

然而，不知道爲什麼，我心中那種「自己並不屬於任何地方」的不安卻始終沒辦法消除。

如果可以的話，我並不想在宿舍裝設電話。不過這種想法終究還是行不通，由於爸爸還有一個申請電話的權限，所以就幫我裝了一支。

第一學期的期中考前後關東地區發生了微幅的地震。地震發生的當下我完全沒有絲毫的異樣感。那其實根本就是這樣一個無感地震。然而喜歡窮緊張的媽媽事後打了電話過來，問了一些地震什麼時候發生的之類有的沒的，然後對我的遲鈍難以釋懷。

兩天後，媽媽寄了一封裝了鈔票的信封給我。裡面附著一封信，要我去買台電視，至少可以知道當下發生了什麼災害。

我將那鈔票連同信封一起放進了褲子口袋，然後來到了淀橋照相器材家電用品連鎖店。大樓裡面的電視機展場幾乎被大大小小的電視機給淹沒了。我從以前就覺得不可思議，在家電賣場中的電視節目會讓我感到愚蠢得無以復加。我想，這也許是因爲同樣的畫面大量地並排在眼前使然。我購買電視的興致全失，畢竟我根本沒有那麼想看電視節目。

正當我想要離開這裡，隨便吃個飯就回家的時候，放置於賣場一角的東西吸引了我的視線。那東西讓我聯想到一條只剩下骨頭的大魚。走近一看，我方才明白那是一架只有骨架的小提琴。

那是山葉的電子小提琴，它完全省去了音箱部分的設計，因此幾乎沒有聲音。它的聲音只有帶著耳機的人才能聽得到。這是爲了避免噪音而設計的練習用小提琴。

我基於半分衝動的驅使買下了那架小提琴。因爲那架小提琴金額而使得紅利點數激增，也讓我順便帶了一台FM隨身聽回家。

我詢問店員附近是否有販賣樂器的演奏教學書籍，而對方也親切地回應了我。我於是到了樂器行，帶了幾本小提琴的演奏指導相關書籍回家。

從那天起，我便開始練習小提琴。我按照書中的教案一個步驟接著一個步驟開始學，然後也慢慢地一個人學會了教本上的琴譜。

坐在書桌看書看累了，休息一下碰碰樂器轉換心情其實是不錯的選擇。幾個月下來，我的琴藝即使說不上出色，至少也可以像樣地拉完幾首曲子。不知不覺之間，我發現自己偶然會回想起佐由理在那年夏天演奏的那個旋律。

我極盡所能地擠出記憶中模糊的印象，一個音一個音地試圖重現佐由理手中的音符。每當這個時候，佐由理閉著眼睛的臉龐便會在我腦中浮現。她那拉著琴弓，顯得有些生澀的動作，還有迎風飄逸的髮梢，都讓我有種難以言喻的感慨。

當然，我終究還是沒能完全重現那首曲子。

我來到一間以收藏大量琴譜聞名的圖書館，找出了那首曲子的琴譜，將它影印之後帶了回去。「來自遠方的呼喚」。所幸我還記得那首曲子的曲名。

時光飛逝，我每天過著一成不變的生活。我早起上學，維持著還不錯的心情上課，放學之後到圖書館唸書，然後晚上買些東西回家。這些既定的行程規律地占據了我所有的時間。我偶爾回到家關上門的時候，一股沉重的疲憊感便隨即湧上我的心頭（眞的只是偶爾而已）。

這時候我就會拿起小提琴，演奏出佐由理曾經演奏過的那個旋律。

就這麼日復一日，一年過去了。

時間久了，我跟班上幾位友人關係開始變得親密。他們都是些爲人和善，家教良好的學生。由於他們都是東京長大的孩子，所以知道很多當地好玩的地方。我常常讓他們帶到各種年輕人出沒的場所嬉戲。舉凡澀谷、原宿、台場等等，這些電影情節中才會出現的熱鬧地區當然不會放過。其他像是吉祥寺、下北澤等地我們也偶爾會去。不過當然啦，就近的新宿地區還是我們最常活動的領域。我們偶爾會去ＰＵＢ，在晚上一起喝酒。三十歲的我當然不知道現在的年輕人是不是還盛行ＰＵＢ文化，不過我們那時候甚至有些夜店只要高中生換掉制服就可以進場。

像這樣跟一群朋友一起到處遊玩當然是很快樂的事。不但有朋友作伴，也能夠醞釀出一種「這裡屬於我們」的氣氛。朋友之間單純地互相吸引而交往真的是一種令人愉快的事情。

儘管如此，像這種到處瘋到處玩的經驗，有的時候我卻覺得十分空虛。

每當這種情緒出現，我便會不禁懷疑自己到底置身在什麼樣的地方。當下我的心中便會浮現一種有如孤獨地置身在一座人工舞台上的緊張與困惑。彷彿只要我一閉上眼睛舞台上的布景就會被撤離，身旁這些虛幻的事物終將從我身旁消失不見。

某個黃昏的歸程，不禁抬頭望向新宿林立的高樓頂端。

那是一種非現實的感受。

我閉上眼睛，想像這些景物就像舞台布景瞬間消失的情況。

當然這種事情不可能發生，現實就是如此。儘管眼前的景象在我的眼中看起來就像天邊的海市蜃樓，然而它其實是實際存在的。現在看得到的一切都是佇立在這片大地之上，實際存在的事物。

——你才是虛構的。

眼前林立的高樓對我提出指摘。

我墜入了一種非現實的錯覺之中。

——你是個沒有實體的幽靈。

另外一棟高樓接著對我說。

也許眞是這樣。

我帶著不安的心情徘徊在這個街道上，彷彿我眞的成了一個帶著淡淡青光的遊魂。原來非現實的並不是眼前林立的高樓，而是我嗎？應該是吧。

我抬頭望向幾座直指向天際的大樓，並且對於其中究竟藏著什麼樣的人，而這些人究竟又在做些什麼事情感到不解。

——你管這麼多幹什麼？反正你終究是進不來的。

——這裡容不下你的存在。

難以抗拒的強大意念從天空的上方重重壓了下來，並且將我給壓垮。

我被這個街道排拒在外。

它容不下我。

這樣的結論在我的心中來回奔竄，折磨著我。

儘管如此，我卻非得在這裡生活不可，我必須要融進這個街道，不管付出什麼樣的代價。

一年過去，我升上高二。無論是中元節或是過年我都沒有回青森的老家。

2

有一天我迷了路。

那是春天已經來到尾聲，上學期的期末考結束的日子。我從來不覺得自己是個路痴，然而我來到東京之後卻成天迷路；新宿車站前彷彿有機物增生之後呈現出來景象會讓我迷路，周遭建築有如棋盤一樣整齊羅列的池袋車站也沒有例外。

那天我接受幾個朋友的邀約，爲了慶祝考試結束而出外夜遊。當時的天色已經有些昏暗，我跟那群朋友分手，大家約好先回到家裡換過衣服再到目的地集合。朋友這樣的邀約，只要我有空通常都不會拒絕。這對我來說是必要的人際關係處理方式。我必須藉此融入這個街道，還有這個街道裡的人群，並且成爲其中的一份子。因此就算我當時不是遊戲的心情，我也會配合他們，同時也絕不會讓他們看到我覺得無聊的表現。

我們的目的地是位於西新宿的一間半地下室的搖滾PUB。這間PUB座落在離開鬧區的住宅巷弄裡面，我已經去過了不少次。PUB裡面雖然又狹窄又吵，不過對於發洩情緒來說是相當好的去處。

然而那天我換完衣服打算跟他們會合的時候，卻怎麼也找不著那間PUB。我在應該轉彎的地方轉彎，從該走進去的巷道前拐了進去，不過我就是找不到那個目的地。我沒有手機，因此也沒有辦法聯絡那群朋友。

「應該在這附近的……」我反覆叨唸著，不斷地在相似的巷弄裡徘徊。身後有個年紀差不多的女生看了我這個樣子於是前來開口問道：

「你在做什麼？」

我嚇了一跳，直覺以爲她把我當成了鬼鬼祟祟在此處徘徊的可疑人物。不過看來卻不是那麼一回事。女孩帶著非常平易近人的表情。她身著一件露肩的薄上衣，搭配著貼身的小直統牛仔褲，以三七步的站姿出現在我的面前。

我帶著徬徨不安的情緒回答道：

「這個……我迷路了……」

「你要去哪裡呢？」

「嗯……」

面對當下的狀況我有些摸不著頭緒，但還是想了一下店名並告訴這個女生。面對眼前這個突如其來的意外事故（對我來說，這世上沒有比讓陌生女孩毫無理由地跟我搭訕更叫我感到意外的事情了），我好不容易讓自己可以明白當前的狀況，卻也只能像個笨蛋一樣乖乖地回答對方的問題。

「啊，我知道那間ＰＵＢ。要去那裡的話，很容易搞混巷口的岔路。」女生說：「你要先從這邊出去，然後走另外一條岔路進去就可以看到了。」

「謝謝……」

我話還沒說完，那女生卻先一步問道：

「你是不是不太會辨認方向？」

「好像是這樣……」

她的問話讓我覺得十分唐突，我卻也還是予以回應。我雖然想說自己不是路痴，然而實際上我就是迷路的人，所以即使說出來也沒有說服力。

「不過眞叫人感到意外，沒想到藤澤同學也會去那種地方。」

我瞪大眼睛看著她。

這女生爲什麼會知道我的名字？

我對於眼前這個女生完全沒有印象。說起來，我跟女生本來就沒什麼交集。她看到我顯得一臉困惑的表情於是先一步開口說道。

「我當然認識你啦！我們是同班同學呢！」

「咦？」

「你認不出我的長相？」

「這個……」

她將披在肩上頭髮用兩手抓成了雙馬尾的模樣然後開口說道：

「我平常都是這個髮型。」

「啊！」

她這才讓我想起她是誰。

「抱歉，我想起來了。」我們班上確實有這樣一個女生。

「那就好。如果你還是想不起來的話，可見就是把我當成怪人了。」

「抱歉。」說完才覺得自己道歉很奇怪。「可是妳現在沒有穿制服，髮型也不一樣啊。會認不出來是很正常的事吧？」

「也是啦。」

她接著又道出犀利的指摘。

「不過你認不出我來不是因爲髮型的原因吧？藤澤同學是那種學年結束之後也沒辦法將班上的女生名字跟長相全部連起來的人。」

她說到重點了。不過這種事情在人前當然不好承認，我於是不置可否地隨意應了一聲。

「其實，我從以前就一直想跟藤澤說話。」她說。

「爲什麼？」

我對此感到十分不解。說實話，我覺得自己身上沒有任何可能引起女生注意的地方。

「就是這麼想嘛！」眼前的女生聽到我的提問於是回答道：「不過藤澤同學總是看起來一個人自己在發呆，給人一種『別來打擾』的感覺。所以在學校的時候我都找不到機會跟你說話。」

「嗯，這樣啊？」

「是啊。你自己沒有察覺到嗎？你總是呆呆地看著天空的某處。你在看什麼呢？」

「嗯，我沒有特別在看什麼東西啦。」

「那你那個時候都在想些什麼事情呢？」

「沒有吧。只是在發呆而已。」

「你這樣很奇怪呢！我覺得你最好改掉這個習慣。因爲你這個樣子看起來就好像素描用的靜物，一動也不動地杵在那裡。」

「喂，妳……」

我歪著頭狐疑地揣測著這個女生到底想說些什麼。而且不管怎麼說，我還跟朋友有約呢。既然知道了怎麼去，我也差不多該走了。

「藤澤同學，你說什麼都要去那間PUB嗎？」她開口問道。

「你爲什麼這麼問？」

「反正不過就是你們考試後的例行公事嘛！你可以翹掉嗎？」

「就算我可以翹掉，那要幹嘛？」

「跟我一起走啊！去聞不到煙味的地方。」

眼前這樣的發展怎麼想都叫人覺得奇怪。赴約的半路上遇到一個幾乎可以說是素昧平生的女孩子，被她叫住之後就好像讓她纏上了一樣強行帶到某間泡沫紅茶店，然後面對面坐在一張桌子前面……

說實話，我對於自己沒有什麼自信，所以不會有什麼奇怪的聯想；我並不會懷疑她對我有意思或什麼的。不過現在的我其實正因爲想不起這個女生的名字而感到困擾。至於眼前這個情況就算想問，也讓我覺得難以啓齒。我一邊跟著她走，一邊絞盡腦汁地拚命回想她的名字。忘掉別人名字的時候，最容易幫助恢復記憶的方法就是從子音跟視覺印象下手。我覺得她給人的感覺是屬於寒色系的方向。聲音則是……「k、s、t、n……」我依照五十音的子音順序在心中默唸。

她帶我來到了一間大馬路正面的高樓。我們上了二樓，走進一間時髦的咖啡廳。咖啡廳隔著一道落地窗面向大街，讓入內的客人可以鳥瞰路上的行人與整個街景。我們選了一個窗邊的座位坐了下來。

就在服務生爲我們點單的時候我終於想起了她姓什麼。我們各自點了紅茶跟咖啡之後服務生轉身離去。我開口說道：

「嗯，妳姓水野對吧？」

「虧你想得起來。」

她隻手撐著下巴露出了微笑。

「然後呢？我的名字是什麼？」

她看我答不出話，於是露出了詭異的笑容。

「我叫理佳。」

「理佳？」

「對，我叫理佳。不要再忘記了喔！」

「我知道了。這麼一來就算我想忘也忘不掉。」

「太好了。」

水野理佳露出了一臉心滿意足的表情點點頭。

此時的我終於可以平靜地開始思考。我知道了她的名字，但是仍舊無法得知她邀我來這裡的意圖。

「妳在遇到我之前打算要做什麼呢？妳穿著便服，不是因爲有事才會出現在那邊的嗎？」

她先看了看窗外，然後才又將視線移回到了我的身上。

「我在等朋友。」她說：「不過對方臨時取消了。我特地換好了衣服，也化了妝，就這麼什麼事也沒做然後回家，那不是很掃興嗎？」

「所以你看到我，就邀我一起出來？」

「嗯。」她沒有露出半分愧疚地只是點頭回應。「我越走越覺得生氣，接著就看到藤澤同學呆呆地在街上徘徊。我看著看著，深怕我沒叫住你，你就會跌到，所以我才出聲的。」

她將這般冠冕堂皇的藉口說得十分從容，我也就這麼相信了。對她來說，要赤裸裸地形容我這個人似乎除了「呆」以外沒有其他的詞彙。

「我眞的有這麼呆嗎？」

「嗯，是啊。剛剛也是。」

面對我的提問，水野理佳斷然做出了結論。

「這種狀況常常出現在藤澤同學身上呢！該說你是在發呆嗎？還是一臉茫然呢？總覺得就是一副心不在焉的樣子。偶爾看到你的表情，甚至還覺得可以聽到你自言自語地問『我爲什麼會來到這裡？』該怎麼說呢？你好像感覺自己完全來錯地方的樣子。」

她似乎說中了我的想法。我沉默了下來。

我一直要求自己不要將這種心事顯露在外的。

她好像察覺到我的表情有了相當大的轉變。

「啊，我說的話讓你覺得不愉快嗎？抱歉，我在這方面比較敏感。」

她直率地接了這麼一句話。這個女生個性相當乾脆，看起來似乎是個好女孩。

之後她又接著問了我許多個人方面的問題。

「藤澤同學是個什麼樣的人呢？」

「這種問題問得太模糊了，很難回答呢！」

「那你住在哪裡？」

「我就住在新宿距離學校走路十五分鐘就到的地方。」

「哇！眞好！你該不會是那種把離家近當作升學考量的人吧？」

「不是啦。我是住在宿舍。」

我告訴她我家住在青森，現在自己一個人住。她聽了之後露出相當驚訝的表情。

「那你爲什麼會選這間學校呢？」

「因爲我對大半年都在下雪的天氣感到厭煩了。」我笑著說道。

不過水野理佳似乎沒辦法接受這樣的答案，讓我不得不將過去一年之內重複過好幾次的事情再仔細地解釋了一遍。我告訴她，我覺得與其在當地就讀資訊貧乏的升學補習班，倒不如直接到東京選擇升學主義的高中，對於大學考試來說這樣比較實際，不但能夠省去時間上不必要的浪費，就花費上來說也沒有多大的不同。

「這樣啊。」

「除此之外，我也有那種想要到別的地方看看的想法。」

「啊，這個我就可以理解了。」

「怎麼說？」

「我的父母都是東京人。」她說話的同時將手指舉起來指向自己。「我們家在其他地方沒有親戚，所以除了東京之外，其他地方是什麼樣子我幾乎都不知道。當然對於東京以外的地方會有這種單純的憧憬。」

「妳住在東京哪裡？」

「我嗎？我住在雜司谷。青森是個什麼樣的地方？」

「雪國囉。當地著名的東西有蘋果、醃海膽、魷魚、驅睡祭跟太宰治。」

「討厭，我不是在問你那種觀光導覽上看得到的答案啦！我想問的是更生活化、更感性的方面。」

「就算妳這麼說，我也不知道該怎麼回答呀。」

老實說，我並不想憶起任何跟故鄉有關的事情。

「我是不是問太多不該問的事情呀？」

「沒有。」我搖搖頭。「反倒是我沒有講到讓妳覺得有趣的內容，還覺得比較不好意思。能接受女生的專訪其實我還挺開心的呢！」

「嗯，我想這種時候也許應該要先講清楚……就是，你不要會錯意喔！該說我不是那種喜歡跟男生搭訕的人嗎？」

她擺出了正經的表情同時端正了坐姿。

「我有男朋友了。」

「我想也是。」我說。

她聽到我這樣的結論露出了些許不悅的表情。至於她爲什麼會有這種反應讓我完全摸不著頭緒。

「爲什麼你會說『我想也是』？」

別說其他的原因，就是看到外表長得可愛的女生，十個裡面八九個都有男朋友。這種狀況我在這兩年之內慢慢地有了實際的體認。

「看就知道了啊！妳男朋友是什麼樣的人？是同一間學校的嗎？」

「嗯。」她微微地點了頭。「一年級的時候同班，今年分到不同的班上去了。」

她說出了那個男生的名字，是我也認識的人。他是個身材高眺，外貌也相當出衆的男生。我跟那個男生曾經爲了某些事情而有過一兩次對話。我試著回想那個男生的模樣，其實感覺還不壞。雖然跟他不熟，不過應該是個還不錯的人。

「你們怎麼會開始交往呢？是誰對誰提出要求的？」我開口問道。

「沒什麼特別的契機，我就是很自然地喜歡上他了。雖然那種曖昧不確定的關係也不錯，不過後來我想想還是決定跟他說清楚，所以我就對他說我想跟他交往。」

「爲什麼會改變成那樣的想法呢？」

「因爲他長得很帥。」

她說得斬釘截鐵，讓我聽了不自覺地笑了起來。一些從其他人口中聽到都會覺得不太舒服的言論，讓這個女生說出來，聽者都會覺得還蠻容易接受的。

我想因爲對方長得帥而喜歡對方是很正常的事。這種原因既簡單又明瞭，作爲一個判斷基準也不會有什麼偏差。如果要說這種談戀愛的方式會造成什麼樣的問題，那就是在一般人眼裡，我是屬於那種跟長得帥無緣的典型，對我來說非常不利。

「那妳大概就不會看上像我這樣的人了吧。」我試探性地問道。

「嗯，你的長相不是我喜歡的類型。」

她笑著說出這般直率的答案。這種回應終究讓我覺得有些失望。只是並不會生氣就是了。

「不過，看來藤澤不會把今天的事情想到奇怪的地方。這樣我就放心了。」

她頓了一下然後開口問道：

「我想跟你商量一下，我可不可以偶爾找你出來玩？」

「爲什麼？」

我對這個要求感到驚訝之餘，隨即反問回去。才說了自己有正在交往的男朋友，卻馬上又提出這種要求，讓我感到完全無法理解。

「如果一個女生能夠談話的異性只限於自己的男朋友，你不覺得很無趣嗎？如果你哪天又像今天這樣沒有辦法跟朋友一起出去玩，那就陪我出來走走嘛！這比起成天發呆要好多了不是嗎？」

她這樣的想法讓我不禁咋舌。不過就心情上來說，我覺得我大概可以理解她的想法。

就這方面而言，她會找上我當她的普通異性朋友還眞的找對人了。畢竟我就是擁有那種「一看就覺得這傢伙沒有危險」的特質。說得更清楚一點，我的心裡其實沒有那種想要交個女朋友的渴望。雖然就一個思春期的男生來說，這是相當奇怪的現象……

「好啊。」我說：「就當個普通朋友吧。」

「對，就是普通朋友。」她將我口中的詞句又再複誦了一遍。

我們在咖啡廳底下的大廈門口分手。目送她朝著車站方向離去之後，我在回家的路上回想著剛剛我們那些沒有重點的談話。

我深深地覺得水野理佳眞是個怪女生。無論是她思考的方向、給人的感覺，甚至是說話的方式，都跟平常人不太一樣。

我們方才的談話中有些內容我沒辦法跟她討論。不過世上就是什麼人都有，對我這個每天發呆度日的人來說，跟她成爲朋友這件事情算是一種小小的改變。這其實是相當新鮮而有趣的事。

這天晚上，我夢到了佐由理。

*

夢中，佐由理來到了一個不知名且不可思議的地方。那裡的天空彷彿褪了色的老照片。我想不起來那片天空的顏色過去曾經在哪裡見到過。

那片天空底下聳立著許多形狀歪斜的尖塔，那些尖塔布滿了眼前的整個世界。塔的外型明顯看來異於聯邦國的那座高塔。聯邦國的高塔具有現代感的設計，而這裡的塔則相對得較爲原始古樸，給人一種民族風的印象。

塔的外表像是陶器未上釉的素燒色調，而它們的外型則是一個一個被拉長的螺旋狀貝殼，有如長槍一般豎立在地上。

這些塔的塔頂都有著彷彿竹子斜向劃開來的一道缺口，內部螺旋形的空間則在塔頂的缺口之中成了一座一座的展望台，紛紛坦露在空中。

從塔頂能夠窺見的只有天空。仰望所看到的是一望無際的天空；低頭俯視也是一片蔚藍的天空，這個世界中沒有所謂的大地。

在這個特異的世界裡，佐由理就置身其中。

她比起我所認識的那個國中女生要稍微成長了許多，大概有著一兩歲的差距。她環抱著膝蓋蹲在那兒，淡淡的身影宛如飄盪在人世間的遊魂一般透明。她在啜泣，除了不時顫抖的肩膀之外，她只是蹲著一動也不動。在我的夢中，佐由理始終沒有止住臉上的淚水。

風蕭蕭地吹過。風中傳來佐由理的啜泣。

兩種聲音迴盪在這個靜默而一望無際的空間中，交織成一首無比哀愁的奏鳴曲。

＊

夢醒，一種無力回天的失落感盤據在我的心中揮之不去。彷彿胸腔之內有千百隻惱人的蟲不停地蠕動。為何夢中我無法伴在佐由理身旁？為什麼佐由理會從現實中消失？我覺得一定有什麼事情不對勁。一種荒謬的現實感正在侵蝕我的生活。此刻我正迷失在這個充斥著一股詭異氣息的世界之中。

她到底為什麼會置身在那般荒涼的世界裡呢？

我完全無法從那個夢中感受到絲毫的生氣，那是一片死寂的世界。

瞬間我的腦中閃過一個想法。也許她已經死了，也許這個叫佐由理的女生已經從這個世上消失。我幾乎為此而窒息；這是我這一年半以來從沒有想過的事情……不，也許該說我只是下意識地告訴自己別這麼想。

我到了學校，將書包放到了自己的桌上。此時，身後忽然有人拍了我一下。是水野理佳。她看著我的臉，同時露出了意味深長的微笑。儘管如此，她似乎沒有特別想要說話的意思，隨後她便轉身走向女生聚集的團體之中。

我望著她的背影，在這短暫的片刻，我想著要是她是佐由理該有多好。然而就在下一刻，我便覺得自己這樣的想法對她而言是很失禮的事，不禁萌生一股自我厭惡的感覺。

3

隔了一個禮拜的週六，我在走廊上被水野理佳叫住。這間學校基本上是週休二日，不過學校每週都會舉行應考對策演練，因此所有的學生全都會遵守這項不成文規定，在週六中午以前都會待在學校。這天應考對策演練結束，我正要回家。水野理佳在走廊上叫住我，問我今天有沒有空。

「我今天沒有特別的活動，打算先回去吃個飯，然後下午再想想看要做些什麼。」

「明明是週末你卻沒事，真不像一個正常的現代人。」

「有什麼關係。」

「當然沒關係啦，反正不是我的事。」

「那妳呢？妳找我有什麼事？」

「如果有空的話要不要跟我一起吃午飯？吃完飯之後也順便陪我一下吧。」

「妳要去哪？」我聽了之後開口問道。

「搭山手線去池袋。」

我就這麼跟著她在池袋車站下車，然後讓她帶路走進了一間提供客座用餐的便當店。這間店的食材是選用有機栽培的食物，除了主菜之外還提供客人挑選三樣配菜，加上味噌湯跟醃菜一起作為套餐。這間餐廳比想像中要來得好吃，而且價格算得上是低廉。

「這邊眞是不錯。要是新宿也有這種店的話，我就可以每天去吃了。」我說。

「是啊。要是到中野去的話是有一間分店，不過放學要去那裡還是有點遠。」

「對了，我們吃飽飯之後要去哪裡呢？」

「嗯……」她舉手看了看手錶。「還有二十分鐘，我們在這裡坐一下然後去劇場。」

「劇場？」

「對，我們去看舞台劇。你常會去看舞台劇嗎？」

「不……我從沒有主動去過劇場。」

「前一次到劇院去是什麼時候？」

「嗯，」我稍微想了一下。「大概是小學的時候跟爺爺一起到大阪旅行，然後在那時看了新喜劇吧……」

「你有爺爺呀？」水野理佳聽了之後問道：「眞好……」

「是嗎？不過爲什麼我們今天要去劇院呢？」

「我最喜歡那種業餘劇團之類的小型舞台劇了，不過都沒有人願意跟我一起去看。就算拉他們去過一次，之後就沒有人要再跟我去了。雖然大家都沒有明說，不過他們一定都覺得無趣吧。」

「這樣啊……」

「那是我朋友參與的小劇團，團員大概五人上下。我還蠻喜歡他們的表演的，不過他們的舞台劇似乎有明顯的興趣導向，因此評價也有兩極化的現象。因爲藤澤是個怪人，所以我想也許你會喜歡。」

「我才不是怪人呢！」我下意識地提出反駁。「我一點也不奇怪。過去也沒有人說我是個怪人。」

「喔，那就當做眞是這樣吧。」她隨口帶過了這個話題。「總之就是要你陪我嘛！」

像小型劇院這種場所我還是第一次來。這裡認眞的說，其實也不過是個小小的住家辦公兩用的大樓三樓，將室內改裝而整修出來的表演廳。

我跟水野理佳在開演前十分鐘來到這間小劇場。通過狹長的樓梯進入表演廳內之後，可以看到觀衆席的空間併著幾排木箱子，上面鋪設了看似從百元商店購得的坐墊。

整個觀衆席空間的大小，就算湧入了滿滿的人潮，頂多也只能容納五十人左右，其中一半已經坐滿了觀衆。這個劇團的顧客群看來是以大學生或是同業者爲主，他們身上的穿著多半有如戲子般的隨性打扮。放眼望去，整個劇場之內就只有我跟理佳還有另外一對結伴到場的女生穿著高中制服。

我過去只知道像電影院一樣那種有專屬座椅，座位整齊羅列的劇場。初次造訪這種小額成本的克難式劇院，而且還有這麼多觀衆捧場，眞的覺得相當新鮮。

廉價的鐘聲響起，觀衆席上的照明忽然間熄滅，舞台上響起了一陣陣準備開演的動作聲。於是舞台燈光亮了起來。

台上以少量的家具布置出公寓套房一般的景致，在一陣模仿鋁製門窗推開的音響之後，一位年輕女性步出了舞台。她帶著一副疲憊的模樣脫掉上衣，跟她的貓開始自問自答。這位女性輕撫著她的貓，餵飼料給牠。不過這樣的場景都是在她表演中傳達出來的，實際上那隻貓並不存在。雖然沒有貓，不過在故事的安排上必須依照這樣的模式進行，這就是舞台劇。

這位劇中的女主角是個職業婦女，她一個人住，有著獨居女性身上所背負的各種疲憊。故事隨著她跟那隻貓之間的一問一答，帶出了各式各樣的故事情節。

那隻貓不存在於舞台之上，當然也沒有台詞。不過牠對這位年輕女性非常溫柔，也深愛著她。這一切的表現都可以從台上女演員的演技之中感受。那隻貓偶爾會跟牠的女友外出，故事中訴說這位年輕女性因爲那隻貓出了意外沒有回家感到相當不安。不過最後她終究在那隻貓的陪伴之下恢復了精神，重新跨出人生的一步。這就是故事的主題。

「這齣戲比我想像得要出色得多呢！」

舞台劇結束，我們走向出口前擁擠的人群之中。我開口說出我的感想。

「不會因爲觀衆席很窄而感到難受嗎？」

「會呀。」我直率地作答。「不過舞台劇本身很棒。整個劇場充滿了精緻的手工質感，我很喜歡。那些東西是不是都是演員們自己做的呀？」

「大概是吧。這些劇團基本上經費並不充裕。劇場內的東西多半都是演員們自己用過的二手物品加以留用或重製之後的產物。」

「眞不錯。」

「那劇本方面呢？」

「這是凝縮了很多想法跟內容的故事吧。時間軸跳接的橋段很多，雖然敘事手法有點過於複雜而差點讓我搞混了，不過整體而言是很有趣的作品。」

「因爲演員的人數少，所以內容可能得遷就這個狀況，以精簡凝縮的方式呈現。」

我們走出這棟建築的時候，方才站在舞台上的那些演員們全都出現在門口，跟所有的觀衆致意。一個擔任配角戴著眼鏡的男生看到理佳立刻叫住了她。事後問過她才知道這名男子就是劇團的團長。

「理佳，謝謝妳來捧場。妳覺得今天的戲怎麼樣？」

「連我旁邊這位喜歡批評的朋友都說很棒呢！」理佳指著我對眼前這位男子說道。

「咦？另外一位朋友啊？是妳的新男朋友嗎？」

「不是啦。不過隨便你怎麼說吧。」水野理佳帶著怎麼聽也知道她在開玩笑的語氣答道。「不過你們很配喔。他站在妳身邊跟另外一位男生比起來自然多了。」

閒聊了三兩句之後我們便離開朝車站走去。

我邊走邊思考著，然後我便對她開口問道：

「水野，妳該不會之前有演過舞台劇吧？」

「為什麼這麼想？」

「總覺得妳看起來有那種感覺。」

「是啦。」她點點頭。「我從國三的時候一直到去年夏天都是那種業餘劇團的成員。不過後來放棄了。」

「為什麼？」

「說來話長。所謂舞台劇這種東西，一踏進去就會建立非常深刻的人際關係，相對的也會發生許多複雜的狀況。我參與的那個劇團因為這個緣故解散了，劇團成員紛紛加入了他們各自熟識的劇團。不過我對那種狀況已經覺得累了。雖然有很多劇團找我加入，不過我沒有答應。只是因為以前的一些交情，我現在也還會去看他們的公演。」

我出聲予以回應。我雖然沒辦法體會，不過劇團團員的交情深厚，似乎也因此而造成了些許負面的緊張氣氛。不過所謂交情深厚卻得到負面收場的這種感覺，我能夠理解。

我們回到池袋車站，理佳說她累了，於是要在東池袋轉乘地鐵回去。然而，就在我們道了再見，我轉身就要朝向前往新宿的山手線月台走去時，她拉住了我的袖子，希望我陪她走到剪票口。我別無選擇地答應她陪她走到剪票口前，她卻頭也不回地拿著磁卡進去，並直接走向通往月台的樓梯。

（奇怪的人是妳吧？）

這個女生叫人特地送她進站，卻頭也不回，更沒有揮手地轉身離開。我完全無法理解她當時心裡在想些什麼。

我於是就帶著難以歸類的心情搭上了電車，回到西新宿的公寓宿舍。

在那之後，我大概會兩個禮拜跟理佳出去約會一次。這不是我一廂情願，而是她以「約會」這個詞來解釋邀我出遊的活動。

我們偶爾只是坐著一起喝茶聊天，也會被她帶著到處逛街購物。我是在沒有其他朋友邀約的情況下才被她找出來的，所以她是否也以這樣的形式約過其他人一起出遊呢？這還眞是一個棘手的問題。

不過每當她找我出去的時候，她總是看起來一副心神疲憊的模樣。偶爾在我們相處的過程中，她會只是默默地一個人壓抑著疲憊的情緒，什麼話也不說。這個女生大概是藉著四處奔走消磨精力，讓自己從心靈上的疲勞中解放吧。我喜歡她這種想法，也能夠感同身受。基於這個緣故，只要她邀我出遊，我都盡可能地抽空陪她。

「不過我們這麼頻繁地單獨出遊會不會被誤會呀？」

我們坐在自助式的咖啡廳內，我開口問她我所擔心的問題。

「被誰誤會？誤會什麼？」

「被他呀。」我意有所指地開口說道：「我們甚至假日都會私下碰面呢！」

「什麼呀？你想談這方面的話題嗎？」

「我不會特別想知道妳這方面的事，不過不管怎麼說，要是被誤會總不是好事吧？」

「他要是知道了當然會覺得不高興。」理佳簡潔地應答。「不過他怎麼想，又有什麼關係呢？不要管他就好了啊！」

「可以嗎？」

「當然啦！我打算放著他不管一陣子。」

面對她的言詞，我不知道該如何應對，於是只有出聲予以回應。

話鋒轉到其他的事情上過了一陣子，忽然間理佳開口說道：

「其實啊，他一直覬覦著我的身體。」

我起初對於這段對話的內容感到困惑，現在才終於明白她在談論的是他的男朋友。

「這是理所當然的吧。」我說。

「是理所當然的嗎？」

「是啊，我覺得一般人都會這樣。」

「是嗎？也許吧。」語畢之後她頓了一下，然後才又接著開口。「可是我不喜歡這種感覺。」

我刻意地避開某種敏感的詞彙小心翼翼地試探道：

「妳沒有那麼喜歡他，是嗎？」

她忽然坐起了身，直挺挺地抬頭直視著我。

「你不要這麼說嘛！」

她的反應讓我嚇了一跳，我反射性地小聲賠了不是。

「我沒別的意思，只是想說他其實是個不錯的男生而已。」

「我知道啦。」

「嗯。」

「我喜歡他呀。不過這跟那件事不能相提並論。藤澤應該能夠理解這種說法吧？可是他不能接受。」

「喔。」

我哼了一聲，同時在心裡同情著這對情侶。看來他們之間進展得不太順利。

「其實這種想法我能夠理解。」我接著說。

「理解什麼？」

「理解男人會有的那種想法呀。」

「咦？眞的？」她著實地表現出了那種格外驚訝的反應。「你也會想那些下流的事情嗎？」

「等等，你這麼說是什麼意思？你把我當成什麼樣的人了？」

「討厭，我不准你這樣！」她探頭向著我開口說道：「你不要跟這種下流的事情扯上關係啦！我不喜歡看到你變成這麼下流的人！你可以繼續發呆沒有關係！」

「我還眞是被妳說得亂七八糟呢……」

這個女生到底把我想成是什麼樣的人了？唉，反正她怎麼想跟我都沒什麼關係就是了……

也許一般男性碰到這種不被對方當作男人的時候，多半會表現出生氣或是困擾的模樣，不過完全不介意這種無聊事可以說是我的優點。

我無意間瞥見了理佳扶在冰紅茶玻璃杯上的纖細手指，這讓我不禁聯想到了佐由理。最後見著佐由理的那天，我在佐由理險些摔下陸橋的時候抓住了她的手。

這麼說起來，那個動作幾乎是我跟佐由理之間僅有的肌膚接觸。

我看了看自己那天抓住佐由理的手，手中幾乎已經找不到當時留下來的觸感。然而當時我卻受到了相當程度的驚嚇。我對於千鈞一髮之際伸手抓住她的自己感到驚訝。她纖細的手腕，還有那僅僅只有微溫且十分柔嫩的肌膚，也讓我受到不小的震撼。

以我的運動神經來說，那還眞可說是媲美好萊塢電影，有如奇蹟一般的動作場面呢！這種事情叫我再做一次，我是絕對做不出來的。

不，不見得。

如果我能夠回到國三那年夏天的時候，無論要我做幾次我都一定辦得到。至少，當時的我有那種程度的自信。那時渾身是勁，精力用都用不完的我，現在究竟到哪裡去了？

對了……那個時期的我，大概所有一切都已經在那年的夏天，給了佐由理了。

我是否被當時那用盡所有力量抓住佐由理的自己給束縛住了？此刻的我，是否完全被囚禁在當時的那段回憶之中？

眞是愚昧的想法。佐由理已經不在了，甚至連再見到她的可能性都沒有。

然而此時的我，卻不禁望著自己的手；望著那雙除去了工程髒垢，變得乾乾淨淨的雙手。

4

夏日的餘韻此時已消失無蹤。取而代之的是秋天閒適的氣息。

這天水野理佳帶著格外焦躁而沉鬱的情緒來到學校。她平常非常討厭別人揣測她的心情與身體狀況，所以我原本打算裝作完全不知道。然而，一陣子下來看到她一直用手指喀喀地敲著桌子，毫無緣由地四處張望，我於是覺得不太對勁。

「妳怎麼了嗎？」

放學後我們到池袋街上散心。我在路上停下腳步，盡可能以溫和的態度開口問她。

「嗯……」

她有意無意地應了一聲，就這麼迴避了問題。看來她並不打算繼續這個話題。算了，既然是這樣就順著她吧。誰都會有這種狀況的。

然而，之後我卻聽到她不斷地嘆息。那並非是將梗在心裡的氣吐出來的反應，而是更接近某種特殊的呼吸法。或者應該說是連續的深呼吸。她想藉此緩和什麼，此時的臉色看起來也非常糟糕。

我窺伺著她的臉龐開口問道：

「妳不舒服嗎？」

她默默地點點頭。

「今天先回家去吧。我送妳回家。」

「不要。」她以細碎而頻繁的動作搖頭回應。「我家裡沒有人，我希望有人陪我。」

「發生了什麼事嗎？」

她微微地點點頭。比起坦誠，否定更讓她覺得難受，她於是只能點頭。

我帶她來到眼前一間比薩店旁鋪設了瓦礫的外牆邊。她靠到了牆上，我則以同樣的姿勢站在她的身旁等她情緒安定下來。

「我跟朋友……」

「嗯？」

「我跟朋友……就要分開了。」

她小聲地將字句拆成一小斷一小斷緩緩吐了出來。

「女生？」

「嗯。」

「我認識嗎？」

「大概不認識。」

「喔。」

「總之我跟她吵架了。其實我們過去常常吵架，不過這次吵得特別嚴重。我們至今數個月完全處於不相往來的狀態，在學校碰了面也不會打招呼。因爲我們只要看到對方就會覺得生氣。」

「原因是什麼？」

「……我不想說。」

她先是一隻腳用鞋底在磁磚地板上來回磨蹭，然後接著繼續開口說道。

「可是，那不是我的錯。無論我怎麼想都覺得是她不對。我只要一想起那天發生的事情就覺得忿忿不平，始終氣憤難消。要是她不道歉，我絕對不會原諒她。」

她的話說到這裡爲止。

(可是有的時候不管做的事情是對是錯，人都一樣得要面對難以承受的痛楚。)

我想藉著這麼一句話試著讓她繼續說下去。不過話來到了嘴邊，最後還是做罷。

「根據妳話中給我的感覺，妳們似乎是很久以前就認識了吧。」

「嗯。」她以幾乎聽不見的音量應了聲，然後開口繼續說道：「我們從上了國中就認識了，大概有四、五年的交情。」

我試著盡量壓抑自己心中那段國中時期的回憶。然而這般感同身受的情緒終究還是讓我失去控制。

「……想必妳一定很難受吧。」

「說什麼荷蘭……」話鋒一下子跳了開來。「就是那個有什麼鬱金香跟風車的國家嘛！眞是有夠白痴。」

「什麼？」

「她要去那裡……要坐飛機……還說是因爲家庭問題……」

理佳口中斷斷續續吐出的字句混亂而毫無章法。

「什麼時候？」

「她說是今天。」

「妳不去送她嗎？」

「我才不去呢！我當然不會想去呀！我到時候一定又只會覺得這傢伙怎麼這樣……我當然很在意她，可是我沒有問她那邊的地址。因爲人際關係就是這麼複雜嘛！這也是沒辦法的事。不過今天我就是沒有辦法平靜下來，我想找人陪我。所以你今天一定要陪我到晚上。聽到了沒？」

在她這段漫長的陳述過程中，一股沸騰的情緒逐漸湧上我的心頭。我清楚地感受到自己體內那股不平的情緒溶在血液之中，從胸口逐漸高漲淹過了腦海。以我的個性能聽她把話說完還眞是難得。然而就在她語畢的瞬間，我發出了咆哮。

「妳在搞什麼東西呀！」

她嚇得瞬間縮起了身子。

「她要搭什麼時候的飛機？」我問。

「不知道……」

「怎麼可能不知道！」

「她……她好像說是七點鐘……等一下！」

我拉住了她的手，把她強拖了出去。我抓著她，邊走邊在腦中描繪東京都內的鐵路地圖。我來到東京的第一個月就已經熟悉了整個都市的區域配置，我在地圖中盤算著路上該在哪些地點換車。從池袋出發可以搭山手線到日暮里，然後在那裡轉搭京本線的特快車大概再加上一個小時的車程。頂多一個半小時就可以到了，絕對趕得上。我此時已經氣得完全不能自己。

「等一下，很痛啦！你要拉我去哪裡啦？」

「當然是成田機場啦！」

「不要！我不要去！」

「妳怎麼可以不去！」

我口中的聲音既低沉又充滿了壓迫感，連我自己都覺得可怕。但我沒有放手。她絕對不能逃避。我半強拉著她，快步朝著車站奔去。

就在我們來到池袋車站裡面的時候她開口叫道：

「你等一下啦！我不會跑掉的，所以放開手啦！」

我聽得出來她是認眞的，於是鬆開扣在她手腕上的那隻手。

「先把話說清楚！你在生氣吧？爲什麼生氣？」

「我在生氣，很生氣。」我說：「妳這種想法我絕對不能坐視不管。」

「哪種想法你不能坐視不管？」

「妳現在正打算在最重要的時候放掉最該做的事情。」

「我完全搞不懂你在想什麼啦！」她說：「我不過就是不去送她而已。而且，她也不會永遠住在那邊呀！她知道我的地址跟聯絡方式，你這種反應會不會太誇張了！」

「一點也不誇張。妳不懂！」我壓過了她繼續說話的機會先一步開口。「妳們今天用這種方式分開，等於是一輩子都不會再見面了。絕對沒有機會再見面的！妳一點都不知道事情的嚴重性。聯絡方式一有什麼閃失馬上就不見了。同學名冊跟通訊錄可以因爲一些小事就再也找不回來，記憶也會逐漸變得模糊，光是這些小事就會讓妳們一輩子永遠見不到面了！妳今天要是不去的話，將來絕對會後悔。妳現在正處在決定命運的交叉口，就算妳日後想法改變，也永遠改變不了妳今天的決定。所以，絕對不要爲了一點小事就想不開！」

「才不是什麼小事呢……」

「好啦，我知道了，不是什麼小事。不過現在不是計較這個的時候。」

我強硬地替她下了結論。她沉默了一會，然後開口說道：

「……讓我想一下。」

「就讓妳再想一下，不過妳可以到電車上再想。」

我的執著讓她察覺到了我絕不讓步的意思，於是臉上的表情整個緊繃起來。

「我去買車票。」

當我拿著兩個人的車票回到原地，看到理佳乖乖地杵在那裡。我於是將車票交給她，催促她趕快進站。她帶著蹣跚的腳步走進剪票口。與其說她讓我說服了，倒不如說是她此時情緒低落，沒有力氣繼續反抗。

我們搭上了山手線，在日暮里下車。在坐上京成線時終於找到位子可以坐下。在車內我們始終不發一語。她將雙手放在膝蓋上，不時握起拳頭，然後又鬆開。

特快車開進了成田機場之後停了下來。

「到了。」

她依舊坐在原位。

「好吧。」我儘管已經起身，此時還是又坐回了位子上。「我再陪妳考慮一下吧。」

「不用了，我要去。」她用幾乎聽不見的聲音說道。

看到她的反應，我忽然開始覺得自己面對一個嬌弱的女生，剛才的話是不是說得太重了些。

她緩緩地站了起來，表情看來有些心不在焉，彷彿隨時會有什麼狀況，我基於擔心而反射性地牽起了她的手，接著，我的手心感受到一股同等的力量回握。

我們於是牽著手朝大廳走去。

理佳不曉得飛機正確的時間跟行班，走到最接近的櫃臺詢問，確認該到哪裡去找人，同時也商請服務台為我們廣播。接下來我帶她到了機場樓層平面圖前，指著地圖告訴她對方可能會從那個會合處往報到區移動，要她先在那一帶尋找，如果找不到再以這個為藉口申請廣播服務。此時的她，忽然變得聽話而點頭回應。我多說了一句話試圖鼓舞她。

「我走了，妳要好好找喔！加油囉。」

我想我再留下來也只會冷場而已，於是揮了手便轉身要走。

「等一下！你不要走！」

她抓住了我的襯衫衣角讓我停下了腳步。

「怎麼了？」

「拜託你留在這邊等我。」

「可是……」

「等我嘛！」

她說完沒等我回答便轉身去找她的朋友，我於是只能靠在牆邊等她回來。在這間比起學校操場還要寬敞的大廳之內，川流不息的人潮拖著行李箱不斷在我面前來去穿梭。

我閉上眼睛，將自己的意識與眼前這些聲音和影像隔絕。

水野理佳眞是幸運，我好羨慕她。

能夠跟自己信賴的朋友心手相連眞的是非常幸運的事。雖然一般人都認爲，只要想聯絡隨時都可以撥電話給對方，然而這並不是眞的這麼容易。

我想到了佐由理，胸口一陣苦悶。我跟她之間絲毫沒有留下得以聯繫的方式。

不知道理佳是不是能順利地跟對方碰到面？從機場內沒有響起她申請的尋人廣播看來，應該是找到了吧？我彷彿將它當成了自己的事情而感到高興。

也許我現在應該馬上打個電話給拓也。然而儘管我心裡明白自己應該這麼做，不過我卻怎麼也做不到。我並不想聯絡他。事情只要發生在自己身上我便完全無法照著自己認爲對的方向去做。我根本沒有資格在理佳面前唱高調，一點也沒有。

我站著完全不知道時間的流逝。

抬起頭，理佳已經站在我的面前。她哭紅了眼睛淚流滿面。

理佳不停地伸手拭淚，像個孩子一般不停地跟我道謝。

「謝謝你……謝謝你……謝謝你……」

我伸手輕觸她的肩膀……這個舉動讓我覺得自己對她有著不能棄之不顧的責任感。

回程的電車上，理佳一副疲憊不堪的模樣將頭靠在我的肩上。

「我一直以爲藤澤是個感情方面更爲冷淡的人。」她說。

「是嗎？」

「嗯。你雖然對誰都很親切，但是其實我卻從你身上感受到一種別人發生了什麼事情你都興致索然的感覺。正因爲你對別人的事情毫不關心，所以才能毫無顧忌地跟任何人都成爲朋友。我猜也許是你隱藏得很好，所以大家才都沒有察覺吧。」

「也許妳說得對……」

「不對，我錯了……」

她靠在我肩上的頭稍微提了起來微微搖了兩下，然後又靠回了我的肩膀。與其說她將頭靠了過來，感覺更像是用頭壓在我的肩上。

「我的父母親其實一直都在我的身邊。」

她以這句話起頭，開始講述自己的故事。父母親其實「一直」都在身邊這種說法，代表了她將告訴我什麼特別的事情。

「大概不少人也都跟我一樣，我的父母非常忙碌；無論是在工作方面，或是面對他們自己的事情。雖然不能說是理所當然，不過他們就是對我不太關心，從以前就是這個樣子。在我還小的時候我就已經習慣被他們忽視，並且當成是理所當然的事。不過就算習慣，那也絕不能說是沒有感觸。」

「嗯。」

我爲了不要動到自己的肩膀，除了應聲之外省略了點頭的動作。

「其實跟這種經歷沒什麼關係。」她接著說：「不過我其實不太相信朋友之間的情誼、羈絆，還有信賴這種東西。我的個性就是這個樣子。」

「嗯。」

「小的時候，我很討厭編班。每到重新編班的時候，原本跟自己很要好的同班同學都會一下子變得疏遠，彼此之間的關係變得十分淡薄，這種經驗讓我有非常深刻的體認。我經歷了好多次這樣的狀況，一再地受傷。知道對方沒有我這般沉痛的感受也讓我覺得很難過。」

我依舊只是出聲回應，繼續傾聽她心中的那些話語。

「我一直覺得很不可思議。我無法理解爲什麼周圍的人都沒有同樣的感受。然後有一天，我知道爲什麼了。他們不會投入太多的感情，這就是他們避開這種感傷的訣竅。這種體認讓我覺得非常震驚，但是我覺得這麼做才是聰明的。要讓自己的人生過得順遂沒有太多負擔，首先就是不能擁有太過於緊密的人際關係。換句話說，我明白了什麼時候該知道要放手是很重要的事。從此我的人生就沒有那麼多痛苦，變得只剩下快樂。我也覺得自己終於跟所有人成爲了同伴。我會注意到你也是基於這個緣故。我覺得你是個跟我一樣八面玲瓏的人。我猜想你一定跟我一樣是刻意這麼做的。因爲這個原因，我才會想要跟你說話。我想跟這個人交朋友的話一定會很輕鬆吧。你怎麼想？」

「這種想法很有趣。」

「不過我錯了，你其實非常信賴人與人之間的感情，這讓我嚇了一跳。」

「是嗎？」

「今天離開的這個女生，我跟她是彼此在衆多朋友中，唯一眞誠交往的對象。我們從國中開始一直到去年都是同班。我非常喜歡她，而且眞的非常重視她。不過當我這麼執著於這段友誼，對方卻要出國了。於是我認爲這果然是難以避免的結果。我們只是同班久了，錯以爲對方是値得深交的對象。我想這就是所謂的現實，於是打算放棄……我差一點就這麼讓這段感情付諸流水了……」

她說著說著又悄悄地開始啜泣。一旁的我只是安靜地聽著她的哭聲。

我想理佳透過我，正回歸到了一個人該有的人際關係與應對方式。

她應該非常需要我。她也許正在向我求救……就好像過去的佐由理一直想傳達什麼給我跟拓也一樣。

然而，今天的我是否有那個能力呢？理佳告訴我的事情是不容質疑的。而我現在卻完全只是敷衍了事。

國三那個炎熱的夏天，我身上源源不絕的潛力如今早已完全消逝。

我已經失去推動薇拉希拉起飛的力量。

當時我跟拓也身上那種足以遨翔天際的能力，此刻早已蕩然無存。

我們的潛力隨著佐由理一起消失了。現在的我，就連幫助自己的力量都沒有了。

然而現實中的我，卻又深深地介入了水野理佳的人生。我對她的責任，已經不容許我說走就走。

就結果而言，今天我似乎指引了她一個正確的方向。至少今天我做到了。

既然我可以，那麼我就不應該放棄。於是我將手放到了她耳後的頭髮上。體溫透過她的髮絲微微地傳達到了我的掌心。她閉上眼睛，放掉身上所有的力氣，任由身體的重量移到我的肩上。

我揮別了腦中的那個夢，揮別了身在不知名的塔群中瑟縮啜泣的佐由理。也許此刻還無法如願，但至少我試著擺脫那場夢。

5

在整片有如巨大石筍林般的塔群之中，佐由理就站在其中一座素燒陶器材質構成的塔頂。

整個世界之中只有佐由理一個人。

除了佐由理，這個世界就只聽得到風瀟瀟的聲音。

她畏縮地站在塔頂的邊緣。抬頭低頭，眼前盡是一片深褐色的天空。塔群朝著天際無限延伸，在視線的彼方變得細小，終至成爲一片素燒陶器的淺褐色消失不見。不過儘管看不到，在塔群只剩下一團色塊難以辨認的地方，應該依舊繼續向外延伸。

佐由理蹲了下來，雙手環抱住了膝蓋。

此時依舊只聽得到風聲。

她寂寞地瑟縮著身子。

「有沒有人在……」

那是不足以稱爲聲音的聲音。

「我好寂寞……我討厭寂寞……我不要一個人……有沒有人在……」

只有佐由理的呼吸聲溶進了風中。

「有沒有人會出現？」

沒有人能夠實現她的願望。

「浩紀、拓也，這邊好寂寞，一個人也沒有。我爲什麼會在這裡？」

佐由理持續地自言自語。

「我不想待在這個地方。可是到底爲什麼？我覺得自己好像從很久以前就一直待在這裡了。爲什麼……」

她彷彿寫信給她心中的那些朋友，自顧自地不斷說話。

「有沒有人可以救救我……」

我在自己的夢中聽到了她的呢喃。

＊

岡部社長捎來了信。

那是在某天夜裡，我回到宿舍打開郵筒的時候看到的，一紙白色的信封。我回到房間，放下背包之後將信拆了開來。說實話，我其實不太想看。

他信上寫到了那邊的近況，聯邦國與這塊土地之間的對立情勢日漸升高，緊張的關係已非數年前可以相提並論。蝦夷工廠因此變得格外忙碌，加上拓也辭去工作之後工廠的人手也更顯得缺乏。信上提到拓也似乎是爲了專心投入學業而辭去工作的。然而他的腦袋好到即使不需要太過認眞，學校方面的功課也可以輕鬆應付，所以我猜他應該是將自己的心力全心投注在課外某種自己想學的東西上。最後岡部社長提到如果我回去，要多少工作他都可以給我，所以要我考慮看看。信中沒有提到佐由理或薇拉希拉的事情，這倒是讓我得以在閱畢之後稍微安心。

岡部社長要我回信給他。

我提不起勁。

我捏著信紙的手有氣無力地垂到了桌上。我深深地吸了一口氣。不過就是兩張信紙，讀起來卻格外傷神。

每當我意識到跟故鄉有關的事情，我總是覺得身體變得沉重，心情也受到影響。我一點也不希望想起那些事，因爲想起自己過去失去的東西總是令人苦不堪言。

這封信，收件人是過去那個天不怕地不怕的我。然而這樣的信件，是我最不希望見到的。幾年前在我心中閃耀的光芒與強悍的潛力，如今早已消逝無蹤。取而代之的，只有一塊沉重的大石頭壓在我的心頭上。

我靠在牆上，背部貼著牆面緩緩滑下。

一種將要化爲淚水的苦楚包圍著蹲在地上的我。我想哭，然後藉著眼淚把所有的心事一口氣全吐出來。然而，我的眼眶卻始終乾涸，擠不出淚水。那個有如鉛塊一般沉重的大石，現在依舊壓在我的心底。

我又一次重新體認到佐由理消失之後在我的心裡造成了多麼嚴重的創傷。飛機沒能飛上天空……我們半途而廢沒能飛往那座高塔的懦弱本性，在我的心中鑿出了一個巨大的空洞。這些我一直試圖忘懷的往事，全部都在岡部社長的信中一一甦醒。

我又一次確定，那裡是我絕對不能再次踏上的土地。我的人生絕不能只是眼巴巴地望著過去破碎的夢，還有曾經存在於自己心中的殘餘潛能。

我丟掉了信紙，走出房間的同時將房門鎖上。我想將那封信一起封鎖在室內。

來到夜晚的街道，我漫無目的地走著。街道兩旁林立著遇到稍微大一點的地震便會全部震跨的古樸木造公寓，附近的平房也多半都是灰黑色的砂漿砌成。路上不時可以看到自動販賣機的燈光。不經意朝巷道裡看去，映入眼簾的是一輛廢棄的攤販推車被棄置在該處。我的身體在夜晚的涼意之下，稍稍覺得安心。

忽然間，空氣中飄著一股泥土的味道。我瞥過頭，路旁的沿著路設置了工地用的鐵絲網隔牆，標示著禁止進入。裡面有一台怪手，工地裡面現在只向下挖了少許的深度，廢土還堆在一旁。我探頭窺伺著工地現場的裡側。這片光景中的遠端，西新宿燦爛耀眼的未來式高層建築正閃耀著燈光。其中除了大部分是窗戶透出來的光線，另外還有建築表面鋪設的高價磁磚，利用鏡面塗料反射著下方打上來的光線。

此刻我的心中不禁浮現往常一問再問的問題，到底是什麼樣的人會待在裡面呢？

我無法想像。我無法從中感受到任何現實的味道。那數棟叢聚的高層建築眞的跟我們處在相同的世界嗎？它們對我來說彷彿就是某個異世界的高度文明都市，藉由光線的折射而得以浮現的海市蜃樓。

它們一點都不眞實。

我甚至覺得這幾棟未來式的高層建築也許就只是某處投射出來的全影像（註9）。

我皺著眉頭瞇起了眼睛，將視線投射到遠方高聳直入雲端的冷峻巨塔。

我明明就只能待在這裡。然而，這樣的景色爲何會讓我產生親切感？

我一直不停地看著那座高塔，直到頸子酸痛到再也支撐不住。

我移開眼睛。瞬間，幾度夢中佐由理出現在那些宛如石筍般的塔群光景，忽然跟眼前的高樓群像彼此重合。

那只是瞬間的錯覺，卻意外地搖撼了我的心靈。

原來……那是現實。

6

理佳花了一兩個月的時間跟原來的男朋友分手。我對她接下來要跟誰交往一點也不在意，不過她卻說她希望我多關心她這方面的事情。

「我決定不再讓自己跟身邊的人維持那種曖昧不明的關係了。」

「喔，眞不錯。」

「是吧？」

她用一貫不常從她口中聽到的回答方式應答，然後露出了微笑。

「不過究竟爲什麼會變成這樣呢？」她說：「我一開始明明覺得你是個不怎麼樣的人啊。」

「不怎麼樣？」

「對呀！因爲覺得你不怎麼樣，所以我才會覺得我可以隨性地把你拉出來陪我到處亂跑。眞奇怪，會有今天這樣的結果，一定是因爲你其實非常特別。」

「妳說的特別是指什麼？我可是連自己都找不到任何優點而感到很困擾呢！」

「你分明在裝傻嘛！」理佳嘴角微微上揚，笑靨中帶著些許的諷刺。「我對這種事情很敏感的。你明明就覺得自己很特別，而且實際上一定也是如此。因爲我對自己也有這樣的想法，所以我能夠看得穿。」

我沒有回話。

我跟理佳之間往來的方式跟以前幾乎沒有任何改變。我們偶爾會一起吃午飯，放學之後會在一起，就是這樣。

連續下了幾天的雨在今天放晴，理佳邀我一起在午休的時間離開學校來到附近的大樓。我們在這棟大樓二樓的家庭式餐廳吃飯。她點了奶油烤洋芋，而我則叫了一份雞肉什錦燴飯套餐。我平常都吃些便利商店的便當，還有義大利麵、炸食類，並且早就對這些東西感到厭煩了，好不容易有這樣的機會，便忍不住點了這樣的東西。

「你點那個還眞像是老爺爺吃的。」

她笑了笑又繼續開口問道：

「你一個人平常都吃些什麼東西呀？」

「早上喝一罐咖啡，中午吃麵包，晚上就在便利商店解決。」

「哇！你這種沒營養的飲食習慣就跟漫畫裡面看到的一樣嘛！這樣身體會壞掉的啦！」

「嗯。」

「嗯什麼？這樣的態度不對吧？」

「其實我有在吃綜合維他命啦！而且我對吃的東西也沒有太大的興趣。」

「你絕對是個怪人！哪有人對吃東西沒有興趣的！」

她說完便露出了一臉不知該說是困惑還是猶豫的表情。

「妳怎麼了？」

「沒有啦，我在想如果你現在開口要我幫你做便當，我應該會馬上答應吧。」

「不用啦！妳想這個幹什麼？」我笑著回話。

「嗯，不想了。反正你也討厭這種成天膩在一起的關係嘛！」

「這也是一部分原因啦！再說，從你手上接過便當時，我也不曉得該怎麼回應。」

「我對於早起最沒輒了。所以要是你改變心意，也不要太期待喔。」

「不會啦，我不會拜託妳幫我做便當的。」

「不過話說回來，這麼斷然不受期待的感覺真的還挺糟的。」

理佳說著臉上又浮現出了方才出現過的表情。她想了一下之後又開口說道：

「我說啊，我可是從小就三餐全都自己料理呢！所以我很會做菜喔。也許外表看不出來，不過你最好把這點牢牢記在心裡。」

「我又沒懷疑妳的廚藝。」說話時，我忽然想到她之前提過的家庭問題。

「所以呀，如果你希望的話，我眞的可以到你家做飯給你吃喔。我現在可是很認眞的。你覺得呢？」

「什麼……」

這個唐突的話題讓我有些不知所措。我想了一下之後才又開口說道：

「不了，還是算了吧。太麻煩妳了。」我說。

這麼說起來，我從來沒有讓朋友到過我的房間。

「那棟房子很破很髒的，我才不好意思讓妳來呢！」

「我不會介意的啦。」

「不，那房子絕對遠比妳想像中要來得髒亂破舊。」

我將那棟宿舍如何昏暗如何潮濕誇張地形容給理佳聽，她於是嗤嗤地笑了起來。

「這還眞的讓我很想看。你平常在家裡都做些什麼呢？」

「沒有特別做什麼呀。就寫寫作業、預習跟複習，還有聽聽音樂，看看書……另外就是偶爾會拉拉小提琴。」

「小提琴？你會拉呀？」她瞪大了眼睛表現出十分意外的反應。

「嗯，一點點。」

「咦？爲什麼你會？」

「什麼爲什麼？練習就會了啦。」

「我想聽！」

理佳上半身整個挺出來看著我，那雙眼睛有如少女漫畫中閃閃發亮。

「不行，我不幹。」我連忙誇張地搖頭回應。「我拉得很糟糕啦。」

「拉得好不好有什麼關係。我們現在就去音樂教室吧！」

「不要啦！眞的不要！拜託妳放過我吧。」

「咦？眞掃興……」

我彷彿看到了過去的幻影。我從那個與此刻重疊的幻覺記憶中，找到了那個怎麼也不願意答應拉小提琴給別人聽的自己。

跟理佳相處的時間非常愉悅，有她在身邊我就很能夠得到放鬆。不過我到底爲什麼一點也不想讓她看到我演奏小提琴的模樣？我對於自己的反應感到不解，這應該是一種異常的反應……

隨著季節的更替，春天到了，冬天走了，我也已經升上了高三。

我跟理佳因爲編班而分到了不同的班級。然而我們之間的交情卻沒有特別的變化。我們會盡量挑選同一節課後輔導聽課，然後坐在彼此的旁邊。儘管這些都不是經過了特別的協議，但我們也會很有默契地輪流到對方的班上，等待對方下課然後一起回家。

在這樣的生活中，唯一不同的是，我開始頻繁地夢見佐由理。每隔個幾天我就會夢到她。佐由理依舊身處在那個彷彿舊相片的天空下，而那個奇妙的空間，讓我不知道爲什麼有一種深刻的親切感。

每次夢醒，睜開眼睛之後面對眞正的現實世界，對我而言卻反而漸漸地失去了現實的味道。現實世界的天空、行道樹、街景，所有的顏色都像是街頭繪畫；每每對此抱持疑問而瞇起眼睛仔細端詳，卻讓我更確定了這樣的感受而覺得不安。即使跟理佳相處的時刻可以短暫地揮別這樣的不安情緒，然而現實世界給我的隔閡感卻從沒有消失。

我偶爾會在晚上來到宿舍附近的車站。走下樓梯之後，我會在丸之內線的西新宿車站還有大江戶線的新宿西口車站前佇足，然後帶著等人的心情大概停留一個小時。我想藉由這樣的舉動，混在不知名的人群之中，看是不是可以更融入我所居住的這個城市。

然而我卻無法如願。我終究得抱著跟現實隔絕的自己，只換得了疲憊不堪的腳步蹣跚地回家。

站在那個地方的時候，我不會遇到任何熟識的人。這是當然的。這裡和南蓬田車站不一樣，那邊是只要在放學的時候多等一會兒就一定會遇到熟識的人，我現在身處的是截然不同的世界。

在出站與進站剪票口前，被一台一台機器吐出來吸進去的人們全都帶著同一號表情。這群不知名的人匯集成了不知名的集合體而規律地流動。我的眼前彷彿一部低成本低製作的電影，一點眞實感都沒有。受到下意識的驅使，我初次希望能在眼前不知名的人群裡遇見哪個我認識的人。只是，我的腦中並沒有具體的意識告訴自己去找那個「熟識的面孔」。人群在出站與進站的剪票口間不斷地出入，而我卻哪兒也不能去。我想成爲這群不知名群衆之中的一分子，我想成爲群體的一部分，我想成爲有如遊魂一般的人。

然而，我當然無法如願。我終究無法被這個街道所包容。

7

我想在這裡先講述許久之後，當一切都已結束時的故事。是跟一封信有關的事。

我考上了大學，然後在那所大學就讀，之後從那裡畢業。事情發生在我二十六歲的時候。那年的春天，拓也捎來了一封信。

不對，與其說是信，倒不如說是一個小包裹。

包裹中沒有任何時節性的問候，也沒有重溫我們往日交情的寒暄。他甚至連自己的地址跟聯絡方式都沒寫。這是分開了八年之後唯一的一封郵件。他在這段時間之內一直都不知去向。他沒寫聯絡方式是因為他不想告訴我。白川拓也這個人不可能會因為疏忽而忘記寫上聯絡方式。

小包裹裡面放了幾本日記。我這是第一次知道拓也有寫日記的習慣。這是記述了他高中三年期間的生活日記。

我翻開他的日記，日記中記錄了我們分別的這三年間他所遇到的經歷，還有這段期間他所想的事情。對於他送來這幾本日記的意圖我完全能夠領會。他想告訴我要我「不要忘記」。他要我不要忘記白川拓也，不要忘記佐由理，還有不要忘記國三那年極為特別的夏天，跟在那之後我們之間彷彿冰河時期的那三年。我們不能忘記在這短短的數年間讓我們分道揚鑣的所有事物，也不能忘記那時格外特別的我們。

他要我別讓這一切從回憶裡消失，不能把這一切當作從沒有發生過；他利用這幾本日記對我提出這樣的警告。

我當然一點也沒有將這一切忘記的意思。好久以前，佐由理曾經說她不想被忘記的呢喃細語，我至今依舊記憶猶新。

我無法忘記這一切，這就是我寫下這本書的理由。

這天早上下著小雨。軍事大學裡無論溫度或是濕度都是由中央空調完全掌握。然而外頭的細雨，卻透過水泥外牆而浸染到拓也身上。

拓也在高三那年的春天被負責物色研究員的專人找去，以客座研究生的身分到青森市內的某間美軍設立的大學就讀，並且在該所大學的特殊戰略情報處理研究所協助研究。那間研究室通稱「富澤研究室」。他在進入那間研究室的前一年，將作品投到一本量子物理學的學術雜誌，並且獲得了論文比賽的獎賞。這於是成為了他被發掘的契機。而我們知道這一切實際上是起因於人面廣闊的岡部社長推薦，則又是很久以後的事了。

這次的拔擢理所當然地包含了高中畢業以後的推薦入學跟所有的獎學金，拓也於是毫不猶豫地接受了這樣的邀請。此後他除了必要的學分之外，就再也不去高中唸書了。對他來說，高中的學業跟生活都是沒有價值的東西。

他進入研究室之後就跟院生一起研究。他很頻繁地發表論文，甚至連大規模的實驗也都以主要成員的身分參與實驗。所以實際上他根本無暇顧及高中的課業。

富澤研究室主要是使用電腦解析量子物理，因此參與研究的人員需要懂得高深的程式語言，而這個方向正是拓也最為得意的領域。他打從出生開始，第一次找到了一個不會讓他覺得無聊的教育機構。

某天研究室有一個大規模的實驗，整個研究室從早開始就忙得不可開交。前年才建設完工的研究大樓是沒有任何窗戶，與外界完全隔絕的水泥建築，實驗的研究室在八樓。

拓也跟兩名院生一起坐在操作台前方，各自桌前都有鍵盤和液晶螢幕。拓也將自己私用的鍵盤連接到了電腦上，因為公用的鍵盤打字速度快不起來，會讓他有壓力。

三人螢幕的後方有一面玻璃牆，玻璃牆裡面便是實驗室的中樞。玻璃牆內側二十坪左右的空間完全與外界隔絕，連空氣都無法流通。那裡面有一根圓周大約是三個大人環抱的大柱子。柱子外觀呈現複雜的扭曲狀，彷彿是現代裝置藝術的造型作品。

那根柱子是爲了接收平行世界訊息的天線。

拓也的背後也是架設著一面玻璃牆。在整片的玻璃牆後面是中央監控位置，富澤教授跟有坂助教授兩個人一坐一站地在那裡進行督導。今天出現在教授與助教身後的，則是穿著美軍制服的將官與一位身材魁武的男子來研究室參觀。

「雖然今天有客人在場，不過你們不用介意，就照往常的方式做。」

富澤教授的聲音透過擴音器傳達進了拓也他們身處的監控區內。

「第一階段結束，進行下一個步驟。」

「是。」拓也跟另外兩位院生同時出聲應答，然後紛紛開始敲擊鍵盤。

「下一步，進入過濾區段。第二階段開始。」拓也對著麥克風開口說道。

「指向性成像度比起之前高出了二十五個百分點。」一名院生接過拓也的話說道。

「眞不錯。」富澤教授露出了滿足的表情。「今天應該可以辦得到吧？你們可要挑選好適當的演算方式喔！」

「白川，這個演算法你打算怎麼處理？」有坂助教走到拓也背後，開口對拓也確認拓也負責的部分。

「我打算以艾克森・月衛博士的理論爲基礎，對群組抽出作用的過濾控制部分下手……」

「什麼？」

「這樣應該可以提升群組抽出效率。」

「幹得好，白川。」富澤教授露出得意的表情。

「艾克森・月衛是什麼人？」穿著軍服的人一口英文對教授提問。

「初次證明平行世界存在的聯邦國學者。」富澤教授也以英文回應。「被認爲是蝦夷那座高塔的設計者。」

「你的意思是說那個螺旋狀的柱子就是蝦夷塔的模型嗎？」軍人指向實驗室裡的那根天線開口問道。

「是的，我們接下來要將那根柱子四周數英吋的範圍轉換成另一個宇宙。」

警報聲響起，所有人當下陷入了一片緊張。

「捉到了！」

拓也說話的聲音短促而帶著衝勁。當場所有人便將目光焦點移到了監視器上。

「XA、YC、ZC方位出現分歧宇宙空間暴露反應。共有五個……不對，六個分歧宇宙空間出現。」

監視器上的圖表出現了六個曲線不停浮動。

「六個呀，這次找到了不少呢！」富澤教授重新又將雙手交握在桌上。「開始進行同調區段，一定要接上……」

「開始進行第三階段。」有坂助教應了一聲，對監控區裡下達了指示。「你們三個現在同時對最爲接近的平行宇宙嘗試連接作業。」

拓也跟另外兩位院生快速地敲擊鍵盤，將系統連接到方才發現的分歧宇宙。清脆的敲擊聲規律而快速地流洩。

「眞快……」坐在拓也右邊的院生看了拓也的動作不禁咋舌。

「白川最接近平行宇宙。」有坂低聲說道：「距離最容易連接的區域還有一千兩百京單位。一千一、一千、九百四十、九百二十……」

警報聲再度響起。軍人應聲站了起來。

「接上了！」拓也的聲音短促而有力。「成功接上了一個最爲靠近的分歧宇宙，暴露反應也安定下來了。」

方才不禁起身的富澤教授此時也坐回到了座位上。

「好，維持這個狀況進入下一個區段。」他說完便轉頭面向那位軍人。「接下來要跟那個平行世界進行空間置換。」

紅色的圖表中映出了一道曲線。警報的音頻隨之產生了改變。

「半徑六十奈米的空間出現拓撲變換（註10），並且急遽擴大中，快要進入肉眼可以確認的範圍了。」

監視器切換到了其中一架攝影機上。實驗室中央出現了模糊的黑影。

「固定的區塊內已經成功置換成別的宇宙，變成另外一個的空間了。」富澤教授用英語爲軍人進行解說。

「蝦夷的那座高塔也可以辦到同樣的事情嗎？」

「正是，兩者所使用的是相同的原理。只不過對方的規模跟精緻度遠超過我們目前所使用的系統。我們目前數次的實驗只能成功一、兩次，也僅能夠達成砂粒般大小的空間置換而已。」

包括拓也在內的三名院生始終不停地敲擊鍵盤輸入指令。

然而，他們此刻停下來了。

「不行……」

拓也不禁說出了這樣的結論。

「失敗了！暴露反應衰退，已經無法繼續維持平行世界的銜接狀態。」有坂助教的報告聲中透露出焦急的情緒。

圖表中的曲線開始萎縮，終於警示鈴聲響起，監視器上的顯示出了「DISCONNECTED」的紅色文字。

攝影機畫面中的黑點也隨即消失。

拓也臉上緊張的肌肉也在此刻鬆弛了下來。他嘆了一口氣，然後將上半身靠到了椅背上。背後的中央監控區中，富澤教授也跟拓也同時發出了嘆息，不過他的臉上顯露出了滿足的表情。

「波動係數下降，分歧宇宙完全消失了。本次實驗於一分十八秒的時間中成功達成半徑一點三釐米的拓撲變換。」

一片沉默的氣氛中，有坂助教的報告聲迴盪著整個實驗室。

「眞希。」

拓也整理完資料走出了實驗室，看到了笠原眞希與富澤教授正在對話。

笠原眞希是負責指導拓也的博士班學生。她的專長是腦化學。因爲彼此的專長不同，所以拓也沒有直接接受她的指導，不過拓也在於研究設備的使用申請還有論文的進度方面都會跟她報告。

「辛苦你了。」笠原眞希帶著微笑對拓也親切地慰問之後便轉頭面對富澤教授。「教授，我可以帶白川一起去嗎？」

「好啊，還有位子嘛。不過你們常常混在一起呀？」

「不是教授你說要他今年好好跟著我的嗎？」

「是這樣嗎？唉……我明天到東京出差，這邊就麻煩妳了」

「是進度報告會議嗎？」

「也有。另外還得去看看那個孩子。因爲這個緣故，搞不好接下來你們腦化學研究團隊就有得忙了呢！」

由於拓也不知道他們討論的是什麼，於是只能靜靜地在一旁聽著。

走廊上地板與牆壁施加了鏡面鍍膜處理而散發著無機的光澤，拓也與眞希並肩走著。笠原眞希走起路來，步伐相當快速。就拓也的觀察，一般來說步伐快的人多半擁有一定程度的自信，多數的研究人員都是如此，而拓也亦然。研究大樓的平面面積相當大，對於步伐快的人來說其實也是比較方便的事。他們在走廊上與身著制服的軍人跟一襲套裝的男子擦肩而過。

「最近常有軍人到我們的研究室來呢！」笠原眞希有感而發。

「那位穿著套裝的人，大概是隸屬於ＮＳＡ機構的人員吧。」拓也回答。

「ＮＳＡ？」

「就是國安局。」

「是類似公安的機構嗎？」

「是軍方的諜報組織。」

「喔。」眞希聽來並沒有特別的感觸。「最近常常聽說有恐怖分子在暗中活動的傳聞。」

拓也低頭。他隱藏自己內心受到動搖的能力逐年下降，所幸並沒有被對方察覺到。他們來到了電梯前面，不約而同地看著顯示電梯目前所在樓層的顯示器。

「今天的實驗還順利嗎？」眞希問道。

「是蒐集到了一些資料，不過還差得遠呢！現在我們的進度只能夠置換那麼一丁點肉眼可以看到的空間區塊，跟聯邦國的那座高塔可以說是完全不能比。」

「這也是沒辦法的事。畢竟聯邦國本來就在基礎物理學領域領先我們一大步。那張蝦夷島的空中攝影，我也看過了。」

這句話讓拓也憶起了當時初次看到那張照片而浮現的那股戰慄感。

那是美軍的無人偵察機拍攝回來的影像。攝影的角度是位在聯邦國那座高塔的上空。

那張圖中的高塔並沒有出現異狀，產生變化的是高塔周圍的區域。

那個異象以塔爲中心，整個圓形區塊變成了一整片漆黑的空間。

從圖中看起來像是個變異區域的地面被漆成整片的黑色。不過其實不然。

那片景象的眞正狀態是空無一物。

或者可以說是整片虛空的領域。

當時的拓也將這片景象聯想到了所謂的黑洞。所有的光線進入到那片異象之內的空間便會完全消失，有如被整片的黑暗所吞噬。那片黑暗的印象酷似他們方才在實驗室裡置換出來的黑色點狀空間。

我們所處的這個現實世界被翻過來了。

以塔爲中心的那個圓形區塊被翻了過來，原來的空間整個消失，被另外一個世界的某個部分給蝕去。

叮咚一聲，電梯門向兩側退開。

「讓我無法理解的是，爲什麼那座高塔的拓撲變換只在半徑兩公里的圓周線上停止。」

拓也在電梯內邊看著顯示器中逐漸遞減的樓層提示數字邊開口說話。這是他說話時的怪癖。他隨後也將視線停留在電腦上顯示的剩餘時間與整理畫面。

「美軍認爲聯邦國的那座高塔是能夠製造空間轉換的強力武器。不過那座塔若是以攻擊作爲目的而設計的話，那就現狀來看它其實一點意義也沒有，不過就只是在自己的領土上鑿一個大洞罷了。」

「兩公里的範圍極限該不會是因爲什麼機件故障或其他意外所致嗎？還是它單純就只是一個以實驗爲目的的建築呢？」

「不只這些可能性，說不定照片中的那次大規模拓撲變換，根本就是出乎設計者料想之外的系統機能失控所致。除此之外，富澤教授也曾說過，也許那次拓撲變換的兩公里範圍限制，有可能是塔的機能被什麼外在因素影響的結果。」

他們走出了研究大樓，陰暗的天空下飄著微微細雨。

眞希取出了一把折傘，由於拓也先前將自己的傘留在授課大樓的置物間，他便跟眞希借撐同一把傘步出了大學的校庭。

「白川，你明天有什麼事要做嗎？高中那邊也放假吧？」眞希開口詢問著拓也週末的計畫。

「不好意思，明天我想去查一些資料……」拓也說話時意識到自己的肩膀與對方的肩膀有輕微的接觸。

「去圖書館嗎？」

「不，去一間認識的工廠。」

「工廠？」

眞希表示如果如果不會打擾到拓也，她也想要同行的意思。儘管拓也告訴她那間工廠遠在窮鄉僻壤的地方，眞希則說自己並不介意。拓也聽了讓眞希稍候，自己走進了電話亭撥了那個早已熟記在他腦中的號碼。

「唉，不能說想看就來呀！我們工廠不接受外來者見習參觀的啦。」

岡部社長的聲音即使透過電話也聽得出來他不太高興。不過這一切都在拓也告訴他對方是個叫作笠原眞希的女性就有了一百八十度的轉變。

「什麼？女孩子？她幾歲？」

「這我是不知道啦。不過呀……對方可是個美女呢。年紀啊……」

隔著電話亭的玻璃，眞希有些不耐煩地看著遠方。她的側面以一般人爲基準看來大概過了二十四歲多一點。

「喔，那我就恭候你們大駕啦！」岡部社長高興地答道。

翌日，拓也依約開著深色的房車載著眞希開車前往大川平。他一滿十八歲便到駕訓班報到，然後早早考取了駕照。拓也先繞到青森市去接眞希上車，隨後便沿著二八〇號縣道奔馳了一個半小時來到蝦夷製作所。

這天天氣十分晴朗，天空中傳來黑鳶的鳴叫，美軍的戰鬥機編隊夾帶著轟然的引擎聲留下長長的飛機雲。他們將車子停在工廠圍地院子裡的大樹旁。眞希走下車，她的視線便隨即便被工廠旁的多座鐵塔給吸引住。

「咦……好棒的天線呀！」

「不過裡面有些是不合法的就是了。」拓也雖然知道正確的數量跟位置，不過他沒有多提。「這可以接收到一些有趣的東西喔。」

「咦？是純興趣方面的嗎？還是跟工作有關？」

「嗯，一半一半啦。」

岡部社長看到了笠原眞希的相貌，知道拓也沒有騙他於是露出了心滿意足的表情。住在這裡的野貓出現在庭院裡，拓也看了便走到牠的身旁，輕撫著牠的耳後根。

廠房只要敞開一面鐵捲門，看起來就彷彿一間大車庫一般十分有趣。秋天的徐風吹進了工廠內，今天工廠沒有上工，廠房員工除了岡部社長之外，也只有佐藤先生留在工廠。眞希帶來了充當禮物的蛋糕，拓也於是前往茶水間泡了茶出來。他們拉了一張鋁質桌子，四個人一起找到廠房裡曬不到太陽的地方坐了下來。

「這麼說來，眞希小姐的專長是在腦部方面的研究囉？」岡部社長開口問道。

「是的。我專門研究人類的記憶、睡眠，還有夢等等項目。」

「不過眞希小姐跟拓也是屬於同一間研究室吧？」佐藤先生接著問道：「我記得拓也是研究蝦夷島上的那座塔不是嗎？」

「是啊。我的專職是研究那座塔沒錯……」拓也稍微想了一下才又說道：「不過其實我跟眞希小姐的研究，就根本上的意義來說其實是同樣的東西。該怎麼說呢？其實我們在做的研究都是屬於平行世界的範疇。」

「平行世界？」佐藤先生聽了不解地問道。

「其實……」眞希說話時拿著叉子切下了一小塊蛋糕。「就像我們人類晚上會作夢一樣，這個宇宙也會作夢。」

「宇宙會作夢嗎？」佐藤先生露出了驚訝的表情。

「也許用這個世界來取代宇宙這個詞彙會比較容易理解也說不定。」眞希滔滔不絕地開始解說。「這個世界也許可能會朝各種不同方向發展，因而醞釀出不同的未來。而這種可能性就隱藏在這個世界的夢裡面，我們將這些不同的可能性稱之爲平行世界，或者是分歧宇宙。」

「聽起來眞是科幻呀。」佐藤先生答道：「平行世界呀……這樣的內容我以前曾經在小說裡面讀過。」

「這是實際存在的喔。」眞希說：「這種說法大概在五十年前就被證實了。」

「是眞的存在嗎？」岡部社長問道。

「是，過去有這麼一個著名的比喻方式……」眞希用大拇指彈起硬幣，讓它在空中旋轉。「我們不是常常用這種方式讓一枚硬幣在空中旋轉，然後打賭它掉下來的時候是正面還是反面嗎？其中任何一種出現的可能性都是百分之五十。我們假設當它落下來的時候結果是正面朝上，那麼我們把硬幣彈起來之前，那另外一半反面可能朝上的結果究竟到哪裡去了呢？」

眞希解說的過程中，岡部社長跟佐藤先生都專注地傾聽。佐藤先一步開口答道：

「實際上正面朝上的機率是百分之百，只是人們不知道而已吧。」

「你所指的是量子力學中的機率密度問題對不對？」眞希答道：「的確，我們一直以來都這麼解釋。不過其實百分之五十硬幣反面朝上的機率終究還是百分之五十。硬幣扔出去之後會得到百分之百正面朝上的機率波段結果，其實並不是在我們扔擲硬幣之前就決定的。事實上在我們扔擲硬幣的時候這個世界就已經分成了硬幣正面朝上的世界跟硬幣反面朝上的世界兩種。依照這種說法，這個世界現在呈現在我們眼前的瞬間，其實也只是各個事件中的各種可能性之間，跟其他的世界並排在一起的其中一種結果。」

「這樣啊……」

「而我的研究就是這些平行世界對於人腦還有夢境造成的影響。」

說到這裡，眞希將話題拉回到了我們的研究。

「關於聯邦國的那座高塔，其建造目的最可信的一個說法也是用以觀測平行世界。所以白川的研究便是利用科學性的方法，拉近現實與平行世界之間的距離。而我則是以腦化學解析平行世界。生物的腦也許從上古時代便可以在下意識之中感受到平行世界的相關情報，這些分歧世界的情報在腦中流竄，也許就是人類的預感，或者是預知能力的泉源。這些也都是我研究的課題。不過，這些研究主題聽起來好像有點神秘學的味道。」

「不不不，一點也不會。」

岡部社長拍了一下香菸包，抽出了一根叼在嘴上，同時表現出了誇張的語氣。

「眞希小姐的言下之意，是指人類也會夢到跟宇宙同樣的夢吧？這不是很浪漫嗎？」

「很浪漫？」

拓也跟佐藤聽了異口同聲地表示懷疑。他們覺得世上很難再找到一個人比起眼前這名男子比起來更不適合浪漫這個詞了。

「怎樣啦?」

「沒有……」拓也跟佐藤紛紛裝傻假裝沒事。

「要是笠原小姐在人類的預感跟預知能力方面得到了實際的研究成果,是不是我們就可以用人工的方式預測未來了呀?」佐藤問道。

「不……這應該是辦不到的吧?至少像這種類似超能力一般的結果,終究沒有辦法實現。」

「爲什麼呢?」

「因爲我們沒有接收這些情報的天線。」拓也接過這個問題提出了解答。「人類的天線能夠接收電磁波,並且加以辨認其中代表的形狀還有顏色,而這個天線指的是眼睛。除了眼睛之外,耳朵也是接收空氣中的震盪,辨識這些聲波的天線。然而我們並沒有可以接收平行世界情報的器官。因此雖然偶爾有人能夠接收到這些平行世界的情報而預知某事,那頂多也就只是沒有任何音源的喇叭偶然在瞬間接收到某個電台的廣播一樣,就只是單純的巧合而已。」

他說完不禁看了看庭院中幾座並排在那裡的無線電塔。

「對了,要讓人腦能夠接收那些訊息的話,必須要發明人工的接收器,直接跟腦部串聯……」

「嗯……你說這話眞像是恐怖電影裡面的情節呀!」佐藤先生露出了些許嫌惡的表情。

「這樣的動物實驗有人在做喔。」

眞希邊說邊一臉蠻不在乎地將蛋糕放進嘴裡。

「就目前的進度來說其實沒有什麼具體的結果就是了……」

「不過眞希小姐眞是優秀呢！」

岡部社長嘴裡吐著輕煙同時將這番恭維脫口而出，聽來多少有些刻意。

「說到青森的軍事大學，這跟一般普通的大學可不一樣。等於是隸屬政府底下的研究機構嘛。妳明明這麼年輕，就已經是主要班底了呢！」

「沒有啦，沒這麼誇張。」眞希被捧得有些不好意思。「不過我對那座塔抱持著相當的憧憬，所以覺得做起研究很有幹勁。」

拓也不禁看了看眞希。這種事他還是第一次聽說。

「不過眞正出色的人是白川呢！」眞希很快地用十分堅定的語氣說道。

「妳說拓也嗎？」

「對呀！十八歲就成了客座研究生，這可是前所未見的事呢！而且他比誰都要認眞，連大他好幾歲的院生都沒有他來得出色喔！我對於世上有像他這樣的人存在感到十分驚訝，也覺得他眞的很厲害。」

岡部社長趁著眞希沒有抬起頭，擺出了相當難看的臉色。佐藤則是一臉替社長感到難過的表情。

「哪有，我一點也……」

拓也畏縮地連聲音都在顫抖。就在這個時候，那隻貓來到了他的腳邊。當牠看到拓也打算分一口蛋糕給牠吃的時候，牠很快地飛奔到拓也的手放下來的位置。

「咦！不會吧！這隻貓好奇怪！」眞希圓睜著眼睛露出了相當驚訝的表情。

傍晚，拓也開車送眞希回到位在青森市的住處。由於岡部社長有事情要到青森市來，此時也一起坐在拓也的車上。當岡部社長在他們離開工廠前提出這樣的要求，佐藤嚇了一跳，甚至不禁驚叫出聲。儘管眞希的表情中看來有些困擾，不過拓也卻一副泰然自若地答應了。對他來說，有岡部社長坐在車上反而正合他的意。

眞希下車之後向著車子揮手致意，拓也等人則在目送著她走進家門之後重新繫上了安全帶。隨後拓也聽到岡部社長開口說話。

「你方便在車站放我們下車嗎？」

「你在車站下車之後打算去哪裡呢？是去八戶嗎？」

「不，我要搭新幹線。我明天早上得到東京處理點事情。」

「是哪裡來的委託呀？」

岡部社長吐了一口煙，並沒有回話。

拓也的房車駛在住宅區的雙線車道上。當車子被紅燈擋住，在路口停了下來，拓也便再一次開口問道：

「岡部社長，我之前拜託你的事情，你有考慮過了嗎？」

「你拜託了我什麼事？」

「我想參加威爾達。」

所謂的威爾達指的是俄國薩哈林州的原住民，這個名字被引用作爲日本國內活動最爲頻繁的反聯邦國武裝恐怖組織的稱號。

「喔，那個呀。」岡部社長又吐了口煙。「你眞是不死心。比起那件事，你不是更專注於研究室裡的工作嗎？你很認眞在研究那座塔吧？哪有空分神參加我們的組織？」

岡部社長總是用這裡敷衍的態度閃躲，不打算接受拓也的請求。

「不，我有空。而且……我反而更想早一刻做個了結。」

他說話的同時，察覺到了前方擋風玻璃透出去的那片天空中，有一道垂直於天地之間的細長白線。拓也睨著那道白線接著繼續說道。

「對，我想要早一刻把一切都了結掉……跟那座塔有關的一切。」

9

第二十三次美日聯合軍事研究進度報告會議記錄（摘要）

會議日期　＊＊＊＊年＊＊月＊＊日

召開地點　東京大學安田講堂

報告人青森軍事大學　特殊戰略情報處理研究所　富澤常夫

「……依照這種方式，我們便可以從此刻被劃分開來的多元宇宙中，找出最可能成眞的一種，以成就精確度極高的未來預測法，這是我的研究室進行研究的宗旨。這種未來預測法並非根據任何一種理論或機率數學去計算而求得出來的結果，它是以實際上未來所發生的事——也就是實際存在的多重未來時空——作爲預知情報本身的依據。這就好像我們在考試前先看過未來的考題，然後預先知道該怎麼作答一樣。這種技術對於軍事跟政治方面的決定都將帶來革命性的影響吧……不過坦白說，聯邦國在量子引力方面的研究與應用技術都遠超過我們現在的水準。也就是說，依據現狀推測，利用量子學預測未來的實用技術，極有可能會被聯邦國先一步達成。」

報告人　富澤常夫提供四張照片

一九七四年，北海道中央區域的空中攝影（省略）。

一九八四年，北海道中央區域的空中攝影（省略）。

一九九四年，北海道中央區域的空中攝影（省略）。

一九九七年，北海道中央區域的空中攝影（省略）。

「那座有如象徵物的高塔開始建設於北海道……應該說開始建設於蝦夷中央是在一九七四年，也就是南北分裂之後不久。正式開始運用據推測是在一九九六年。我們在九七年的偵察照片中已經可以看到那座高塔周圍出現明顯的拓撲變換。

被稱為那座高塔核心設計者的艾克森・月衛博士其實原本出生在本州，這對我們美日聯合軍來說實為一大諷刺。

……接下來，我將為各位說明幾種能夠實際探測平行世界相關情報的嶄新技術。」

數天過去，拓也在這期間工作方面進展十分順利。他沒有回家，整天埋頭在院生室裡面完成了兩本論文。累的時候，椅子併一併便直接躺在上面休息。

他一直熬夜，由於整夜坐在電腦前面，現在的拓也顯得十分疲憊。他將論文以電子郵件寄給了富澤教授，然後中午便處理些瑣碎的雜事。他終於感受到疲憊，於是來到停車場的車內睡了一覺。等拓也再睜開眼睛，周圍的天色已黑，此刻他彷彿感受到一種自己被整個世界跟時間之潮給遺棄的感受，讓他對此感到有些厭惡。

他打開手機的電源，看到兩次笠原眞希的來電記錄，這讓他稍稍拋開了剛才那種不悅的情緒。儘管如此，他始終沒有想要回電的意念，取而代之的是撥了一支別的號碼出去。那是他熟記在腦中的號碼，不過它沒有記錄在手機裡面。跟這個號碼有關的發話記錄、來電記錄，拓也會在掛斷電話之後隨即消除掉。

「我是白川。」

「……拓也呀。」岡部社長接電話時總是一副意興闌珊的反應。

「你最近方便嗎？我想跟你碰個面。」

岡部社長回答他恰巧人來到了青森市內，拓也於是將駕駛座向後靠的座椅扳了回來，發動引擎驅車離開了學校。

一間具有相當年代的居酒屋就座落在青森漁港的旁邊。一位看似年近八旬的老婦獨自張羅這間店裡所有的服務。拓也從開車載著岡部社長通過東西向延伸的青森海灣大橋，朝著這間居酒屋駛去。他想，要是聯邦國打了過來，這座富有現代感的純白色海灣大橋肯定會成爲對方登陸之後的第一個目標。車子停妥之後兩人來到居酒屋門前，岡部社長拉開木質拉門走進店內便坐上了吧台，開始自顧自地喝了起來。拓也坐在他的旁邊，那位上了年紀的老闆娘此時已經坐在吧台的裡側打起了盹。

「你到東京出差結果怎麼樣？」拓也幫岡部斟了一杯酒，同時開口問道。

「什麼？」岡部社長隨便應了一聲。

「你選在這種時候到出差，爲得不可能是威爾達以外的事情吧！」

岡部社長聽到哼了一聲。

「別管那個。你知道浩紀到底怎麼樣了嗎？我到東京去本來打算看看他的，結果完全沒有聯絡上他。」

「他呀……我不知道。我跟他已經沒有關係了。」

「……喔？」

「你們什麼時候要拆了那座塔？」

「其實我們弄到了一顆ＰＬ穿甲彈。」岡部社長被問煩了只好對拓也實說。

「ＰＬ……」

「你知道這什麼東西嗎？」

「不……我對於軍事方面的東西比較不熟。」

「我也不太清楚，聽說是使用鈀元素跟重氫之間的化學反應什麼的。」

「喔，原來如此。」拓也理解到那個名稱的實際意義。「眞是不得了……」

「怎麼樣不得了？」

「爆炸威力很驚人。雖然不看詳細的規格無法理解它眞正的破壞力，不過你可以把它當成一顆超小型的核子彈。」

「原來如此，那還眞的是不得了。」岡部社長又點了一根菸繼續開口說道：「問題是能不能對那座塔造成傷害。」

「應該可以……」拓也立即開口答道：「那座塔並不如想像中堅固。如果不是某種輕盈的材質，絕對不可能成就如此細長的高塔。它的牆壁外部在那顆炸彈的威力之下瞬間就會蒸發，聽說牆壁內側則是使用帶狀的結構化奈米碳纖維材質加以填充，那些大概也會全部被融化掉吧。眞用那顆炸彈攻擊，蝦夷的高塔一定會整個不留痕跡地消失掉的。」

「這樣啊。」

拓也也掏出了香菸，自己點了一根。他吸了一口然後又說。

「不過光憑一個恐怖組織不可能拿到那種東西的。」

「沒錯。」

「美軍到底在想什麼？要是這種東西眞的被你們丟出去，那根本就可以斷定他們就是幕後黑手了。」

「誰知道呢？也許他們早就已經準備好推託的藉口了吧？另外也有可能跟他們內部的派系鬥爭有關。搞不好……在他們的計畫裡面根本就不需要藉口這種東西。」

「開戰嗎？」

「大概吧。」

「他們的目的甚至有可能是要加速促成雙方之間的戰爭。」

「有可能。」

「不過對威爾達來說這個理由是什麼都無所謂吧？你們的目的只是早一步把塔破壞掉，然後藉此儘速統一北海道。住在日本的民衆，包含美軍，大概全都對那座塔心生畏懼。那座塔身上散發出一種無形的強烈壓迫感，並且爲聯邦國塑造了一種神聖而不可侵的印象。這是讓你們想要破壞那座高塔的原因。」

「不虧是個天才，你分析得眞好。」

「不要再說什麼天才的了啦。」拓也將香菸戳熄在菸灰缸裡。「岡部社長，我希望請你現在就答應我，讓我加入威爾達。」

「你放棄吧。」岡部社長老氣橫秋地說：「你現在都已經算是介入過深了，你到底知不知道？要是加入這種恐怖組織，就等於是把正常人的生活完全放棄掉了。要是弄不好，你一輩子都得要鬼鬼祟祟地東躲西藏了。」

「我知道。不過我不會退縮的。」

「難聽的話我就不說了。你最好把過去聽到跟威爾達有關的事情全部忘掉，乖乖回去當個學者吧。」

「我不要，我絕對不會放棄的。要是你說什麼都不同意，那我就把剛剛聽到的一切全部提供給公安知道。」

拓也沒能把話說完，他被岡部社長揪起了衣領，整個人撞到了一旁的牆上然後掛在上頭。激烈的動作中，兩個木質板凳應聲倒了下去。酒吧裡側那位年紀老邁的老闆娘依舊自顧自地打著盹，也許她只是假裝沒被吵醒。

「我看你連自己現在在說什麼都不知道吧！」

岡部社長貼到拓也的面前威脅著他。那聲音細如耳邊的呢喃，卻帶來了重如拳頭一般的壓迫感。拓也感到一個堅硬的東西透過岡部社長的外套頂在自己的腹部上。拓也此刻終於知道自己宛如一個千金少爺，終究只是活在一個與暴力無緣的世界。

拓也感受到自己所發出的顫抖。儘管他想說話，卻只是聽到齒間不停地打顫。他死命地耐住心中的畏懼，終於能夠開口。

「儘管你這麼說，我還是想要毀掉那座塔。我想要用自己的雙手毀掉它。有那樣一座礙眼的高塔聳立在那裡讓我坐立難安。只要它還存在，我就無法抽離這種無法發洩的厭惡情緒之中，什麼也無法改變，哪裡也去不了。」

「……」

此刻拓也只聽得到自己的喘息。他被岡部社長揪著，整個人懸在半空中完全沒有辦法行動。

一會兒之後，岡部社長終於鬆開了拓也衣領上的左手。在拓也可以順利呼吸之前，岡部社長先一步從口袋裡掏出一支手槍，交到了拓也的手上。

「拿去吧。」

那沉甸甸的重量感，瞬間讓拓也從窒息的感受中回過了神。岡部社長一把抓住了另一個口袋裡那些備用子彈伸手放進拓也的口袋裡，讓子彈喀啦喀啦地滾了進去。

「去找個地方練習射擊吧。不要天眞地想著要打中什麼東西，只要讓身體習慣那東西的重量跟反作用力就好。不要還沒開槍就手滑，結果打到了自己人。」

他找到那片有條小河流經的原野，是在他開車奔馳在四號縣道上的時候。他下車來到了河岸邊，河流的上方有一座東北鐵路線主線行經的高架鐵路橋。他走到鐵路的正下方。抬頭望去，可以從鐵路中間的空隙看到天空。這座橋纖弱得好像一有列車經過就會垮下來一樣。

他環顧了整個原野四周。距離鐵路橋一段距離的地方有一座足球場。在那個沒有球門的球場上有稀疏的幾個人影。雖然人少，但他並沒有打算偷偷摸摸地練起射擊。他走出了橋下的陰影，沐浴在黃昏時的陽光下。

在河流的對岸，遠方的天空依舊可以看到那座高塔。

拓也不禁瞇起了眼睛。不，那不單是瞇起眼睛的表情，還帶著嘴角上揚的微笑。

他點了一根菸，然後等著。他的菸癮日漸嚴重，然而他卻來到一個更不能吸菸的新環境。要是研究室可以吸菸，那麼他的香菸消耗量大概會比現在還要更多出兩成吧……

就在第五根菸燃盡的時候，遠方傳來火車即將切換軌道的警示音。

他丟掉手上的菸蒂，隨後將手伸進了口袋。口袋了裡冰冷的鐵塊，就是岡部社長交給他的那把槍。他向前走了兩、三步，取出了槍枝扳開保險，然後上膛。此時的拓也並沒有特別在意旁人的動向。

他將槍口的準心對準塔的方向。

電車來了。當他覺得噪音夠大的時候扣下了扳機，並且使勁壓抑手中幾乎要彈開的槍身。

再扣扳機；擊發，再擊發。

彈殼彈了出來，飄盪在空氣中的火藥殘渣輕彈到了臉上；槍口發出咆哮，刺鼻的燒灼味瀰漫在視線的周圍。這種嗅覺上的刺激讓他陷入陶醉。

電車駛離之後，拓也持槍的手隨著肩膀的肌肉放鬆而垂了下來。

沒有人察覺到拓也的槍聲。就算有人聽到，也絕對不會有人認爲那是眞槍。這讓他覺得作嘔，截至昨天之前的自己讓拓也噁心得想吐。

他收起槍然後轉過了頭，此時的拓也無論心靈或是面貌都已經失去了僅有的溫度。

11

「我置身在一座質地冰冷，外形扭曲，非常不可思議的高塔上。」

這片宛如文明殘跡的塔群之中，佐由理環抱著膝蓋蹲踞在其中一座半邊風化傾頹，沒有屋頂可以直接仰望天空的塔樓中。

「那裡終年吹著猶如來自宇宙彼方一般的寒風，空氣中飄盪著一股不屬於這個世界的氣味。」她低著頭，一字一句喃喃地說著。

這些言詞都有個傾聽的對象，那是她在心中虛構出來的聽眾。若非如此，她便無法承受眼前的一切。眼前不透明的天空看似有著石頭擦刮的痕跡。迎面而來的風算不上不舒服，並且在這種不自然的景致中產生了突兀感。

佐由理感受到一陣聽不見的聲音。那是超過人類耳膜可以辨認的高頻率聲波，若隱若現地撩撥著她的心緒。超高頻率的聲波漸漸轉變成天邊鼓動的飛機引擎聲。她在察覺那是一架噴射機的時候小聲地叫出聲來，隨即抬起了頭。

她站起身。

瞬間塔群消滅了。

寂寥的光景置換成了另一個截然不同的景色。佐由理站在伴著水泥校舍建築旁的操場中央。那是間荒廢的學校，操場上的雜草遍地橫生，房舍的磚瓦各處都看得到裂痕，破損的情形屢見不鮮。它至少是一間棄置十年以上的學校。

佐由理茫然地環顧著四周，遠方的住家同樣杳無人煙，一切都處於荒廢的狀態。

視線的彼方出現紅光。那光線的顏色既像是落日中的餘暉，又彷彿炙熱的火焰。無論如何，這微溫的光線中帶著些許溫柔的氣息。它來自校舍三樓的某間教室。

那散放著紅光的窗前，幾隻白鴿聚集該處。

這是一幅生機盎然的風景。一片死寂的世界之中，那是唯一帶有生氣的畫面。

她從中感受到一絲絲的溫暖。

面對這始終無處宣洩的渴望，佐由理連忙飛奔了出去。

教室入口處的鞋櫃空蕩蕩的，看不到一雙鞋子，她沒有脫鞋便跑上了走廊。稍微佇足搜尋了一下。

樓梯。

佐由理快步躍上了樓梯，通過二樓之後直接再往三樓奔去。她來到三樓的走廊。一道筆直的廊線朝著佐由理的視線盡頭延伸而去。

溫暖的光線從走廊中段溢了出來。

她來到高掛著三年三班牌號的教室門前，稍微猶豫之後毅然推開了拉門。

溫暖的光線來自於窗邊的一張書桌。

異於其他張集中堆放在教室一角的書桌，只有那張散發著光芒的桌子佇立在窗前。

那是個充滿悲傷情緒的光景。然而，佐由理卻對眼前這樣的景象有著十分熟悉的感受。

她才踏進教室一步，那道紅光彷彿被吹熄的蠟燭一般瞬間消逝。

彷彿是在避著她。

那道溫暖的光線刻意與佐由理保持距離……她內心的絞痛顯露在表情上，一覽無遺。

她不放棄，還是一步步朝窗邊走去。此時透過窗戶，佐由理可以看見已然傾倒的新宿高樓，宛如一場戰爭終結之後的死寂景象。她不禁伸手觸摸那張前一刻散發著光芒而如今顯得孤寂的桌子。桌面沒有使人放心的餘溫；它只讓佐由理感受到了一陣冰冷的觸感。

她靠在窗緣，背部貼著牆面緩緩地滑坐到了地上。面對著那張毫不隱藏地散發著孤寂氛圍的桌子，佐由理不禁縮回手臂環抱住自己的身體。

「我到底爲什麼會來到這種地方……沒有人在嗎……有沒有人在呀……」

她雙手搗住臉。

「拓也……浩紀……」

她閉上眼睛，再睜開後人又回到了原來那座沒有屋頂的塔尖。耳邊噴射機引擎尖銳的聲音已聽不見，唯有風聲瀟瀟依舊撩撥著她的心緒。

天空的彼方那座聯邦國的高塔帶著慘白的外表聳立其中。

這個地方，偶爾因爲風的不同，雲端彼方會浮現出那座高塔的蹤影。

*

粉筆畫在黑板上，喀喀喀的連續敲擊聲帶來陣陣的壓迫，讓我從夢中醒來。我似乎禁不住睡意的侵蝕，在課堂上暈了過去。在整間靜謐無聲的教室裡，只有老師書寫黑板的聲音持續地迴盪。

又是那個夢……佐由理徬徨的模樣早已數度來去我的夢中。她總是在已然崩壞的都市之中徘徊，似乎在找尋什麼。

三年三班，那是我所就讀的班級。

我瞥向窗外；視線慢慢地移動，可以看到窗外的景色。

那張紅色的桌子，是我的桌子……

窗外是一片萬里無雲的一片藍天，吹進窗內的風輕拂著薄薄的窗簾迎風搖曳。這樣的光景總是讓我心生陰鬱。在這裡生活了三年，我漸漸瞭解了，但每當窗外吹起這種風……

只要面對正確的方向，那東西一定都會浮現。

我打開信箱看到裡面有一紙書信。會寫信給我的除了他之外沒有別人了。我通過狹窄的木造樓梯回到自己的房間，將信放到了低矮的和室桌上，拿起擺在地板上的耳機，閉上了眼睛拿著琴弓撥起了小提琴的琴弦。我盡量不讓自己看到桌上的那封信。

我拉了一個小時，努力地想要讓自己全心投入在琴聲之中卻辦不到。我終於放棄，拿起了桌上的信封並且拆開了封口。每次收到信，我總想著不要看它卻每每無法堅持這樣的抵抗意志。我明知道自己看了信會覺得後悔。我漸漸地知道自己為什麼會這樣，卻始終不讓自己去思考其中深層的因果。

信中的內容依舊是以近況報告為主。現在的青森縣似乎已經到處都可以看到疏落的美軍大兵與軍用車的蹤影。這景象說明了美日聯軍與聯邦國之間的緊張氣氛已經逐漸透露出即將開戰的訊息。依據岡部社長的說法，早則今年年中，再不然明年年初，雙方就會進入交戰狀態。不過，若要促成舊日本國土的統一，這是不可避免的途徑。南北分裂造成了為數眾多的親族與朋友之間彼此離散，因為這種軍事爭端被強迫承受離別的痛苦，絕對不是應該被允許的事情……岡部社長滔滔不絕地寫到這方面的感觸。像這種主動表述自己意見的狀況，就他的個性來說是非常少見的。

他還提到了拓也被邀請到青森軍事大學，以客座研究生的身份專門研究量子物理。這倒是嚇了我一跳。我沒想到他會跳過大學越級進入研究所，這才明白原來他是如此出色的傢伙。不過我也馬上想到，能夠通融這種越級攻讀的方式大概也是因為那間大學是屬於美軍的。他說拓也因為來到了新的環境而變得有些神經質，要我找他聯絡，跟他聊聊。讀畢之後我將信紙塞回了信封之內然後夾進書本裡面，隨後又將書塞進了組合書架之中。

那天晚上，佐由理又來到了我的夢中。

她在褪色的街道上意興闌珊地走著。從街景看來，大概是北新宿一帶。狹窄的街道兩旁夾雜著店鋪與住家。唯一與現實不同的是，原本繁華的北新宿，在這個夢裡成了斷垣殘壁的景象。路上的電線桿倒塌，截斷的電線散落在地上。朝遠方望去，叢聚的高樓險些崩塌的荒涼景象也映照著眼前有如廢墟般的街景。街上遍尋不著其他的人影。又是一個人也沒有的情境深深地刺傷了佐由理的心靈。

佐由理帶著蹣跚的腳步徘徊在這個廢墟中尋找自己以外的人。說是自己以外，不過並非誰都可以。她雖然有著具體的目標對象，卻因爲身處夢中而記憶模糊，完全無從取得這個人的形象。她漫無目的地尋找這個連自己也不知道是誰的人在廢墟裡四處徘徊，疲倦的感受也因此而毫不留情地湧上心頭。

一陣風帶來了宇宙彼方的特異氣氛。佐由理無論何時，無論到了哪裡始終只有自己一個人。

當我睜開眼睛的那一刻便從床上坐了起來。昨夜的夢帶著極爲眞實的觸感。斷垣殘壁的新宿風景深刻地烙印在我的心裡，這種感受讓我的心頭湧起了一股無比的恐懼。這不會是經歷了戰爭破壞之後荒廢的景象吧！若眞是如此，那麼我是打從心底渴望戰爭嗎？儘管我並不這麼認爲，然而，究竟我的潛意識底下藏著什麼樣的慾望，我自己也不是眞的很了解。

夢中吹起的風，那股氣息在我醒來之後依舊沒有散去。那是瀰漫著塵埃的陳舊氛圍。這味道勾起了我心中熟悉的觸感，讓我感到一陣安心。

然後電話響了。

在鈴聲重複了第三次的時候我伸手拿起了聽筒。在接起電話之前我已經知道這是理佳打來的。會打電話給我的人不多，再加上如果打電話來的人總是會在固定的時間打，那便很好判斷。只有她會在禮拜天的早上打電話給我。

「啊，你在家！」理佳說：「我說呀，之前也跟你說過，去辦支手機吧！現在這個時代沒帶手機的人很奇怪耶！」

「不了，不用。」面對這個問題，我給了一如往常的答案。「沒有手機我也不會覺得特別不方便……」

「我覺得不方便呀！這樣我都找不到你。昨天我也有打電話喔。你到哪裡去了？」

「沒有啊，我哪兒也沒去。」我歪著頭，狐疑地回憶昨晚的電話聲。「我想我大概已經睡了吧……」

「一個人住眞好。想睡就睡，想起床才起床。」

每當理佳吐出這種尖酸刻薄的語氣時，她臉上會有什麼表情我大概可以想像。

「可以出來嗎？」她問。

「當然可以呀。妳知道的，我今天沒有補課也沒有選修課程。」

「只要沒有補課你就有空啊？你都不會有其他的計畫嗎？」

「沒有。」我沒有多想便直接回答。

「我有的時候眞的不了解你到底是個什麼樣的人。要是我沒有找你的話，你放假的時候都怎麼過呢？」

「嗯，這個我不會特別去想。」我低聲地答道：「不就正常地去過嗎？」

她先是嘆了一口氣，然後開口問道：

「我可以過去你那邊嗎？」

「可以呀，等我整理過房間再讓妳來。這大概會花上幾個月的時間吧。」

「你又是這樣。那你要過來我家嗎？」

「好啊！你爸媽沒意見嗎？」

「他們不太常待在家裡的，你不用煩惱這個問題。」

「那我大概一個小時以後到。」

「要帶伴手禮喔。」

她說完便掛上電話。我換好衣服之後出門朝新宿車站走去，在車站前的西式糕餅店買了水果果凍。進了車站以後我搭上山手線在池袋下車，隨後便直接朝著理佳的家方向移動。我便走邊想，理佳最近心情似乎不太好。我跟她都升上了高三，準備要應付大學考試。

理佳想考的是一間深受千金小姐們喜愛而出名的貴族女子大學。她大概一定可以考上吧（事後她也眞的高分考取了這間學校）。儘管如此，整個環境中充斥著緊張的應試氣氛依舊沒能讓她輕鬆地渡過這段日子，終日陷在一種焦慮的情緒之中。過去天才剛亮她便撥電話過來的情形也不是只有一次兩次。而我這種時候也都是陪著她聊天直到一天的生活正式開始。一方面她要的也不多，另一方面我也只能做到這點小事。

被人倚靠的心情其實不壞。理佳快速的說話方式與不同於一般人陳腐的話題都讓我十分欣賞。因爲她的緣故，我才得以覺得自己並非全然沒有存在於這個世上的價值。我們能夠彼此互相補足對方的需求，這其實是很值得慶幸的事。

然而最近我們之間的對話之中，我發現自己呈現一片茫然的時候變多了。這不是她的問題，完全是我個人的因素。我逐漸開始覺得這個世界索然無味。改變的速度極爲快速而唐突。

理佳的家是座落在寧靜住宅區內的一棟洋房。這間透天建築儘管沒有庭院，卻有著廣大的坪數。住宅區位在緩坡的地形上，從大門走到玄關設置了一段十階左右的樓梯。整間房子的感覺既舒適又美觀。

我按下電鈴，屋內傳出理佳要我自己進去的聲音。走進客廳，我看到理佳整個人慵懶地靠在沙發上。大張的矮桌子上有幾本課堂筆記、題庫，還有參考書、學校印製的大考猜題問題集等，全都攤開置在桌面上。我將白色的盒裝伴手禮放到了書堆上，然後面對她盤坐到了地板上。

「飲料在冰箱裡。」她懶洋洋地開口說道。

我於是逕自來到了廚房，將兩罐罐裝咖啡倒到了杯裡，放入冰塊端了出來。

「妳情緒很糟吧？」

「你都已經看到了還說這種理所當然的話。」她說著坐起了身。

「不能說呀？」

「也不是不行啦。不過，你是故意這麼說的吧？」

「不是呀。因爲像我這種無趣的人就只會說這種無趣的事嘛！」

「對、對，你也總是這麼說。明明你就知道自己不是那種無趣的人。」

我知道她的心情很糟，但似乎程度比我想像得還要嚴重。

「你看過《獻給阿爾吉儂的花束》這部小說嗎？」理佳忽然開了話題。

「有啊，怎麼樣？」

「我曾想過要是我能夠變成那個樣子就好了。」

「說什麼變成那個樣子啊……」

「總之我現在不是能夠面對考試的時候啦！」

「妳這麼說不對啦。」我儘管理解，還是出言指摘。

「我當然知道不對啦。不過我即使知道也不免要這麼想。我又沒有辦法控制，不要罵我啦。」

「我知道了，抱歉。」

「你從沒有過這樣的想法嗎？在你因爲不安而顯得不知所措的時候，你不會想要把一切全部都拋諸腦後不去過問嗎？」

「只要是人都會有過這種想法囉。」

「可是你看起來就是沒有啊。」

「我想我大概下意識地覺得一切都無所謂，早早就把這些東西全都拋掉不去想了。反正只要多報考幾間學校總會有一間讓我考上，再說就算全都落榜也不會死。總之船到橋頭自然直啦！就算沉了也無所謂……」

「你這種想法眞是可怕，我絕對辦不到……」她說完又再靠回了沙發上。「藤澤，你坐過來這邊。」

我依照她的要求做到了她的身邊，然後只見她整個頭靠到了我的肩膀上，開口說要我分她一點能量。她束在兩側的頭髮半邊貼到了我的脖子上。一個女孩子的頭靠在自己肩膀上的感覺很難找出什麼詞句加以形容，它有著一種獨特的重量。一個女孩的記憶、思緒，還有情緒，全都在這份重量之中倚在我的肩膀。我有些緊張。

我伸手輕撫她的臉頰，另一隻手則環過了她的腰際。她藉著這些肢體語言明白我的想法而配合著橫躺在沙發上。該順著眼前的氛圍就這麼脫掉她的衣服嗎？我在瞬間短暫地猶豫了一下。

也許只要我有那個意圖，我隨時都可以抱她。此刻的她，也從氣氛之中告訴我她並不排斥這種關係。儘管這種想法很可能只是我自己自我意識過剩，不過我甚至感覺到她希望我更積極一些……

然而我卻無法行動。也許我就是這麼軟弱的人也不一定，不過，我覺得要我在她目前的精神狀態之下對她出手，這樣太沒有人性了。除此之外，我似乎隱隱約約地感受到了什麼。在我的心中，就連再熟悉不過的理佳也變得越來越不眞實。我並沒有讓這樣的反應顯露在外，但是我確實因爲理佳變得非現實的這種現象而受到輕微的動搖。然而，這種想法不應該出現在我的身上。

這眞的是一種很奇怪的現象。我跟她相處的時候，並不會受到她的刺激。那飄逸的裙子、纖細的足踝，白皙的胸口……不過究竟是爲什麼呢？這種衝動卻如此輕易地被橫在我跟這個世界之間的毛玻璃給擋住了。

我們爲了解決午餐的問題而離開理佳的家搭上了山手線。理佳表示，雖然有些遙遠不過她想去神田，那邊有不錯的西餐廳。一出了家門之後理佳的表情明顯緩和了許多。她幾乎都得獨自待在那間空曠無人的洋宅一個人面對考試壓力，會有那種疲憊的表情其實是理所當然的。

我們來到理佳提議的那間餐廳，她點了牛肝蕈義大利麵，我則叫了一份歐姆蛋跟炸食的拼盤。這眞的是一間相當好吃的餐廳。

我們吃完飯便搭乘中央線來到了新宿。電車很空，兩個人可以大大方方地占住一整列的座椅。理佳看著我的手掌，然後說我應該會很長壽，卻不像是有錢的命。其實我也這麼覺得。我帶著茫然的視線看世界，然後茫然地過生活。

這樣的我，忽然看到了什麼樣的東西。

那是在電車車窗的外頭。此時的電車正停在御茶之水車站，車窗上的玻璃映出了月台的景象。然而我的視線則是讓對面月台上的光景吸引。

這個世界瞬間瀰漫起了一層煙靄，我的視線被緊緊地扣住。隨後我便反射性地站了起來，頓了一下便朝著車門奔去。

那是——佐由理！

我看到了佐由理的身影！

車門在這一刻正要關上。眼看我已經無法及時穿過車門間的的縫隙。

我毫不猶豫地用手肘抵住了車門，使勁地想要將它扳開。電車的車門關上時的力道並不是一般人的臂力可以抵抗的，然而感應器偵測到了異狀，鬆開氣閥，又讓車門再往兩側退開。我見狀於是毅然躍下了月台。

我瞇著眼朝向隔著鐵路的對向月台看去。

沒有。

消失了。

車站工作人員上前跟我說了些什麼，不過我沒注意聽。我衝入地下道，然後爬上樓梯，甚至忘記要注意她早已與我擦身而過的可能；我來到方才佐由理佇足的場所。

我跑了整個月台，然後將視線一直鎖在車站剪票口間出入的人群之中。我不放棄地在這座車站來回逗留了三十分鐘，然而始終找不著佐由理。

在我徘徊在整坐車站內的時候，我曾經若有似無地嗅到了夢中那股陳舊的味道。不過也許這終究只是我過度思念佐由理的結果。

我忽然想起了被我拋在車上的理佳，剛剛我根本完全忘了她。於是我連忙找到了公共電話，打手機給她跟她解釋。我告訴她我看到了長時間失去音訊的朋友，所以忍不住衝了出去。

「算了啦。」她說：「這種事情也是偶爾會發生的。」

電話的彼方，似乎可以聽見理佳的啜泣聲。

12

就這樣又來到了冬天。這是我來到東京的第三個冬天。

學校裡的氣氛比起前些日子又更爲緊繃，所有的學生全心投入考試。爲了做考試前的最後準備，周圍的同學們全都參加課外的特別講習去了。我則因爲考的是理組，習題的演練比較重要，所以我都盡可能地專注於課堂上的內容。不過一天連續上個八、九節課終究會累積相當程度的疲勞。我因此也常常拿著筆記，意識卻早已沉到了夢中。

無論在家或是在學校，我都常常夢見佐由理。

不對，正確來說，我夢到的是我爲了找尋這個女生而四處徘徊。我在呈現一片荒廢的死寂景象中，拼了命地來回奔走四處張望。夢中的我時而會在路邊街角瞥見佐由理的髮梢與衣襬，卻在定神仔細看的時候發現那裡其實空無一物。

我來到了一所已然呈現破瓦頹垣的高中校地。我深信佐由理人就在這間學校裡面；學校裡散發出佐由理的氣息，還有另一個世界的味道。我知道她此刻正一個人待在某個冰冷沒有溫度的地方。我抬起頭，看見遠方一間教室窗戶散發著夕陽般的紅色光芒。那是我的教室。

我朝著自己的教室奔去。

教室中屬於我的那張桌子散發著光芒。

那光很快地消失，同時它也一併帶走了佐由理的氣息還有眼前的一切。我只能屏息站在原地，看著整個景色隨著那片光芒逐漸消逝。

無論何時都是類似的夢境。

佐由理在呼喚我。

我感受到她的呼喚，而我也不斷地渴望能夠得到佐由理的消息；我確信我跟佐由理都在找尋彼此的身影。其實仔細想想，這種精神狀態十分危險，然而我卻不覺得這樣的自己有任何異樣。這對我跟佐由理彼此來說都是理所當然的事。每當我在夢中錯失了佐由理的氣息，我的心便有如千刀萬剮一般難受。

日復一日，我彷彿在冰冷的水淹過了天空的城市底下過著沒有空氣的日子。我覺得自己被遺棄，孤獨地活在這個世上。

頭髮被指尖撥弄的觸覺讓我從夢中甦醒。

「下課了喔。」

理佳結束了別間教室裡舉行的課後輔導來到了我的身旁。

「你很累呀？」

「嗯，最近睡得不是很好。」

「咦？看你這樣我忽然覺得安心了不少。原來你也會緊張。」

「當然會呀，我又不是恐龍。」

我送理佳回家，回家前先來到池袋附近散步。我們走出池袋車站的剪票口，然後靠在路旁的欄杆上聊天。對話中彼此都避開了升學考試方面的話題。我們分著耳機，聽著MD中播放著新專輯的主打歌。理佳閉上眼睛，隨著音樂的節奏韻律地輕擺著頭。

也許是因爲冬天澄澈的空氣之故，我察覺到遠方天空的異物。

在極北的方位，那座高塔直挺挺地聳立著。

這是意外的衝擊。平常我注視到那座高塔的時候都已經做好了心理建設，並且藉此稍稍緩和它所帶來的痛楚，然而今天我卻因爲那座高塔的出現而受到了強烈的震撼。它彷彿一顆透明的子彈穿過我的胸膛，讓我瞬間被陰鬱的情緒給束縛住。我在理佳沒有察覺地情況下繃緊了自己的意識。

理佳用她輕盈的腳步越過了東京荒川線的地上電車平交道然後開口對我問道：

「你大學打算在東京念吧？那麼在大學畢業之後有打算回老家去嗎？」

「不……我沒有這樣的打算。」

「這樣啊，眞是可惜。」

「什麼可惜？」

「我想看看你在什麼樣的地方長大嘛！也想嘗試看看住在那邊是什麼樣的感覺。」她一派輕鬆地說出這般唐突的內容，讓我一時之間有些不知所措。

「那裡什麼也沒有喔。住在那裡就只能看得到山跟海，還有稻田而已。在那裡如果沒有車就完全沒辦法過日子。大眾運輸工具只有靠著一條鐵路往返。因爲那個村子所有人都會搭乘那條鐵路，所以到最後那些不認識的村民就算不知道對方的名字也會在電車上變成朋友。我想那裡的生活究竟不方便到何種程度絕對會讓妳嚇一跳的。」

「這不是很棒嗎？」

「妳好像誤會了。這種生活一點也不棒。」我笑著答道：「那裡時間流逝的速度會比東京慢上雙倍。大概不用兩、三天妳就會開始覺得煩躁得受不了了吧。」

「我現在也覺得很煩躁呀！所以應該不會有什麼差別吧。我跟你說，我可沒有打算待在東京待一輩子喔。這裡的環境既嘈雜又忙碌，而且所有的事情都曖昧不清。這裡沒有什麼事情是絕對的，或許該說這裡是讓我變得無法變得果斷的地方……你沒有這種感覺嗎？」

「嗯……不知道。」我刻意含糊其詞。

「我無論是出生或長大都在這個環繞著東京的山手線裡面，從來沒有體驗過所謂的田園生活。這樣的人生其實是很痛苦的，你能夠體會嗎？」

「我不懂。爲什麼妳會這麼認爲？」

「因爲哪裡也不能去呀！當遇到了什麼事情想要逃離這個地方的時候，卻發現自己根本沒有地方可去。自己終究只能住在這個地方。這種感覺有的時候很讓人絕望呢！」

理佳說話時的口吻並非帶有多麼沉重的感受，反而像是她平常開玩笑時一貫的語氣。這樣的氛圍將她深刻的感受更為直接地傳達到了我的心裡。

「妳常常會有那種想要離開這裡的感覺嗎？」我問。

「是啊，你不知道嗎？」

「我怎麼會知道這種事。」

「你再多說一些關於你故鄉的事情吧。」

「好啊……」

我盡可能地壓抑住心緒的波動，以平淡的口吻開口說話。

「那幾乎是在日本的最北邊，雪下得很大。現在這個季節，那邊的一切大概全都埋在雪堆裡面了吧。為了方便出門，所有的人每天都得要剷開門口的積雪。天氣很冷，而且冬天幾乎聽不到其他的聲音。大雪會把所有的聲音都吸收掉。」

「真不錯。」

「我住在三廄。」

「三廄？」

「對，『馬廄』的廄。義經祠在我們的村子裡面，習俗上有祭拜義經的習慣。為什麼那個地方會叫作三廄，其實是因為源義經在受到源賴朝的軍隊追捕的時候，上天為了讓義經能夠逃過此劫，所以授與了他三匹龍馬。傳說中義經最後乘著那三匹天馬飛越了津輕海峽，到了北海道……」

我將吐到嘴邊詞句又吞了回去，沒能為這段故事做個結束。

「嗯，大概就是這樣的故事了。」

「好帥喔！」

我們邊走邊聊天，說到這裡的時候被平交道攔下了腳步。一輛長長的貨車穿過了我們的面前。各節貨車上堆放了九〇式戰車，至少十輛以上的戰車讓車頭拉著通過眼前的平交道。看來戰爭應該已經是一觸即發了。

「那些戰車是要送到藤澤的故鄉去吧？」

「嗯，是吧。」我帶著平淡的口氣答道。

「藤澤，這種貨運車走得蠻慢的，好像可以跳上去耶！我們一起偷渡上車直接坐到青森去吧。」

儘管我想要用笑容加以回應，然而我卻清楚地感受到自己臉上的肌肉有些僵硬。我無法耐住這樣的心緒，終於只能噤口低下頭去。我拼命地壓抑住反胃的感覺，嚥了口水，屏住呼吸，方才稍稍緩和了難以忍受的感觸。我抬起頭，深深吸了一口氣。

就在這個時候，聯邦國的那座高塔忽然出現在我的視線之中。

它在天邊有如燒灼一般的紅色暮景之中，令人難以置信地來到東京的邊緣。它帶有威脅性的氣息逐漸將我包覆。

我告訴理佳我心情不好，一個人離開了池袋。在回家的路上，我伸手拍著一面路旁的鐵絲網，手指滑過鐵絲網的間隙，隨著我的腳步發出啪啪的聲響。當我回到宿舍，看了看郵筒，又見到了一封岡部社長捎來的信。我拿走了信，然後朝自己的房間走去。我沒辦法心平氣和地拆開信封。

我用左手在進房時帶上了門把，一個人關進了這個昏暗的房間。身上的包包順著我的肩膀滑落。我靠到門上，慢慢地滑坐到了地上。

我的全身湧出一股刺痛的感受，彷彿身上的骨頭就要刺穿肌肉戳破皮膚。明明這只是心靈上的打擊，爲何這種痛楚會轉變成實際的痛覺呢？

我究竟什麼時候背負了如此沉重的傷口？

在我能夠使勁站起身來的時候，外頭的天色已經暗了下來。我脫掉制服，換上毛衣與牛仔褲，然後又坐到地板上，靠著床架的邊緣。

休息了一下，我拿起了耳機，閉上眼睛又拉起了小提琴。像練習用的小提琴般，自己拉出來的聲音只會傳回到自己的耳裡，對此刻的我來說是一種恩典。我可以藉由意識的對流而得到一種心靈上的安慰。

我心如止水地撥弄著琴弓，依序拉出了我所熟知的曲目。

不知何時，我開始一而再再而三地只演奏佐由理過去曾經演奏過的那首曲子。現在這首樂曲只成了我拉給自己一個人聽的曲子；是只屬於我的樂曲。這個一輩子不會與他人分享的旋律，此刻我不斷地只爲自己而演奏。

大概經過了不少時間，我的脖子跟手腕肌肉已然僵硬，於是我放下了小提琴讓自己喘口氣。

我忽然聽到了異樣的聲音，感受到了他人的氣息出現在房門的彼方。薄木板門的卡榫不知何時已然大肆敞開。

走廊昏暗的老舊日光燈下，穿著便服的理佳站在那兒。理佳圓睜著雙眼，雙手摀著顏面。雖然沒有見到她在流淚，卻可以感覺得到她就要哭了出來。

「那個，因爲我很擔心你，所以……」

我走到了門邊，試著用溫柔的語氣開口問道：

「妳怎麼了嗎？」

「因爲門開著……」理佳努力地將梗在喉嚨裡的字句吐出嘴邊。「然後我看到你一個人的模樣，覺得好可怕，好可怕……」

「覺得可怕？」我回問道。

「你在家裡的時候表情都是這麼凝重嗎？」

「進來吧。」我輕觸著她的手肘。「站在那個地方吹風會感冒的。」

「不要！」

她退開一步，跟我保持距離。

「因爲你根本不希望我進去！」

我默默地將手縮了回來，然後告訴她沒這回事。

「你騙人！」

這到底是怎麼回事？這個狀況來得毫無道理，我對此感到十分不解……不過問題是，她說的話的確切中了我的想法。

「那麼……如果妳沒有要進來，那我送妳回去吧。」

「不用你送。」

「我送妳吧，這附近很暗，治安也不太好。」

「我不要！」

她說完便轉身跑步離開。而我只是默默地聽著她跑下階梯的聲音。

我就這麼呆佇在原地好一會兒。

我沒有心情繼續待在房裡了。我順手兜了一件短夾克，鎖上門便走出了宿舍。冬天冰冷的溫度讓我覺得舒緩許多。我就這麼獨自走在宿舍周圍顯得陳舊且有些凌亂的住宅區中。

由於這一帶幾乎都是木造房屋，因此附近有不少地方都圍起了拆除重建的營建工程。在我沒有察覺的時候，又有一間古老的房舍已經拆除，變成了新宅的建地。舊房舍的殘骸就這麼高高地堆在空地上，還沒有被搬運出去，只是整個空地已經被鐵絲網的圍牆給圈了起來。

因爲這間房舍變成了空地，站在街道上便可以透過這片空地窺伺遠方的天空。透過疏落的鐵絲網縫隙，西新宿的高層建築清晰可見。綠色的高樓與奢華的旅館，在無謂的能量消耗之中挺立於漆黑的夜空下。幾乎每一棟大樓中的每一扇窗都透出了室內的光線，這般輝煌的夜景眞的十分美麗。儘管內心不禁對此感到有些厭惡，卻依舊無法動搖它美麗的氣質。

不過這鐵絲網非常礙事！我忽然間情緒變得激動，伸手便緊緊抓住了鐵絲網。

這東西擋在這裡是什麼意思！

爲什麼會有這樣的東西擋在這裡？就因爲有這個東西橫在我的眼前，所以我才會孤獨地被遺棄在此地！爲什麼我非得像這樣被隔絕開來不可？爲什麼我不能到鐵絲網的那端去呢？我用力地搖著鐵絲網前後擺盪，而鐵絲網則隨著我的力量發出了陣陣的金屬摩擦聲。我揮拳打在鐵絲網上。就是因爲有這樣的東西，所以我才無法拉近自己跟理佳之間的距離。

然而，事實上我其實自己心裡明白，隔開了我跟這個世界的鐵絲網，並非外在施加的阻礙。這張鐵絲網並非存在於現實之中，而是在我的心裡。因此並非這個世界把我關到了另一個地方去，而是我將自己關在這個世界的外頭；我將自己關在理佳無法觸及的地方。這個都會其實一直都打算接納我，而理佳也是。

然而，只是這一切都讓我回絕掉了。

——薇拉希拉。

我憶起了那架白色的飛機。它正是爲了越過重重阻礙而建造出來的力量；它擁有能飛越這道圍牆的能力。而我則是將所有的力量都投注在它的身上。在它無法飛翔的時候，我於是也將自己關進了一個密閉的小箱子裡。

我知道自己犯了多麼嚴重的錯誤。當年我應該用盡一切力量讓它起飛。因爲我將未來人生中必須擁有的一切全都投注在薇拉希拉身上了啊！

雪花片片從夜空中灑下。

儘管外頭下著雪，但青森軍事大學中的富澤研究室爲了維護機密安全，所以很幸運地沒有設置窗戶。在研究室裡頭的人們絕對不會知道青森已經邁入了雪季。

現在院生室內除了拓也跟眞希之外沒有別人。拓也因爲家住得遠，幾乎都住在大學裡面。研究室裡設有休息室跟淋浴間等設施，就算幾天不回家也不會有什麼特別不方便的地方。眞希則是因爲家住得近，因此可以在研究室裡待到很晚。儘管眞希留校有一部分原因其實是刻意地配合了拓也的在校時間，然而拓也卻裝出謹守分際而沒有察覺的模樣。

當富澤教室來到了院生室的時候，拓也剛好在隔壁的茶水間沖咖啡。

「眞希，那位患者確定要移交給我們了。這麼一來也許得讓妳去處理一些瑣碎的雜事，不過這就麻煩妳了。」

「咦？真的嗎？那眞是恭喜！」眞希帶著開朗的語氣答道。

「唉，因爲日本政府旗下的研究所一直出面阻撓，所以從發現這位患者直到能夠讓她帶來這裡竟然花了半年的時間。結果在國際情勢這麼緊張的時候才要把這麼重要的實驗體送過來。眞是一些只會找麻煩的傢伙。」富澤教授以輕率的口吻吐露著不滿。

「不過這麼一來也許關於塔的研究就可以有突破性的進展也說不定。」

拓也聽到富澤教授最後的結語而從茶水間走了出來。

「請問，您所指的患者是……」

富澤教授察覺到拓也在場，露出了些許困惑的表情。不過這種反應究竟從何而來，拓也則無從得知。

「喔，是白川呀……那個患者就是睡美人啦。」

「睡美人……」

「就是特殊的嗜睡症患者嘛。」眞希爲拓也做了解釋。「我之前不是有告訴過你那個九六年發現的變形發作性睡病嗎？很誇張呢！她會發出那種不可能出現在一般人身上的腦波。而且，她的腦波以極高的精密度跟塔的活動同調。這絕對不是偶然。」

「喔？」

「那是秋口在東京發現的病患。」富澤教授開口說道：「自從她的變形發作性睡病發作之後，三年來幾乎都不曾清醒。當我們把塔的活動記錄跟她的腦波比對的時候，當場把我嚇了一跳。這麼一來，也許我們的實驗器材也得要加上什麼隔離措施了……」

「我第一次聽到這麼不得了的大發現呢！」拓也說。

「是啊，接下來要讓眞希的腦化學研究團隊負責研究了。爲了處理移送的手續，我得到東京待一陣子了。」

負責教授說完轉頭面向眞希。

「不好意思，那個特殊病房的準備工作可以交給妳來處理嗎？」

「好的，沒問題。」眞希答道。

此時拓也口袋中的手機發出了震動。

他看了看手機，發現那是岡部社長傳送過來的簡訊。字面上僅僅只是詢問近況的寒暄，沒有特別的事情，不過這是威爾達集會的暗號。

「喔，是岡部先生呀？」

眞希從旁窺伺著拓也的手機螢幕，露出了放心的表情。

「白川，阿岡最近好嗎？」富澤教授唐突地問道。

拓也不禁抬起頭來。

「教授您認識岡部社長呀？」

「我跟他是老交情了。九月的時候，我們兩個也在東京不期而遇。他說他是來嘲笑我的研究進度報告會的。」

「這樣啊……」

「其實我們是高中同學啦。」

「喔？原來你們認識這麼久啦？」

「是啊。」富澤教授露出了意味深長的微笑。「到了這種歲數還有這樣的朋友是很難得的。不對，也許不論年紀，像這樣的朋友都很珍貴吧……」

天未明，海洋的顏色帶著一股冰冷的寒意。三月了。津輕一帶的氣候絲毫沒有回暖的跡象。

岡部社長帶著拓也跟三名蝦夷工廠的員工，搭乘漁船來到了津輕海峽的海面上。蝦夷工廠的員工也全都是威爾達的成員。他們五人都坐在船艙裡，靜靜地聆聽著引擎室裡的馬達聲。其中只有拓也一個人明顯表現出緊張的情緒。他不時地重複將雙手的十隻手指頭結在一起然後鬆開的動作。

漁船來到了位於聯邦國南端海域的白神岬外圍海面。

蝦夷──眼前就是北海道的大地。

拓也的手心不斷地冒著冷汗。

漁船停靠在白神岬的港口。

「我一直夢想著有一天要到蝦夷來看看。結果，我今天卻不費吹灰之力就來到了這裡。」拓也在船屋內說出了這樣的感想。

「這裡是蝦夷沒錯啦。」佐藤將受到外頭冷空氣影響而變得冰涼的咖啡一飲而盡。「不過這裡也就只是蝦夷最南端的地方而已。怎麼？你在蝦夷有親戚呀？」

「其實不是因爲有親戚在那邊所以才會這麼想……」

「嗯。你是南北分裂之後才出生的世代嘛。」

佐藤說完站了起來，然後轉頭望向漆黑天色中的本州島。

「聯邦國是科技大國。」他說：「所以我也能了解你對它抱持憧憬的想法。不過岡部社長因爲南北分裂而跟家人分開了，所以他對於蝦夷所抱持的想法跟你又是截然不同了。」

「咦？這是眞的嗎？」

「是啊。社長跟他太太已經有二十年沒有聯絡了。」

「原來岡部社長他……」

拓也望向停在港口那端的高級房車。由於車子停在遠處，所以不容易辨識，不過車內些微的燈光照出了岡部社長慵懶地倚在車廂後座中的的身影。他身旁坐著一位戴了俄羅斯毛帽，身穿軍服的聯邦國軍人。岡部社長與這位軍人在車內密談。這位軍人是軍情局的人員，也是威爾達的間諜。會談的內容主要是想確保侵入聯邦國內的空路。

「不過我還眞嚇了一跳。」佐藤唐突地說道。

「什麼讓你嚇一跳？」

「我完全沒有想到社長會把你給帶進來。」

「其實是我強行拜託社長的。我說要是他不讓我幫忙，我就把威爾達的事情報告給公安知道。」

「喂，你竟然做這麼危險的事……」佐藤聽了緊張一下。他所指的危險當然是拓也可能因此而喪命這件事。

就在這個時候……

三聲乾澀的爆音帶起了空氣的震盪。他們在背脊一陣寒意中確認了這些槍聲。拓也跟佐藤同時做出了反應。待在舵手室裡的社員聽到槍聲也馬上做出了啓航的準備。

那輛高級房車的前擋風玻璃露出了蜘蛛網狀的裂痕。擋風玻璃之所以只有這點程度的損傷是因爲那本身就是防彈設計。車駕駛疾速地驅車倒退，然後做出準備射擊的模樣。車子退到了倉庫的的陰影下，岡部社長隨即衝出了後座然後朝著港邊的漁船狂奔過來。

在他的身後一陣陣的槍聲不斷地催促著他的腳步。

「開什麼玩笑！」

其中一發子彈擦過了岡部社長的手腕，他沒有反應，依舊快步朝漁船跑了過來。除了追擊岡部社長的槍響之外，眼前另外出現一輛大型車追著駛向他方逃逸的聯邦國軍情局的軍人座車而去。倉庫街道的中央發生了爆炸。柴油燃燒時特有的黑煙在紅褐色的火光之中揚起，同時岡部社長也一躍跳上了漁船。

「真是個脫線的成員，這下子諜報活動全曝光了……趕快出發吧！」

漁船在岡部社長的一聲令下隨即出港。解決了高級房車的大型車又駛回了港口內。儘管船體持續出現機槍子彈打在船壁上的聲音。不過所有的成員早已經躲進船艙內避難去了。漁船快速地朝著南面駛去。港口處不死心的自動機槍，其虛無的槍響也逐漸被重重的海浪給吞噬。

「這次還眞是有點危險呢！」

宮川一副熟練的模樣幫助岡部社長纏上繃帶。

「不過多虧這次的情報，侵入蝦夷領空的空路有譜了。」岡部社長對拓也開口說道：「跑一趟白神岬還是有意義的。」

拓也還沒回話，舵手室便傳來了操舵者發出的警告。

「社長，有船！是巡邏艇！」

「什麼！」

岡部社長帶著鏗鏘的腳步聲來到了舵手室，然後轉頭望向海面。他們所搭乘的漁船旁邊，一輛軍方的巡邏艇並排行駛。對方的船隻發出了警鈴，並且用俄語發出了警告。儘管不懂俄語，對方說些什麼大概也可以推知一二。白色的巡邏艇比起漁船還要大上數倍，兩者之間的差距有如大人跟小孩之間的對比。除此之外，對方的船隻行駛速度速相當快。

「明明就已經要開戰了，這些傢伙居然還這麼認眞工作。」岡部社長喃喃抱怨道。「這下難搞了……甩掉它吧！」

「是！」操舵的員工彷彿爲了鼓舞自己的士氣而大聲回應。

「到國境還剩下三分鐘！想辦法撐到那時候！佐藤、宮川，你們站到射擊座去就位！」

在佐藤跟宮川做好攻擊準備之前，巡邏艇的單發火砲便發出了足以搖撼天地的聲響。

那沉重的聲音僅僅是音波的能量便足以讓漁船船身傾斜，而砲彈更是在漁船的腹部開了一個大洞。對方的攻擊完全省略了恫嚇射擊的警告。接著又是一陣機槍掃射。面對眼前的槍林彈雨，漁船木質的船身就像紙片一樣綻開了整排的彈孔。

機槍射擊的流彈在船艙中四處亂竄。拓也發出了哀嚎蹲低著身體。象徵死亡的鉛塊以看不見的速度在拓也的身旁來回穿梭。

整個視線忽然一片漆黑。

拓也原以爲這是燈泡被流彈擊中而熄滅。但事實並非如此。一陣麻痺的觸感從他的身上竄了出來。這陣麻痺感忽然變成了一股惡寒，然後又轉變成了痛楚。拓也在這陣劇痛之中以爲自己的左臂已被扳斷。所幸他在一片漆黑的視覺中確認了左手還接在自己身上，不過就是流彈擊碎的船體刺穿了自己的左上臂而已。背部跟牆壁中間忽然湧上一股濕潤的觸感；被血水濡濕衣服也讓人感到十分噁心……船艙外頭的機槍掃射依舊有如工地現場的鑽地機一般大肆咆哮。不過那聲音對拓也來說已經像是別的世界。

不知道誰出聲叫著拓也的名字。

對方大聲嘶吼著——你沒事吧！

是誰？

拓也原以爲那是岡部社長粗獷的聲音，不過卻又發現其實不是。

他知道自己的身體正沿著船艙內的牆壁緩緩滑躺到地上。對方艦艇的砲擊幾乎要把船艙的屋頂給掀開來了。拓也快要睜不開的眼睛中映出了黎明的光輝。原本一片漆黑的天空在緊貼著海面的上緣染上了一抹紅暈。太陽還沒有爬上地平線。

遠在高高的空中，一隻小小的海鷗，有如砂粒一般一般大小的白色海鷗正振翅飛翔。

「你飛什麼飛呀……」

拓也的意識消失在深邃的黑暗中。

她一開始認爲那是一隻鳥。

在一片雲也沒有卻顯得陰鬱的天空中，一隻純白的色的鳥遨翔在那個褪了色的空間。牠散發著生命的氣息。佐由理站起身，仔細地端詳之後發現那不是一隻鳥。

是一架飛機。

白色的飛機。

「它翅膀的形狀……我知道那架飛機！」

佐由理快步追了過去。

在奔跑的過程中，周圍的景色忽然改變。她跑在一座宛如廢墟的都市之中。那裡是已然杳無人煙且到處都是斷垣殘壁的東京都會。

「等一下！薇拉希拉！」

佐由理的視線只關注在眼前的那架飛機身上，然而跟佐由理擁有共同體驗的我卻讓這個街景所吸引。這個景色讓我有非常深刻的感受。這雖然已是一片荒蕪的廢墟，卻是陪伴了我三年高中生活的地方。

不管怎麼奔跑，佐由理始終沒有停下來喘口氣。然而她的身體卻隨著擺動的雙腳而越顯沉重。身體的末端彷彿逐漸變成鉛塊一般的再也不聽使喚。她的眼神依舊緊緊扣著天空中飛行的物體，然後盡可能地帶雙腿多走一步。這樣的感覺也著實地傳達到了我的意識之中。

薇拉希拉開始迴旋。它彷彿在等待佐由理的腳步。

佐由理停下來了。

周圍的風景又一陣變換。

風不再吹。當她回過神，方才察覺到自己已經被鮮奶油色的牆壁從上下四方團團包圍。這是一間充滿了無機質感的冰冷病房。

佐由理置身於一間寬敞的病房。這間病房擁有可以放置六張病床的大小，然而整個病房卻只是空蕩蕩的一片。窗邊有一張床，床邊設置了心電圖機器等等醫療機具。這些儀器依照規律的脈動發出聲音。

她看向病床同時露出了驚愕的表情。

躺在床上的人——就是佐由理自己。

躺在床上的她變得極爲消瘦，頭髮也變得很長，不過這確實是佐由理的身體。

佐由理的身體正陷入沉睡。

她抿著嘴，畏畏縮縮地靠近床邊。

床上的佐由理看不出來有沒有呼吸。佐由理聽不到自己的鼻息，胸部也看不到起伏，只能從心電圖的脈動中判斷她依然還有生命跡象。

佐由理站在床邊，一直低頭盯著沉睡中的自己。她不知道躺在床上的自己維持這副模樣究竟經過了多久。佐由理對於時間的流逝已經無法掌握。而眼前的這個光景也許只是上一刻開始的短暫瞬間，也有可能已經維持了數年。

通往走廊的病房房門，在厚重的滑動聲中開啓。一台病床從敞開的房門中被推了進來。跟在病床後面出現的是推著病床的三名黑衣男子。他們並沒有察覺到床邊的佐由理。

躺在病床上的她被抽離了繫在她身上的醫療器具，然後小心翼翼地被搬到了剛推進來的那張病床上。過程中，一名灰衣男子走了進來。年齡不詳，但並不年輕。他長得十分消瘦。這名男子站在一旁靜靜地看著另外三名黑衣男子持續動作。在我知道這名灰衣男子就是富澤教授則是許久以後的事了。

佐由理的身體被移到了另一張病床然後推了出去。病床四個腳上的輪子發出了啷啷的摩擦聲。佐由理從頭到尾只能眼巴巴地望著自己的身體被搬運出去，一點辦法也沒有。

富澤教授離開之前，回頭朝佐由理的方向望了一下。她面對眼前這個狀況反應相當緊張。時間短暫地停下了腳步。

一會兒之後，富澤教授離開了病房。厚重的門扉在無情的聲音之下再度闔上。走廊那頭照進來的光線還有聲音全都被那扇門給阻隔開來。

眼前只剩四面冰冷的牆壁。

這麼一來這裡眞的不再有任何的生命跡象，只剩下一個不會動的方形水泥箱。她又變成孤孤單單的一個人了。

＊

「剛剛那場夢是怎麼回事……」

我做起身，不禁喃喃自語。溫度定得過高的暖爐發出吡吡的聲音。我為了準備考試，不知何時就這麼坐在書桌上睡著了。窗外已是天亮時的景色。

薇拉希拉……

醫院……

這是我最為貼近佐由理的一次。在那個夢中，我變成了佐由理……不，這麼說並不正確。我只是佐由理身邊，與她最為貼近的一種無形的生命，那個距離讓我幾乎可以看到佐由理能夠看到的事物，並且跟她共同擁有相同的感覺。

我並不認為這純粹只是一場夢。

儘管我對解夢或是預知夢這種事情完全沒有興趣，然而這場夢卻讓我感到十分在意。由於剛才睡醒腦袋無法順利地思考，於是我打開窗戶，讓室內的空氣流通。早晨冰冷而新鮮的空氣就這麼從窗外飄了進來。視線的一角有個會動的物體出現讓我嚇了一跳。那是個白色的，皺皺的信封。它讓我瞬間想到了薇拉希拉。因為空氣的對流讓這個尚未拆封的郵件迎風飄了起來。我拿起了這紙信封。

我將它放到桌子上，靜靜地看了它一下。

會想拆開這紙信封是否是因為昨夜的夢境使然？不過當我拿起了拆信刀，心情卻又無端變得沉重。我從椅子上站了起來，將水壺放到爐子上加熱。打算沖杯咖啡緩和一下情緒。

拆開信封之後，裡面有一封更小的信封還有一張筆記。那張筆記跟一般的便條紙不同，像是用尺從筆記本上裁下來的一樣。筆記的內容很短，只寫了幾個字——我從認識的人手中硬是把她給搶過來了。費了我好大的功夫。來跟我道謝吧。

在這行字下面還寫著醫院的名稱跟地址，澀谷的國鐵綜合醫院，腦神經內科。醫院？

我看了看那張裝在裡面的小信封。信上貼了郵票，不過卻沒有加印。也就是說這封信最後並沒有寄出去。收件人是「青森縣津輕郡大川平　岡部先生（請轉交與藤澤浩紀和白川拓也）」……某種不詳的預感讓我全身湧起了一陣惡寒。

我翻過了信封，確認寄件者的姓名。

簡短的幾個字讓我不斷地冒出了冷汗。

浩紀、拓也，我不得不對你們保密，真的很抱歉。

信上這麼寫著：

我真的很想跟你們一起渡過這個暑假，不過很遺憾，當我醒過來的時候發現已經置身在東京的醫院裡面了。之後我就一直住在醫院。裡頭的人告訴我，我應該要斷絕一切的關係，專心療養自己的身體；這樣會讓我的心情好些，身體也可以好得比較快。也許醫生說得對，但是對我來說，好好跟你們說明這一切卻比醫生說的話來得更為重要。

我為了能夠讓你們一起看這封信，所以寄到岡部叔叔那裡去。不過其實我不知道自己究竟該寫些什麼好。

我很迷惘。

醫生告訴我我患了病，不過我卻一直無法適應這樣的狀況。當我醒來的時候，不知道醫生是不是因為身旁的儀器通知了他，他馬上就會趕到我的身邊來。我的病似乎是睡眠的習慣整個被破壞掉了。所以當我醒來的時候所有的人會覺得吃驚。好像只要我一睡就會睡上好幾個禮拜，好幾個月，然後一直不會從睡眠中清醒。

我一直夢到同樣的夢。

我夢到自己一個人處在一個完全沒有人煙而顯得空蕩蕩的宇宙。夢中的我感到非常寂寞。我的手指、臉頰、髮梢，全都因為這股寂寞的情緒而感到難以忍受。

我開始懷念那個我們三人曾經一起相處的地方。

我們三人曾經在那個充滿溫度的地方共同擁有的時間現在就好像一場夢一樣。

我漸漸開始分不清楚什麼是夢，而什麼是現實了。病床裡牆壁的顏色，還有窗外庭院的模樣，對我來說都變得完全沒有真實感。我偶爾會覺得自己其實只是夢中虛構的人物，越來越分不清楚自己究竟是不是真的存在於這個世上了。

每當這個時候我就會想起那座山丘上的廢車站。

對於現在的我來說，我最珍貴的回憶，就只剩下那個山丘上發生的一切。我的人生之中，那大概是唯一讓我感到幸福的時刻吧！

我陷入昏睡的時間越來越長。下次我再從夢中醒來已經不知道是什麼時候了。也許我會就這麼一直睡、一直睡，再也不會醒來了也不一定。

不過我想，只要我還可以想得起來我們三個人共同擁有的那些時光，也許今後的我就能夠藉此依稀地維繫住現實中的一切。雖然眼前的事物哪些是現實，那些是虛幻，這些事情我已經無法判斷。但是我可確定的是，你們一定是真實的。

浩紀、拓也，還有那架非常漂亮的白色飛機，你們是我唯一可以確定的真實。

——我閉上眼睛，想在此將這封信給放下。然而，我卻無法貫徹這樣的想法。

你們平安地飛向海峽彼岸的那座高塔了嗎？

信上的日期是三年前的冬天。我讀完了信，然後喝了一口咖啡。放下杯子之後我又從頭到尾再看一次。因爲此刻我的情緒十分激動，爲了能夠更確切地理解信上的內容，我非得再讓自己看過一遍不可。

我的意識終於接受了信中的內容，然後我即刻換上了衣服，套上一件短夾克，馬上離開了宿舍。我經過一條沿著河邊築起一道圍牆的坡道，意識著自己的每一個步伐走上蜿蜒的石階。我在新宿車站搭上了山手線的列車。找到座位之後我又取出了佐由理的那封信再一次詳閱信上的內容。

——夢中的我感到非常寂寞。我的手指、臉頰、髮梢，全都因爲這股寂寞的情緒而感到難以忍受。

這句話揪住了我的意識，讓我目不轉睛地一直望著其中的一字一句。我覺得佐由理代替我承受了我身上所有的負面情緒。沒錯，我很寂寞。在這個擁有三千萬人的城市之中，我怎麼也無法擺脫這樣的寂寞。

列車馬上便駛進了澀谷車站，我換乘公車大約花了十五分鐘的車程來到國鐵綜合醫院。我橫過了醫院廣闊的前庭進入醫院內部。院內的地圖顯示腦神經內科在醫院的六樓，我於是搭上電梯朝該樓層移動。

儘管會客時間是下午，我還是直接來到了護士站詢問。

「澤渡佐由理小姐轉院了。」

這位護士連資料也沒看便直接給了我這樣的答案。

「轉院？」心急的情緒讓我整個人貼到了護士站的櫃臺上。

「是的。大概是一個禮拜前的事。可以請你直接到她轉入的醫院去詢問嗎？她所轉入的醫院是……」

我手上沒有任何筆記本或紙筆，所以直接請對方寫在一張紙上讓我帶走。我向她道謝然後忽然想到一件事，於是又再開口問道：

「不好意思，請問澤渡小姐之前住過的病房……我可以進去看一下嗎？」

腦神經內科的走廊有些昏暗，整個樓層的氣氛有如一間醫院之中那種不安與緊張凝縮之後的感覺，我的腳尖滲入了一股寒意。該不會是因為腦跟神經方面的疾病需要在這種昏暗與冰涼的環境下調養吧？在醫生開始巡房之前我通過走廊，來到了護士告訴我的病房門前。

牆上沒有名牌，眼前橫著一扇與牆壁同色的沉重門扉。那是能夠完全隔離病房的滑動式拉門。我抓住豎在門邊的門把，使勁地拉開這扇拉門。

當我走進房間之後，拉門便因為重量平衡的設計而自動關上。這間病房是個只有四面牆的水泥箱。病房裡沒有點燈，因此只有透過窗戶照進室內的唯一光源。光線打在窗邊那張無人的病床上。

這毫無疑問地是我夢中佐由理身處的那間病房。

我仔細地環顧四周然後來到病房中央。明明是一間完全封閉的房間，卻可以感覺到風吹過臉上。那是跟我夢中一樣的觸感，它的氣味有來自另一個世界吹來的陳舊空氣。

我彷彿看到一架非常美麗的白色飛機。

那架飛機朝著海峽彼方的那座高塔飛去。

「澤渡……」

我喃喃地唸著佐由理的名字。夢中的佐由理就置身在這個地方。

「澤渡，妳在這裡嗎？」

我朝著什麼也沒有的空間伸出了手。

就在這個時候——視線中的一切景象全部都在瞬間蒸發。

四面水泥質的牆壁全都在這個瞬間燃燒殆盡。我所處的位置已經不是那間醫院，來到了截然不同的世界。

我的雙腳佇立在一片廣闊的空間。

那是一片大草原。

我正站在那個廢車站旁的大草原上。

雲之彼端・約定的地方

眼前的一切都跟我記憶中一模一樣。風雨經年累月地摧殘而顯得殘破的陸橋、完成之後便遭到棄置的水泥月台、廣闊的天空、低矮的水平線……

空氣震盪的波動打在我的身上。海峽彼方那座聯邦國的高塔在一片火海中燃燒。包圍了高塔的火舌將周圍的天空全部染成了日暮時分的豔紅色。風吹起了一波波的草浪。這裡沒有一點點下過雪的痕跡，草原上一片青翠的綠色宣示了夏日時節特有的氛圍。活潑的風拂過整片草原。

接著，在我的眼前，我一直不斷找尋的那個女孩——佐由理，就站在那裡。

她一頭烏黑的長髮迎風搖曳。

她就站在那裡。

我伸手與她十指交握，那是活生生的肌膚觸感。這並非往日那些只有浮光掠影的夢境……不，這大概終究也只是一場夢吧。不過這一切都像是現實中實際發生的事情，我可以清楚地感受到佐由理的存在。風拂過草原，草間帶著濕潤的氣息。天際被夕陽的光色暈染成一片桃紅，而佐由理毫無疑問地就站在我的面前。

「我一直在找你……」佐由理開口說道。不，也許說這句話的人其實是我。

「浩紀，我一個人好冷，好寂寞……」

「我知道。」

她舉起雙手摀住臉龐。

無聲的靜默空間中，佐由理低聲啜泣。

我只是默默地望著她單薄的肩膀，她每一根纖細的髮絲，還有她小巧的手指。

此時的天空是我跟佐由理最後一次見面時的那種暖紅色。

遠方傳來海鷗鳴叫的聲音。

佐由理就在我的眼前。

我不斷地深呼吸以期緩和激動的情緒。原來，想念一個人就是這樣的感受……然而，我清楚地明白這一切並非現實。我在作夢，抑或者我來到了一個恰似夢境的幻覺之中，眼前的光景僅只是我們兩人的意識奇蹟似地重合的交叉點；不過是我們兩人偶然間共同擁有的幻境而已。

儘管我心裡明白，我卻依舊沉醉在這個時刻之中，我想就這樣跟佐由理一起長相廝守直到天地的盡頭，也許這並非不可能的事。

然而……此時的我卻應該做出另外一種不同的抉擇。我的內心爲此而隱隱作痛。

我緩緩闔上眼睛。再睜開時，我跟佐由理一起站在頹圮的陸橋上。那是我抓住佐由理的手，兩人險些掉到湖裡的那個地方。

我們眺望遠方的海景。海面上飄盪著霧氣，彷彿另一片低矮的天空緊貼著海洋。聳立於天地之間的高塔發出了紅色的光芒。那片緊貼著海面的雲霧也染上了紅色。

那座高塔的根部在白芯的紅色光芒中燃燒。在一片熊熊烈火之中那座高塔依舊維持著它美麗的模樣佇足原處。我跟佐由理並肩一起眺望著遠方美麗的景致。

「我會去接妳。」我頓了一下接著又再開口。「我想再見妳一面。不是在這裡，而是更眞實的地方。我想實際感受妳身上的肌膚所帶來的觸感。我也希望妳能夠用妳的手直接撫摸我的臉龐。我要用我的手去確認妳的存在。所以……」

佐由理聽著露出了些許的怯懦。

「……所以我要走了。」

佐由理不發一語。

我從那場夢中甦醒，然後我知道自己此刻非做不可的事。

「你要去哪裡？」佐由理小聲地問道：「你要去哪裡找我？」

「當然是妳所在的地方。」我指向遠方的高塔。「就是那裡。」

這個約定維繫著我跟佐由理。

我們之間，只得以在這個約定之下彼此相繫。

「澤渡，我這次一定會實現我們之間的約定。我會讓妳搭上薇拉希拉，一起飛到那座高塔那裡去。這麼一來，我們就一定可以再見到面了。不是在這個夢中，而是更能夠確認彼此的地方。」

佐由理不說話。

「我答應妳。」

我下意識地用力地握緊了拳頭。

佐由理一直抬頭望著我，卻在下一刻不禁伸手摀住了她的臉龐。她的肩膀顫抖著，彷彿一個稚子般放聲哭泣。她的食指不停地來回搓揉著眼緣擦拭纚纚如珠的淚水。

「嗯，約好了喔！」佐由理用她顫抖的聲音在哽咽中努力地開口說話。「我們要一起飛往那座高塔……」

天空依舊一片火紅。那是佐由理的世界中一貫的色彩。我在這片豔紅色的天空中看到了白色的薇拉希拉遨翔天際的幻覺。它像是個迷失方向的海鷗，我在心裡暗自祈禱著這個迷了路的孩子能夠平安地回到族群的懷抱。

我一個人站在徒然四壁的病房中。

也許方才的我僅只是做了一場白日夢而已。儘管如此，佐由理的指尖帶來的觸感卻依然留在我的手中。

那微溫的指尖，持續地溫熱著我的心靈。我用袖子用力地擦拭著臉龐。

我們前一刻許下了約定，重新給予對方過去無法實現的那個承諾。聳立在廢車站前那片草原景致裡的高塔，今天依舊在我的靈魂之中散發著燦爛的光輝。

註9：全影像，holography，即透過各種折射與成像原理，呈現三度空間影像的成像技術。這項技術在1948年由英國物理學家蓋博（D. Gabor）以提高電子顯微鏡的顯像能力而發明，在初期的發展上由於缺少同調光源（coherent light souce）使得全影像技術發展一度停滯，直到日後的雷射發明才又將這個技術推展到另一個境界。

註10：拓撲變換，所謂的拓撲音譯自希臘文中的「Topology」一字，原意爲『地貌』，在幾何學中屬於較爲新穎的分野，主要的課題是研究「連續性的現象」。而拓撲變換則是拓撲空間的改變過程，即以不破壞、不接合的原則將空間做延展方面的變化。舉一個簡單的例子說明，一塊黏土在不扯破，不接合的情況下揉成球形，再捏成方形的過程即是所謂的拓撲變換。

塔之章

1

拓也發現自己即使身在夢中額頭仍舊冒著汗。眼前的景象看來大概是夏天吧。他身處在一片蒼茫皚然的世界。

他時常察覺自己置身夢中。能察覺自己正處在夢裡其實是件好事。然而，拓也得以發現自己身在夢裡的情形永遠只有夢境的開端，隨後他馬上又會墜入意識深處的泥淖，失去冷靜看待夢中一切的自主性。當他開始進入更爲深層的夢境，他便又會忘記自己其實身在夢中。

拓也站在書店裡。

夢中的場景是在車站前綜合商場大樓裡佔據了半個樓層空間的大型書店。他正在閱讀物理相關的專門書籍。對於他來說他所需要的雜誌或書籍其實研究室裡都有，擺放在一般書店裡的書本對他來說幾乎都沒有用。因此眼前的他其實正在做著他平常不可能做的事情。然而他並沒有察覺到這樣的矛盾。

不，這其實並不矛盾。拓也在夢裡察覺到了自己回到國中三年級的學生身份，然後瞬間跟十五歲的自己同化，被十五歲時的世界所包圍。下一刻，他清醒的意識再次沉入了夢中。

他緩步在書店裡走著，在各排的書櫃之間移動。當他來到文庫類書櫃夾道的走廊上，一位身材纖瘦的少女出現在他的眼前。她伸出纖細的手指取出書櫃上的書。

眼前的景象讓拓也有些意外，於是他出聲叫喚這位少女。

「澤渡？」

這個名叫佐由理的少女聞聲回頭。

「……拓也？」

他們走出書店，來到了青森車站的津輕線月台。此時距離列車進站還有十五分鐘。

他們彼此沒有說話。靜默的氣氛讓拓也感到有些尷尬，於是他不停抬頭確認提供列車資訊的顯示器。他偶爾也低頭看著月台下的鐵軌，然後毫無意義地將視線移到自己的鞋子上。

「那個……」

拓也跟佐由理耐不住眼前沉默的空氣，同時開口說話。

「抱歉，妳想說什麼呢？」拓也尷尬地說。

「沒有……」佐由理帶著些許陰鬱的表情將方才帶到嘴邊的話又吞了回去。

沉默——這個狀況讓拓也感到十分不解。他不明白爲何跟某人站在一起，彼此不知道該說什麼的這種氛圍，會如此讓他覺得焦躁。明明跟浩紀在一起的時候，再久沒有說話也不會讓他覺得有什麼奇怪的地方……

「那個，浩紀呀……」

在拓也開口的時候，佐由理又同時出聲帶到了同樣的話題。

爲何他們會如此湊巧地想到同樣的人名呢？這是因爲他們之間的共通點就只有浩紀這個朋友而已。

拓也的耳邊傳來低聲的竊笑。

「我們兩個人好像沒什麼機會單獨聊天呢！」

佐由理泛出了笑容開口說道。多虧了這麼一句話，他們之間的緊張氣氛稍稍得以緩和了下來。

「也許是吧。」拓也點頭。

「拓也，你喜歡物理嗎？」

「咦？」

「你不是買了一本物理學的書？」

「嗯，是啊。是有一點點興趣啦。」

「眞厲害……」

「什麼東西很厲害？」

「物理就好像魔法一樣。其實，我爺爺也是一位物理學家喔。」

「是喔？」拓也問話的同時，臉上露出了十分誠懇的佩服之情。「那你爺爺才厲害呢！」

「不過我好像完全沒有繼承到爺爺這方面的才能。其實我連見都沒有見過他。」

「因為南北分裂的關係嗎？」

「對，他當時人在北海道。」

因為南北分裂而與親人相隔兩地的人多半不太喜歡使用蝦夷這個名字。

「不知道他現在是不是還活著。」

「這樣啊……」

「拓也，你跟浩紀都有打工對不對？打工好玩嗎？」

「還好耶。」

其實對拓也來說，用自己的雙手賺取自己所需的花費是一件很愉快的事情，不過他刻意地隱藏這樣的感想，給了佐由理一個否定的答案。

「我們可是在一個很可怕的大叔那邊工作，老是被他叫過來喚過去的，還經常挨罵呢！」

「這麼可怕嗎？」

「我們總是狼狽得像是驅睡祭裡面的鬼，不用化妝就可以扮鬼了。」

「騙人！」佐由理聽了不禁皺起了眉頭。「眞的嗎？」

「下次有機會要一起去看看嗎？」拓也從容地開口問道。

「咦？可以嗎？」拓也的邀約讓佐由理的臉上露出愉悅的表情。「可是我去不會妨礙你們工作嗎？」

「妳願意的話浩紀一定也會很高興的。」

儘管拓也心中對此感到有些不安，不過他很快便揮別了這樣的顧慮。因爲眼前佐由理坦率的笑容讓拓也希望能夠更讓她感到高興些。

「嗯！我要去，我要去！」

此時車站廣播告知開往蟹田三廄方向的列車即將進站。拓也聞聲便探頭看向列車駛來的方向，一如他往常一定會有的舉動。

「拓也，我有話想跟你說，不過你不可以笑喔！」

聽到佐由理忽然開口，拓也於是又回過頭。

「嗯，我不笑，妳想說什麼？」

「嗯……」

佐由理應了一聲，然後接著開口說道。

「既然你答應了，那我就告訴你……」

就在佐由理進入正題的時候，列車滑進了車站。

「妳說的塔就像聯邦國的那座高塔一樣嗎？」

他們搭上了方才那輛津輕線列車，並且來到車廂內其中一張兩兩相對的雙人座椅前面，拓也坐下來同時開口發問。佐由理將手放在大腿後方的裙襬上，靜靜地坐到了拓也的對面。

「不是。」她搖頭回應拓也的提問。「那座塔的外型比起聯邦國的高塔更爲扭曲，有著不可思議的形狀。除了我的那座塔之外，另外還有很多很多一樣的塔群佇立在附近。」

「大概有多少？」

佐由理稍微沉思了一下然後開口。

「十、二十……也許還要來得更多也不一定，我不知道……不過不知道爲什麼，我卻能夠了解那一座一座的塔分別都是不同的世界。那裡的每一座塔都在作夢，都在做這個宇宙的夢。」

拓也將手肘靠到了窗邊撐起自己的下巴，然後聚精會神地傾聽著佐由理所說的每一句話。她說話時看著窗外。也許此刻出現在她眼中的並非是遠方的窗景，而是倒映在玻璃窗上的自己。

「其中一座塔的塔頂被掀開而露出了內部的空間，我就站在那個平台上面。那座塔的周圍，只有一整片褪了色的天空，還有宛如森林一般聳立在四周的塔群而已……」

她在這裡暫停，稍微思考了一下接下來要如何說明。

「我無論如何都沒有辦法離開那個地方。」

她握緊了那雙小巧的手，擺到了纖細的膝蓋上。

「我一直孤獨地待在那裡。我覺得寂寞。然後呀，就在我覺得自己的心靈會這麼死去的時候……」

她說著抬起頭，微微挺出了身子看著拓也。

「我在那個時候看到了一架白色的飛機在天空中飛過。」

列車駛進了隧道，強烈的風壓推擠著兩側的玻璃窗。拓也整個人從座位上彈了起來。

「白色的飛機？」

「嗯。」

「然後呢？」

車廂內沒有其他的乘客，只有拓也跟佐由理彼此正在對話。高掛在列車車廂天花板上的電風扇不知道爲什麼今天沒有開。

「然後我就醒了。」

拓也聽完沉默了一會兒。他不知道該如何回應佐由理的話題。拓也覺得自己現在不能隨便談笑敷衍，也不適合擺出嚴肅的表情。

「那個夢讓我覺得很寂寞、很難受，整個心都糾結在一起了。不過那架飛機的出現卻讓我覺得安心，它給我一種很溫暖的感受。所以我只要覺得難過的時候，就會想起那架飛機……最近，很多事情讓我覺得不太能夠釋懷，不過只要我想到那架飛機，我就可以坦然地面對了。我想，只要哪天它飛過天空，所有的事情一定都會變得順心。我覺得它一定可以載我到一個不會讓我覺得寂寞的地方……」

「澤渡……」拓也脫口而出的言語比起思考更快上一步。

「嗯？」佐由理歪著頭對拓也投以一個微笑。

「妳一定要到我們打工的地方來……我有一樣東西一定要讓妳看。」

*

拓也覺得十分刺眼。在眼睛習慣了光線之後最先映入眼簾的是頭頂上的天花板。他還沒戴上眼鏡，所以視線有些模糊。左手的上臂竄過了劇痛的感覺因而舉不起來，拓也於是閉上眼睛等待上臂神經的痛覺消退。

身上的衣服全因爲汗水而濡濕。房裡的空氣熱度頗高，偏高的室溫讓人覺得不太舒服。

「這什麼夢呀……」

他盡量避免牽連到疼痛的肩膀，稍微活動了一下頸子。這是一間老舊的病房，地上鋪設了打過蠟的木質地板。床頭櫃上放著消毒藥水的器皿，旁邊的鍋暖爐上的水壺被火烘得啪啪作響。病房裡來有兩張鋁製折凳，其中一張放了一只手提袋。他覺得那個手提袋他好像在哪裡看過。

窗上布滿了水汽。窗外的天空則是一整片的白雲，似乎還下著雪。他望著窗外一片寂靜中飄落的細雪。

病房的房門被推開了。

輕盈的腳步聲緩緩地接近。

「白川，太好了……你終於醒來了。」

「眞希。」

眼前的這位女性露出了安心的微笑。她烏黑的秀髮綴著斑斑的雪花。看來她剛剛一直都待在外面。她告訴拓也她很擔心他。

「你的肩膀還會痛嗎？」眞希將身上的外套脫下來掛到了椅子上開口問道。

「嗯……還是會痛。」

「我看一下。」

眞希走到拓也的的身旁，伸手輕觸了這個男生的額頭。她掌心微涼的溫度讓拓也覺得舒服。眞希上衣底下隆起的乳房就在拓也的眼前，他無法移開自己的視線。

「你有點發燒呢！」

眞希說完收回了貼在拓也額頭上的右手。

「你可以吃點什麼嗎？」眞希提起自己帶來的購物袋。「我買了一些水果還有幾塊蛋糕。」

「不……還不能吃東西。」

「這樣啊。」眞希露出了些許失落的情緒。「那你有什麼要我幫你做的事嗎？」

拓也的視線不禁落到了眞希白皙的手上。然而他終究還是搖搖頭，接著問了件與問題無關的事情。

「研究室那邊有什麼特別的事情嗎？」

「啊，對了，發生了很不得了的大事呢！」

眞希聽到拓也的問話而想起了研究室裡發生的事情即刻回應拓也的問題。

「聯邦國的高塔活動層級一下子大幅度地向上竄升，現在研究室裡的研究員全部都爲了解析這個現象而手忙腳亂呢！」

「咦？妳所說的是……」

「那座塔的周圍，那個……拓撲變換的黑色圓圈在短時間內整個擴散開來了。我之前也有擔任監控那個狀況的工作。那個狀況讓我覺得很可怕……」

眞希說完沉默了一會兒。

「這麼誇張嗎？」

「以塔爲中心半徑二十六公里之內的空間全部置換成平行世界了。」

「整整是之前的三倍呀？爲什麼忽然會有這樣的突破呢？眞想看看相關的資料。」

拓也想要起身卻遭到眞希阻止。她柔嫩的左手放到了拓也的右肩上，於是拓也便乖乖地躺回到了床上。

他想要伸手握住眞希的手，然而身體的狀況卻讓他收回這樣的想法。他知道自己現在變得相當虛弱。正因爲自己變得虛弱，他才會想要乞求對方的安慰。

「沒關係的。研究所那邊已經立定了分析的目標，你只要趕快好起來，然後再查閱相關報告就好了。」

「可以請妳告訴我現在妳所知道的狀況嗎？」

眞希帶著滿臉困擾的模樣，彷彿看著一個不聽話的弟弟。不過她還是馬上跟拓也解釋。

「就是那個患者呀。」

「妳指的是……喔，妳是說富澤教授從東京帶回來的那個患者呀？」

「對，就是他從東京帶回來的那個孩子。她的意識波動跟塔的活動幾乎同時變得活潑起來。也就是說，她試著想要從夢中醒來。就在她的意識活性化的同時，拓撲變化也跟著加速。然後，她的腦波又馬上沉了下去，陷入沉眠的波段，而塔的活動也就在這個時候同時沉寂了下來。」

「這……」

從眞希開口的說話到拓也接受這個事實，他在腦中花了幾秒鐘的時間整理。

「雖然在我眞的看到這樣的狀況之前，我一直都對這種說法半信半疑，不過那位患者的睡眠狀態果然跟塔的活動完全連結在一起。要是你看到那個現象，一定也會深信不疑。」

「這麼說來，那位患者就是讓塔作用的開關囉……」

「根據富澤教授的判斷，他認爲與其說那位患者是開啓塔作用的鑰匙，倒不如說是控制那做高塔活動的系統。教授懷疑那座高塔接收到的平行世界的訊息，無法釋放到這個世界上，而是流到了那孩子的腦中……也就是那個孩子的夢裡面。」

「夢裡面……」

「不知道平行世界的相關訊息在她的夢裡如何呈現？是不是能轉換成平行世界的影像呢？不過不管怎麼樣，接收了如此龐大的訊息，她一定很難繼續維持自己的意識。因此，一旦她拾回了自己的意識，平行世界的訊息就會超過負荷……」

「所以釀成了聯邦國高塔機能運行上的失控……」

「理論上，這種情況甚至可能會讓整個世界都被那個黑色的空間給覆蓋掉。」

「那麼……那個患者怎麼辦？」

「嗯，就目前的結論而言，也許就讓那個叫澤渡的小女生永遠、永遠沉睡下去是最好的方法吧……」

眞希語中兩根鋒利的銳刺戳到了拓也的神經，讓他反射性收起了全身上下的毛孔。

他屏住了呼吸。

「妳……妳剛剛說了什麼？」

拓也下意識冒出這句話，喉嚨跟嘴巴完全不聽使喚。

這是由於他的思考被壓縮在極短的時間之內，身體跟不上這個瞬間的意識。

腦中許多片段的記憶集中成爲一點，導出一個問題的答案。拓也整合了過去所有的訊息，而這些訊息全部指向同樣的結論。他一下子豁然開朗。

拓也感到自己急遽竄升的體溫，還有漫布全身的痛楚。他呼了一口氣，那口氣夾帶著胸口炙熱的溫度。

「澤渡？」拓也帶著炙熱的呼吸開口問道。

「對呀，她叫作澤渡佐由理。」眞希的口中聽得見些許同情的語氣。「好像跟你同年，是個長得非常漂亮的女生。眞的很可憐……」

拓也兩天後出院，他左腕吊著三角巾開車，這看得出來他的左腕有骨折的現象。他將車子開進了停車場，下車之後馬上趕往實驗大樓的特殊病房。

全新的實驗大樓所有的門扉都是設置了卡片識別系統的自動門。拓也取下夾在胸前衣袋內的識別證，刷過自動門旁邊的讀卡機。機器發出了小小的警示音，燈號從綠色變成了紅色。門沒有打開。

他放慢了刷卡的速度再試了一次。警示音還是響了，結果一模一樣。

此時拓也的耳邊傳來了腳步聲。軍事大學的實驗大樓沒有窗戶、窗簾等等可以吸收聲波的設計，室內總是充斥著腳步聲冷澈的回音。

「你的識別證是進不去的。」

腳步聲的那頭傳來了某人說話的聲音。是富澤教授。

「你的傷好了嗎？」

「啊，是的。不好意思，讓您擔心了……那個……」

「眞希可是擔心你擔心得要死呢！你可要跟人家道謝喔。」

「是。」

「你聽眞希說過了嗎？要去看看嗎？」

富澤教授沒等拓也回話，便先一步用自己的識別證刷過了辨識機。門邊發出了空氣壓縮的聲音，厚重的自動門於是朝右側滑開。

特殊病房的室內照明被控制在和緩的光度。爲了消除陰影，天花板上配置了綿密的光源。微微偏藍的光線佈滿了整個空間。一台有如斷層掃瞄機具的大型醫療機台上面躺著一位年輕的女性。她身上蓋了一層薄被，不過薄被底下應該是一絲不掛的裸體。

眼前的這個女生毫無疑問就是——澤渡佐由理。

「爲什麼……」拓也喃喃自語。

眼前的這個女生跟他記憶中的模樣已經有了相當大的轉變。飛逝而去的三年光陰也在這個沉眠的少女身上留下了相當程度的改變。佐由理也許長高了不少，原本豐腴柔嫩的臉龐變得消瘦，整張臉的輪廓也變得修長。她的體態透過薄被清楚地呈現出來。那纖瘦的模樣一點都無法讓人感覺到絲毫生氣。

儘管如此，佐由理依舊美麗如昔。不，也許該說正因爲她的改變讓她顯得更爲美麗。拓也第一次知道人類的外貌可以如此叫人感到著迷。

眞可謂完美無瑕。

他注視著佐由理的臉。那雙眼睛似乎永遠不會張開。拓也不禁認爲也許這張美麗的面容天生就是經過藝術家的刻意雕琢，根本不可能睜開眼睛。

佐由理有著白皙的肌膚，藍色的靜脈透過了她的臉頰在朦朧中浮現，剔透的膚質在燈光的照映之下呈現白色的光澤。

那是驚爲天人的美貌。

拓也察覺到自己的眼淚就要奪眶而出。

「根據推論，她之所以會持續陷入昏睡狀態，是因爲聯邦國的高塔傳來的平行世界訊息讓她的腦袋無法負荷之故……」

富澤教授說話時的口吻跟他在課堂上講課時幾乎沒有差別。他用這副無論何時都顯得輕盈的語氣繼續解釋各項研究報告的結論。

「要是她從睡夢中醒來會變成什麼樣的狀況呢？」

富澤教授舉起了左手的手指代替聯邦國的高塔，然後右手畫出了圓圈代表黑色的空間擴張。

「在她睜開眼睛的那一刻，這個世界將以那座高塔做為中心，在短暫的瞬間之內被平行世界所吞沒。」

「該怎麼辦……」

「嗯？你說什麼？」

「該怎麼做才能讓她從睡夢中醒來呢？」

「這就不知道了。究竟要如何讓睡美人甦醒，這點我們遲遲找不到相關的線索。不過……目前這個狀況也許對現在這個世界來說是件好事。」

拓也沒有回話，只是默默地看著佐由理的睫毛。

「這一兩個禮拜之內美日聯軍與聯邦國之間的戰爭就會展開，為了因應這個變故，上層已經決定要將她送往美國的國安局本部去了。其實我本來從頭到尾都沒有打算要讓你知道的。因為你知道了也只是徒增痛苦而已……面對這個狀況，我們什麼事也不能做……也許這麼說沒有意義，但是我覺得你還是不要去鑽牛角尖比較好。」

「您為什麼會知道我跟佐由理之間的事情呢……」

「只要稍加調查，馬上就可以得知你們過去是就讀同一所學校。而且在她斷斷續續陷入沉眠的時期，還曾經試著跟你聯絡過。」

「澤渡要聯絡我？」

「是啊，她想寫信寄到阿岡那邊要轉交給你。不過在她把信寫完之前就完全陷入沉眠的狀況了，所以信也就沒有寄出去。」

「為什麼……為什麼偏偏是佐由理……」拓也重複著類似的疑問。

「現在我們能夠掌握到的情報遠比不知道的多，不過我想這應該不是偶然。我看了她的身家調查嚇了一跳，那位塔的中心設計者，艾克森．月衛……」

富澤教授語畢前輕輕嘆了口氣。他刻意地壓抑了些許的感慨才又開口。

「艾克森．月衛就是她的祖父。」

拓也彷彿奔逃一般衝出了病房。他在走廊上找到了安全門，推開便衝下了樓梯。他奔出了實驗大樓，來到停車場。停車場上的積雪全部都因爲灑水器而融化了，不過花圃跟大門前的車道兩端依舊堆積著大量的白雪。

吸氣時，冰冷的空氣竄進了拓也的胸口，隨後換吐出了溫熱的氣息。呼吸，再呼吸。一吸一吐之間，拓也感覺到自己的胸口總會湧出一股難以壓抑的激盪情緒。

塔、塔、塔。

這個詞彙在他的腦中不斷地迴盪。

一股討人厭的氣味搔弄著他的嗅覺——就是那座塔！

拓也抬起頭，就看到那座高塔正處在視線的彼方。它變得比起過去任何時候都要來得清晰。大氣化成了一面透鏡，將這座高塔的模樣直接投射到了他的眼前。

拓也的面容變得扭曲。他瞪視著那座遠方的高塔，將心中所有的憤恨全都灌注在自己的眼神之中。

三天過去。

「美軍已經將聯邦國在蝦夷中央搭建的那座量子塔，視爲具有威脅性的武器了。」

岡部社長宏亮的男中音迴盪在蝦夷工廠空蕩蕩的廠房裡面。

包含拓也在內，一共有七名男子整齊地並排在岡部社長的面前。這是反聯邦國武裝組織——威爾達所有的成員。同時，他們也都是蝦夷工廠的員工。其實蝦夷工廠本身就是岡部社長為了掩人耳目而設立的。

拓也注視著岡部社長。他的左腕依舊吊著三角巾固定。

「二十五年來，那座塔幾乎成為日本人習以為常的風景。它成了各種事物的象徵，它象徵著國家，象徵著戰爭，象徵著民族……對某些人來說它代表了絕望，又或者成為某些人的憧憬。它的意義在不同世代的日本人眼中不斷改變，人們站在不同的立場，也會對它懷抱著截然不同的想法。然而，這其中依舊存在著一個共通點，那就是無論對誰而言，它都是無法觸及的，無法改變的。這個共通點說明了它為什麼會成為某些笨蛋的信仰。」

宏亮的聲音撞上高高的天花板並反射回聲。

「只要還有人認為那座高塔是神聖而不可侵犯的東西，這個國家就無法得到任何的改變；只要人們還懼怕那座高塔，這個國家就會對聯邦國懷有一種非必要的恐懼。這讓兩國之間的情勢與南北統一的方向背其道而馳。只要那座高塔一天不消失，這個國家大概將永遠處於分裂的狀態吧，而相隔兩地的親人也終究沒有重逢的一天……」

拓也的視線投射到了岡部社長身後一架宛如玩具一般的小型飛機。那並非人可以搭乘的大小。飛機的機首張開一面透明的擋風玻璃，玻璃裡面裝著一架可動式的攝影機。

這架飛機是由美軍提供的無人偵察機，ＲＱ－１掠食者。飛機已經經過了專業人員的改造。

「三天後的早上，美國政府將對聯邦國全面宣戰。我們將趁著開戰時期的混亂場面深入北海道，對那座高塔進行爆破行動。」

眼前的隊伍默不吭聲，他們早已熟知整個計畫。岡部社長的發言不過只是確認計畫實施的儀式。儘管如此，當下的氣氛卻令拓也感到戰慄不已。岡部社長就是這麼一個有著自己的一套，並且能夠改變這個世界的男人。

「我們將利用無人操作的掠食者飛入蝦夷的領空，然後使用裝載了ＰＬ穿甲導彈攻擊聯邦國的那座塔。」拓也聽了再度將目光移向掠食者身上。它的機腹裝配了一枚紅色的飛彈。

「這東西會讓整座高塔從世界上消失。」拓也的腦中反覆地迴盪著這樣的想法。導彈內的導航系統是拓也設計的，經過了萬無一失的模擬測試。只要在射程之內發射這枚飛彈，一定能夠自動地朝目標飛去，並且確實地命中。

「我要毀掉那座塔。」

他的身上因爲激盪的情緒而顫抖著。

「威爾達解放軍將於計畫實施的當日解散，這座工廠也將在今天關閉。」

「終於到了這一天……」拓也心想，只要毀掉那座塔，他便可以卸下一直梗在心底的那個重擔，右手不自覺握緊了拳頭。

2

眼淚不一會兒便停了下來，並且隨即風乾。我走出醫院，步伐很自然地加快，到了站牌前面沒有想要停下來的意思，我略過了巴士站，直接徒步朝著涉谷車站走去。我感受到自己心中一種不想停下腳步，只想朝著某個方向前進的意念。

隨著我的腳步，迎面而來的風刺激著我的觸覺而變得敏銳。我心中一股沉眠的意識在此刻得以煙消雲散。心臟在胸口活潑地運動，氧氣隨之流竄著我的全身；我的腦細胞開始思考，拼命地想要抓住些什麼。

我針對腦中那個想法持續地開始摸索。

在我搭乘山手線回到了新宿，然後徒步走回宿舍的過程中，我的腦內不時迴盪著「鏗鏘鏗鏘」的金屬撞擊聲；這聲音有如徒手搬動生鏽的鐵路切換器手把一樣銳利。

我靜靜地盯著手上的便條紙。那是醫院的護士遞給我的便條紙，上面寫著佐由理轉入的醫院。

我回到宿舍，取出被我埋進書架上的書堆裡的信。我拿著便條紙，一張一張地比對信中的內容。

青森軍事大學特殊戰略情報處理研究所　腦神經化學班特殊病房

便條紙上寫著這樣的名稱，我反覆地對照著信上的內容看了看。

沒錯，那是拓也的研究室……佐由理就在那間研究室裡，在拓也那裡。

一切都依循著特定的指示發展，所有的事物都被牽引著。

當然，這一切不過都是偶然。

假設所謂的偶然具有人性，那麼它一定是要我回到位在日本極北地區的那塊土地上。一定是的……

在回去之前，我還有一件非在東京完成不可的事情。我得跟這個都會中我唯一珍視的那個人把話說清楚。這麼做絕對不是件輕鬆的事情，如果可以的話我想我會選擇逃避，不過這麼做是不對的。我在不斷選擇逃避的過程中，在自己的身上留下了不可磨滅的傷害。

在那天理佳跑出我的宿舍之後，我們便再也沒有聯絡。不，正確來說，我曾經打過幾次電話給她，但是她不願接我的電話。她是個個性率直的女生。只要她沒有接電話，那不會有其他的藉口，就是她不想接。剛巧我又是不喜歡強迫別人的人，我跟理佳之間就這麼好一段時間沒有彼此的消息。

私立大學的甄試跟公立大學的共同學力測驗已經結束，不過大家現在都還需要準備私立大學的二次甄試跟公立大學的各校後期補試，因此我跟理佳也都還有得忙。

然而，這不是我可以逃避的藉口。

現在這個時候已經不怎麼需要去學校了，不過後天是返校日，看來要找到她只剩下後天而已。這兩天漫長的等待，讓我完全沒辦法集中精神做任何事情。

返校日到來，我比平常都要早了三十分鐘來到了學校。我站在理佳的教室門前等她。她在規定到校的時間五分鐘前來到了教室門口，身旁伴著一位燙著長捲髮的女生。當我叫住她，我可以清楚地看到她的肩膀瞬間抖了一下。然而她卻想假裝沒有我這個人，就這麼直接走進教室。理佳身旁那位女同學胡亂猜測眼前這個狀況，幾度出言暗示要我趕快離開。

我單刀直入，小小聲地告訴理佳，我有事情無論如何都要跟她說。

理佳聽到細聲地做出了反應，她往教室裡走去的背影中可以清楚地看到她的頭微微偏了一下。這樣的發展彷彿出乎她的意料，這並非表示她認為我不可能會有這種表現，只是單純地聽到了一句她沒有預期到的話。

然而，理佳馬上扳起了臉，冷冷地開口答道：

「下次再說吧。」

儘管我告訴她非今天說不可，她卻依舊跟那位同學一起走進了教室。

我曾在短暫的瞬間思考是否就這麼衝進教室裡揪住她，不過這麼一來，她肯定會成為班上所有同學們好奇目光的焦點。我並不希望事情朝這種方向發展。

經過了數秒鐘的思考，我朝著走廊那頭走去，繞過樓梯來到二樓的走道，然後朝著走廊的另外一頭移動。在二樓走廊的盡頭是教務處。教務處前面有一支綠色的公共電話。我插入了電話卡，然後撥出連指尖都已經熟記的電話號碼。

鈴聲響了五次，理佳接起了電話。電話那頭沒有應聲，理佳什麼也沒說。我只從話筒聽到教室內的雜音跟其他同學模糊的對話。除此之外，耳邊還可以聽到理佳的呼吸。

「我要回青森去。」面對話筒，我劈頭便直接這麼說道。

儘管理佳沒有回應，她的靜默依舊表現出了她內心的困惑。

在我打算繼續開口的時候，理佳卻搶先一步問道：

「可是……你還有後期補試要考吧？」

「對，我打算早點結束那邊的事情，然後回來考試。不過我不知道會不會像我想得這麼順利。拖長的話，我可能就得翹掉了。也許後者的可能性比較高。」

「什麼事情讓你非這麼做不可……」

「我已經遲了三年，現在不想再多拖一天。理佳，那邊有件我非做不可的事情一直被我懸在那裡。」

「是啊。」理佳的語氣聽得出她心中的不悅。「遲到跟該帶的東西忘了帶都很不應該呢！」

「對，非常不應該。」我沒有避諱她的嘲諷，接過她的話我又繼續開口說道：「有件非做不可的事我過去一直刻意地放著它不管。那件事非常重要，要是做不好我這輩子就完蛋了。我今後是不是還會像今天這樣行屍走肉，這是非得面對的事情。我曾經因爲一點小小的疏忽而放棄它，打算就這麼不管。所以我這三年來才會完全不知道自己是誰。我就這麼一直渾渾噩噩地過日子。想想我會變成這樣也是理所當然的，畢竟我把我人生中最重要的一具引擎棄置在我的故鄉了……」

「然後呢?你要去把它找回來嗎?」

「對。」

「是女生吧……」理佳的聲音帶著些許的顫抖。「那邊有你喜歡的那個女生對吧?」

「不是。」我即刻否定了她的疑問。我沒有說謊。「這件事的確跟一個女孩有關，不過不是妳所想的那樣。我是爲了回去找回遺留在過去的自己。在一座山丘上的倉庫裡面，我的另外一半還沉睡在那裡。我得回去把它找回來。」

「藤澤，你說得太籠統了，我聽不懂啦。」

先前的對話中隱約可以聽到衣衫摩擦的聲音。這聲音似乎是因爲理佳身上的衣服在她的移動之中身體輕微地拉扯所致。

我察覺到這點，於是回過頭。

理佳正拿著手機從走廊另一端的樓梯口跑了出來。

我跟她彼此站在這棟校舍的兩端。走廊很長，視線的延伸之處可以看到她的身影因距離而顯得渺小。多位學生在我們之間來回走動，偶爾會遮住我跟理佳彼此四目相望的視線。我想要朝她的方向走去，卻在話筒的線伸展到極限時停了下來。我受到電話線的牽絆，無法再往前跨出任何一步。

我猶豫著是否要掛上電話，心中有種莫名的預感，害怕要是掛上了電話，我就再也無法跟理佳說話了。

我跟理佳之間現在靠一條電話線維繫，我打算屈就這個狀況。遠方理佳嬌小的身影依舊佇足在原地，我緊握著話筒，片刻都沒有移開自己的視線。

「藤澤，你其實對我根本沒有任何的感情吧?」理佳的聲音透過話筒傳入了我的耳中。「其實我知道，我一直都知道。但我也覺得這樣就好。我有生以來，一直都是孤孤單單的一個人。我時常覺得自己就好像遊魂一樣。我這個人實際上並不存在，而我周圍的人也全都只是沒有意識的遊魂。所有人的心靈都是空蕩蕩的。我總是對此隱隱約約地抱持著不安的情緒。不過只要你在我身邊，我就會覺得自己好像可以安穩地踩在這個大地上，而且可以開始建立我跟這個世界的關係。所以我希望你能夠陪在我的身邊。你對我來說就是擁有這種與衆不同的特質……」

這些話讓我短時間內不知該如何回應。然而，我終究還是開口回應了。

「問題是，現在的我依舊缺少了某種能夠證明自己存在的東西……」

眼前的人群散去，此時我跟理佳在走廊的兩端彼此對望。

「理佳，我一直都好像在作夢一樣。就算我從夢裡醒來，我還是覺得自己好像身在夢中一樣。我這三年來，一直都有這種感覺。釀成這種後果的不是別人，就是我自己。我這三年來從未有過任何形式的感動，因爲我的心靈空蕩蕩的，什麼感覺也沒有。如果要說我擁有什麼與衆不同的特質，那也已經是過去的事了。我完全失去了那樣的自己。所以妳之所以會覺得我與衆不同，那是因爲我身上還留著當時確切地存在於這個世上時的那種餘韻罷了。」

「我不是說過那也無所謂嗎？」

說實在的，理佳這句話讓我的決心出現了不小的動搖。

「理佳，我想，要是我們就這麼繼續相處下去，妳哪天察覺到了我像個遊魂，心靈空蕩蕩，妳一定會失望的。所以不管我們接下來怎麼樣，兩人都得面對沒有出口的人生。所以我得重新開闢一條路，我得要取回過去那個能夠跨越所有障礙的力量，我想要變回一個確實存在於這個世界上的自己。」

「藤澤，要是失去你，我會崩潰的。」理佳以極爲平板而沒有抑揚頓挫的音調開口說道：「因爲，你是我維繫這個世界唯一的牽絆。這樣你還是要回去嗎？」

我反射性地就要將一句抱歉脫口而出。然而話沒說出口我便覺得這麼說不妥，於是立即改口。

「我要回去。」

理佳的嘆息透過話筒傳入了我的耳中。遠方的她肩膀發出了顫抖。理佳低著頭，我無法判斷她此刻臉上的表情。

「然後呢？你回去要做什麼？」

「我要讓飛機起飛。」我說：「我要飛過津輕海峽，往塔那邊去。」

「你是指聯邦國的那座塔嗎？」

「對。」

「等一下！」理佳抬起頭。「藤澤，你沒有看新聞或報紙吧。也許這禮拜美日聯軍就要跟聯邦國打起來了呀！青森跟蝦夷之間會成爲戰場不是嗎？」

「是啊。」這種事情我當然知道。

「那你要去？爲什麼非得現在去不可？」

「因爲這是最後的機會了。」聽到理佳的問話，我才察覺到這個重要的訊息。「搞不好那座塔會在這場戰爭中被毀掉也說不定。」

「爲什麼你非得要……」

她不滿的言詞中途吞了回去，取而代之的是另外一個話題。

「藤澤，我之前不是說過我想跟你一起到青森去嗎？」

「嗯。」

「我是認真的。」

我沒有回話。

「你認為我是開玩笑的嗎？」

「這個……」我想了一下才又開口。「我不知道。」

「我覺得你有時候會給人你是從遠方國度前來的訪客那種感覺。」她說：「你剛才說的那些大概就是呼應你這種特質吧。」

「理佳，雖然不知道確切的時間，不過等到一切都結束了……我想回來找妳。到了那個時候，我會把一切的事情全部都告訴妳。我無論如何都希望在一切都結束之後跟妳碰個面。」

理佳沒有回答。我們之間大概流過了一段長時間的沉默。這陣沉默之中，我跟理佳彼此完全沒有動作。我壓抑了呼吸的聲音靜靜地等待。終於，她放下了手機，同時掛掉了電話。話筒「嗤」地一聲震痛了我的右耳。

理佳轉身消失在人潮之中，我看著她離去，手中依舊緊握著話筒。我回想著理佳方才的言詞，才明白，她就是我。我們一樣懦弱。我明白了自己對理佳做了多麼過分的事。好一段時間，我就這麼像是一根石柱一般佇立在原地。

3

儘管我傷害了理佳，然而那是受情勢所迫，不得不這麼做。

回到宿舍之後，我換過衣服，收拾了簡單的行李便前往東京車站。

我搭上了東北新幹線，在不用劃位的車廂內找到了窗邊的座位。列車啓程之後，我取出了短夾克衣袋內的一本書。那是我在東京車站裡的書店一時興起買下的《宮澤賢治詩集》。我開始翻閱著手中的書本。

我並非基於多麼深刻的動機買下這本書，然而其中的內容卻意外地撼動了我的心靈。過去我讀過這些詩篇的時候什麼感想也沒有，今天，這些詞句裡蘊含的能量卻讓我體驗到一種彷彿自己的血肉一般的感動。

也許在你眼中
這景象黯淡而不見生機，
然而在我的眼裡，
那裡盡是清澈而豔麗的藍色天空，
還有，
舒暢心性的微風。
——眼中的世界

這詞句裡的意境在我的腦中與夢到佐由理的夢境疊合。佐由理身處在奇形怪狀的塔群之中，儘管她覺得寂寞，但那個夢境卻讓我覺得異常美麗。不……在我讀到了這首詩之後，我才察覺到我在潛意識裡是這麼想的。

跟佐由理的夢比起來，也許我置身的東京才是黯淡的光景。就在我的腦中浮現這樣的想法的時候，我忽然才察覺到，佐由理的夢境，其實正是我在東京生活的寫照。

她到底是如何看待我所居住的世界呢？

寂寞的佐由理也許會喜歡那個四周都有高樓環伺，高掛的電線布滿了天空的地方吧？也許正因爲她終日處在那個只有風不停吹，舉目只看得到天空的地方，所以東京擁擠而嘈雜的街道在她的眼裡成了美麗的憧憬。

我繼續閱讀著詩集。一首題名爲「鳥」的詩在我的心中引起了一陣嘈雜的迴響。那並非不快的感受，而是在心情上出現一種和緩的對流。

這麼說起來，我想到很久以前那個文學怪人吉鶴老師曾經說過，宮澤賢治的作品中出現的鳥是連接現世與往生者的橋樑什麼的；當他想要和死去的妹妹交心，他便會將心中的那股情念寄託予天空中遨翔的小鳥。

我一再地反覆閱讀這首詩，讀累了便將書放到膝上打盹了一下。我靠到了玻璃窗上，在眼皮落下的前一刻，看到了聯邦國的那座高塔出現在窗外的風景之中。不知道是什麼緣故，以往那座高塔帶給我的壓迫感此刻完全不見了。我在眼前那座高塔聳立的美麗風景中緩緩地進入了夢鄉。

我換乘了津輕地區的鐵路來到了津輕濱名車站。沒選在三廄下車是因爲我完全沒有回家的心情。我踩著地上的積雪，跟三年前一樣越過蝦夷工廠，來到了熟悉的廢車站前那片草原。草原上整片的積雪反射著陽光，透出了平常難得一見的光芒。我踩進了雪中，走在這片平坦的雪面朝著停機棚走去。這麼說來，剛才蝦夷工廠的庭院裡也沒有看到任何人的足跡。我原本打算順道跟岡部社長打個招呼的，卻無論工廠或辦公室都大門深鎖，毫無有人在裡面的感覺。

我繞到了停機棚後面，撥開地上的積雪向下挖掘。那把鑰匙依然處在當初我將它埋下的地方。

鑰匙第一次插入鑰匙孔的時候完全扭不開。我於是抽出了鑰匙，仔細地撥開溝槽上的泥土，再轉了一次才得以將門打開。

在我踏進停機棚的第一步，我便整個人僵住了。

停機棚後門敞開的地方陽光透過整片的白雪射進了停機棚內，單向的光線打在室內的那架飛機身上。它帶著白色與銀色的光輝佇立在停機棚中央。這架飛機比起我記憶中的形象來得小了一圈，彷彿凝縮了所有美好的事物一般散發著耀眼的光芒。我心中的感動有如注視著一片雪花的結晶。

薇拉希拉。

我邁開了腳步靠近那架白色的飛機。每跨出一步我便可以感受到身上激盪的情緒波動。我在機首前面停下，伸出自己的右手帶著輕微的顫抖撫摸它。

堅硬而帶著些許彈性的組織化奈米碳纖維外殼勾起了我心中懷念的情緒，眼中的淚水差點就要奪眶而出。

我詳細地審視著薇拉希拉。這架飛機在我們離開的三年間非常不可思議地沒有留下絲毫歲月的痕跡。我們將它棄置了許久，我想它應該多少有些部分會變得陳舊老朽，爲此我已經做好心理準備，若是要讓這架飛機起飛勢必得要大動一番工事，然而……

「這裡的時間完全沒有流逝嗎？」我不禁咋舌。

我吐出的話語彷彿凍結在冰冷的空氣中一般不斷地在室內迴響，久久滯留在這個空間裡面。

我鬆開大門上的鐵鍊，推開兩側的門扉，然後試著爲薇拉希拉的引擎點火。啓動方面完全沒有問題，油料燃燒的味道瀰漫了整個停機棚內。

我關掉引擎，隨即開始著手剩下的作業。

所有的製作資料還有工具零件在我離開的時候全都留在停機棚內。當我開始活動起手跟身體，時間的流逝便與我無關。此刻的我全神貫注，這種快感已經許久未曾造訪。

薇拉希拉的硬體方面三年前已經幾乎全部完工，只剩下細部的調整工作。這並非難事。然而現在的問題在於它的軟體導航系統。除此之外還有一點……

我走到牆邊，那兒有一架靠在牆上的小提琴琴箱。這個地方的配置也跟三年前一模一樣。

此刻我心中的有些感慨也有些哀傷，但並不能確切地歸類爲哪一種情緒；這把小提琴在我的心中留下了相當深刻的感觸。

我想要伸手打開這只小提琴箱，但最後還是做罷。時間悄悄地流逝，夜幕已然低垂。我走下山，來到了津輕濱名車站前面的一間雜貨店。我拿起公共電話想要撥打拓也家的電話號碼。我依然清楚地記得他的電話，但是要按下全部的號碼需要一些勇氣。

電話沒有人接。

我循著原路回到了廢車站。此刻的我沒有心情跟任何人碰面。方才沿途上經過了蝦夷工廠，廠房的燈火完全沒有點亮。我回到停機棚，在鹵素燈青白色的燈光照耀下，我彷彿處在只有自己一個人的世界。

我將暖爐搬到了板凳旁，捲起了棉被度過這個晚上。

翌日，我依舊重複了往返車站前雜貨店的舉動。然而我還是沒有聯絡上拓也。

又隔了一天，電話始終沒有人接聽。

這天，我跟拓也還在大川平商店街的郊外碰頭。拓也已經先到了。他靠在電線杆旁叼了一根香菸。鋪設了鐵軌的橋樑橫在拓也的身後，一輛車廂上載運了戰車的貨運列車緩緩駛過。他靜靜地凝視著那一節一節車廂上載運的戰車，接著因爲我的腳步聲而回頭。

他面無表情地跟我打了招呼。

「嗨。」

我緊張的情緒讓他的招呼聲給驅散。他的臉龐讓我有種近情情怯的感覺，或者又可以說是心緒動盪而無法自制的感受。我抬起頭，出言回應他的招呼。

「三年不見了。」

儘管我們碰面已過了午後三時，但我跟拓也都沒有吃過午餐，我們於是找了間中式餐館叫了兩碗拉麵。店內除了我跟拓也之外，還有兩群美軍的小團體坐在另一桌。放在高架子上的十四吋電視此刻正播報著政府爲了因應戰爭而宣布戒嚴的消息。拓也以銳利的眼神看著電視螢幕。

「你什麼時候回來的？」

拓也問話時眼睛依舊沒有離開電視。

「前天。我現在都睡在廢車站。」我一邊吸食麵條一邊答道。

「你睡在廢車站？」

「是啊。」

回答了他的問題之後，我便問起從剛才就一直令我感到十分在意的事情。

「你的手怎麼了？」

他看了看左腕的三角巾隨便支吾了一下沒有正面回答。

「是怎樣啦？到底怎麼回事？」我開口追問。

「晚點再告訴你。」

拓也丟下這麼一句話，然後舉起了另一隻手繼續吃起了拉麵。這個傢伙，就算受了傷吃起拉麵來的模樣還是依舊維持他一貫的端莊舉止。眼前的拓也一點也沒變。

看著拓也這副模樣讓我覺得好有趣，不禁揚起嘴角露出了笑容。

這麼說來，我們三年前是因吵架而分開，當時的我也打算就此不再過問他的任何事情。之後的那些日子我也認為這樣很好。然而現在我卻對於拓也當時開始交往的那位學妹有些好奇，打算開口詢問他們之後的關係。不過想想這個問題實在有點無聊，最後還是做罷。

「然後呢？你找我出來有什麼事？」拓也問道。

在此之前我什麼也沒對他說過。畢竟解釋起來相當麻煩，我也不知道該用什麼樣的態度從何說起。

「在這邊不方便說……」我開口答道：「我們去廢車站吧？」

他聽了沒有答話。我們之間持續了依段長時間的沉默。

他最後還是開口說道：

「好啊，就去廢車站聊吧。」

前去廢車站的途中，我繞到了蝦夷工廠辦公室敲了敲門。結果依舊沒有人應們。

「他們今天也休息嗎？拓也，你有沒有聽說什麼？」

拓也沒有答話。

腳邊傳來了貓的叫聲。是棲息在工廠邊的那隻野貓。

「唉呀，是巧比呀。你好嗎？好久不見了呢！」

我蹲下來伸出手，巧比親暱地過來磨蹭著我的身體，這讓我覺得感到有些安慰，於是順著牠的動作撫摸牠、逗弄著牠，陪牠玩了好一會兒。

耳邊傳來腳步摩擦在地面上製造出來的聲音。我回過頭，看到拓也帶著一臉不悅的表情轉頭跨步離開。

「喂，拓也！」

我最後輕撫了一下巧比，然後起身追了過去。他快步地朝著通往廢車站的山路走去，身後的我則連忙想要早一步追上他。

我們穿過了森林來到廢車站前的草原。拓也沒有前往停機棚，而是朝向站前的月台走去。他的腳步彷彿最初便決定要往那裡移動，完全沒有想要詢問我的意思。我跟在他的身後，兩人一起踏上了廢車站的水泥月台。月台下的湖泊湖面整個結成了冰，看似要是腳步放得輕盈一些就可以直接在湖面上漫步。

我們站在一起，從月台上眺望整個湖面。

「我想跟你說的事其實有點複雜……」

我話才說出口便讓拓也插嘴蓋了下來。

「你等等，先讓我把我想說的話說完再輪到你。我想說的是很嚴重的事，不管你說什麼我都要先講。」

「拓也，你現在是怎樣……」

我一派輕鬆地回話，然而他卻始終維持著方才一直扳起來的臉孔，讓我明白他想說的是非常嚴肅的事情。

「蝦夷工廠其實是威爾達解放軍的據點。」他劈頭便直搗問題的核心。「這是現在工廠為什麼沒有人留守的理由。工廠已經關起來了。」

「什麼時候的事？」我聽了只是淡淡地開口問道。

「這個禮拜。」他說完帶著驚訝的表情看著我，同時開口問道：「你看起來好像不覺得意外。你早就察覺到了嗎？」

「沒有。」我搖搖頭。「我接受了這樣的事實而已。你以前不是就說過，這間工廠不如外表看起來得這麼單純嗎？」

「我說過嗎？」他自顧自地唸道，然後接著開口。「算了，這麼一來解釋起來就方便多了。我接下來要跟你說的事情是我覺得你最起碼應該要知道的事，所以我必須先說。不好意思，可能要請你待會先不要插嘴。」

拓也於是開始講述這一連串漫長的故事。其中的每一個段落都讓我驚訝不已，包括威爾達解放軍的理念等等。拓也接著提到岡部社長跟她的太太分隔兩地的事情。

他解釋著他在大學修的量子物理學跟聯邦國高塔之間具有什麼樣的關係。那座塔具有接收平行世界訊息的功能，同時也是以高度的精確性預測未來的系統。

塔的機能失控，造成以其做為中心的領域被置換成為另外一個平行世界。美軍則將聯邦國的高塔視爲一種自毀型的大規模毀滅性武器……

我一邊聽一邊撿起一顆石頭施以渾身的力氣將它扔向湖的彼端。

石頭落在結冰的湖面上，然後順勢滑向遠方。

拓也繼續提到他成爲威爾達的一員，並且參與其策劃的活動而受傷；還有他在醫院裡面看到了始終陷入沉眠的佐由理。

我於是知道佐由理的腦部跟聯邦國的高塔之間，彼此以相當緊密的關係連接著，每當佐由理的意識呈現復甦的跡象，聯邦國的高塔也會跟著活性化。拓也還告訴我要是佐由理醒過來，那座塔便可以發揮所有功能。而且要是佐由理醒來，那麼這個世界很可能會在那個瞬間完全消失。

拓也繼續講述美軍跟威爾達聯手的事情，他們打算利用威爾達的恐怖行動炸掉那座高塔……

他說著說著便蹲了下來。在整個說話的過程中，他始終沒有表現出任何異樣的情緒，只是帶著客觀的語氣陳述所有的事情。這樣的他，其實是因為他無法客觀地看待整件事情的證明。一旦拓也試圖控制自己過剩的情緒，他就會擺出這樣的態度。

我再撿起一顆石頭扔了出去。

這顆石頭掉下來之後也同樣順著結冰的湖面滑向了遠方。它終將受制於冰塊的阻力，不可能滑到太遠的地方。

拓也結束了一段漫長的話題，我沉默以對。他見狀於是又開始講述一些比較偏向專業知識的內容。諸如怎麼去證明平行世界的存在，還有平行世界對於人腦會否產生的影響等等。我想他應該是覺得忽然提到平行世界這樣的話題，也許一般人會無法理解吧。

「你聽得懂嗎，浩紀？」

拓也說完之後，為了保險起見而多問了這麼一句話。

「我懂。這麼一來我就全部都能夠理解了。」

聽完拓也的話，我整個人豁然開朗。畢竟我過去一直都是以具像化的方式看待拓也口中所謂的平行世界。

「你是怎麼理解這些事情的？」拓也聽了開口問道。

「我們都只是有機交流電所引燃的其中一盞藍色火光。」

「你說什麼？」

「這是宮澤賢治的詩，大概是說所有的人類不過都只是存在於假說之中的一種現象罷了。」面對拓也的疑問我於是答道：「無論是這個世界或是人類的存在都只是一種假設，就好像幽靈一樣。而澤渡則是決定要讓哪一種假設持續作用的關鍵。」

「……這還眞是詭異的說法呢！」拓也思考了數秒鐘之後囫圇吞棗地接受了我的比喻。

「我可以問你一個問題嗎？」我說：「要是將那座高塔破壞掉之後，那澤渡會怎麼樣？」

「這種事情誰有辦法知道呢？不過話說回來，有一種可信度頗高的說法。」

「什麼樣的說法？」

「現在的澤渡其實可以說是艾克森・月衛博士所設計的量子塔支援系統。本來應該由那座塔來處理的訊息，現在是由澤渡的腦來取代。因爲這個緣故，所以澤渡的意識中的這個部分便是由塔的系統加以控制。也就是說，澤渡跟塔之間並不是建立在交信聯繫的關係，而是同化。塔就是澤渡的腦，而澤渡就是塔。」

「怎麼會這樣……」

一股戰慄感從腳邊竄到了我的肩膀上。

「要是……」拓也說：「把塔破壞掉的話，澤渡的意識大概會永遠停滯消失吧。」

冰冷的氛圍此刻瀰漫在我倆之間。

「我要說的話到此爲此了。」拓也說：「換你。」

「要駕駛薇拉希拉？」

拓也重複了我說的話。我邊走邊把我所經歷的一切告訴他。跟他提起的那些事情比起來，我所說的這些顯得含糊而籠統。我們從後門走進停機棚，然後打開了電源的總開關。幾盞聚光燈同時射出了白光，照在室內白色的機翼上。

「妳要讓澤渡搭乘這架飛機嗎？」拓也再一次問道。

「對。」

我伸手輕撫著薇拉希拉。

「最後的組裝工作只要在一天就可以完成了。剩下的問題就是導航系統……」

「你等一下，剛剛我說的那些你真的有聽進去嗎？澤渡現在依舊陷入沉睡，而那座塔……」

「塔成了恐怖攻擊的目標對吧？我當然有在聽。」

我縮回了放在薇拉希拉上的那隻手，轉身朝著坐在木椅上的拓也那邊走去。

「拓也，所以我需要你的幫忙。我不是說了嗎？我一直在想，要是載著澤渡一起飛到塔那邊去，她就可以清醒過來了。」

拓也的視線沒有放在我的身上，他瞇著眼睛，有意無意地望著桌上那台數據機閃爍的燈號。

一會兒之後拓也開口說道：

「你就是爲了這種蠢事回來的嗎？」

他的口氣帶著十足的輕蔑，讓我整個人僵在那兒。

我完全沒有想到拓也會這麼說。他這句話讓我覺得意外而失望。我的內心爲此燃起了一絲憤怒的焰火。

「你怎麼可以說這是一件蠢事……」

我詞窮了。爲何我總是無法完整的表達我心中的想法？

「我們不是跟佐由理約好了嗎？」

數據機上的紅色燈號依舊一明一滅地不斷閃爍。拓也的視線始終沒有離開那架數據機，這讓我忽然對燈號感到氣憤。我靠近桌子，原本打算要關掉數據機的電源，但是終究覺得這麼做毫無意義而做罷。我將手放到了桌邊，用力地握住了桌角。

「我一直夢到澤渡所做的夢，這樣的情形這幾年來從沒停過。」

我低頭看著桌子的木紋，接著開口說道：

「澤渡總是一個人孤獨地待在沒有人的地方，然後說她什麼也記不起來。不過她還記得我們之間的約定。」

我轉頭看著薇拉希拉的機翼，聚光燈偏藍的光線照在機翼上。然後我轉頭面向臉色蒼白的拓也。他一直保持著同樣的姿勢沒有任何動作。

「我在夢中又跟佐由理重複了一次約定。我告訴她這次我一定要帶她到那座塔去……我不認為那只是單純的一場夢而已！」

我提高了音量，將胸口裡所有的空氣全都一口氣吐了出去。

拓也從羽絨衣的口袋裡面取出了一包香菸。他叼起了一根菸點了火，吸了三口後隨著嘆息將最後一口煙一起吐了出去。

「到現在你才回來，結果竟然就只是回來說這些夢話。光是看到你我就覺得很火大。」

他彈了一下菸頭上的菸灰，擺出一臉「這麼無聊的事情也要追究到底」的無奈表情。我對他這般態度感到愕然。

他採熄了腳下橘色的菸蒂然後站了起來。

「我沒時間陪你玩這種小孩子的遊戲。」

他從懷裡取出了手槍，我起初沒有辨識這東西究竟是什麼。

「你就是從頭到尾都無法放棄對這鳥東西的執著。」

他靠近薇拉希拉，以熟練的手法將彈匣送進了槍膛，然後拉動了槍身將子彈上膛。

「我讓你把它忘掉……」

拓也說完便舉起手槍指向薇拉希拉。

「住手！」我反射性地發出了嘶吼。

拓也擺出了冷酷無比的眼神。

這是在我還維持著自我意識的時候所看到的最後一幕景象，接下來的一段時間裡究竟發生了什麼事我便渾然不覺了。我幾乎處於失神的狀態，只有身體不理會我的意志擅自行動。我時常覺得很不可思議。爲什麼身體會趕在思考之前自動地做出反應？好像此刻我的身體不是自己的一樣。

槍聲響起。

我的耳膜被槍聲擊發時的音爆侵襲。

停機坪外傳來烏鴉受到驚嚇而振翅飛離的聲音。

拓也倒在地板上。自動手槍落到了地板上滾動了一下。

不需要特別確認，我也知道薇拉希拉沒有受到傷害。

右手的拳面傳來一陣痲痺的感受。我一拳將拓也擊倒在地上。我此刻方才察覺到自己做了什麼，慌亂的氣息反應出了心裡激動的情緒。無論我多麼努力地喘息，依舊無法平復心中的亢奮之情。血液甚至隨著急遽的喘息拼命往腦袋上竄去。

拓也吐了一口口水站了起來。他走到我的眼前，然而我卻因爲亢奮的情緒而沒能即時反應過來。一陣衝擊之下，我知道有東西打在我的臉上，這才曉得自己挨了一拳。意識頓時陷入一片茫然，然而我依舊拼了命地維持自己的意識。我倒了下去。咳了一下之後我發出咆哮。

「拓也！」

這陣怒吼搔弄著自己的耳膜。憤怒、懇求，還有困惑的情緒三者摻雜其中。我從地板上坐了身子，雙手緊緊握著拳頭，手腕的肌肉變得結實，看來我的身體正打算再還拓也一個拳頭。我右腳蹬了一下衝了出去，然而眼前卻出現一只槍正對著我的眼睛。視線之中這個圓圈顯得特別黑暗。我一動也不動。在意識到危險或死亡之前便已經無法動彈。我看著緊握著槍托的那隻手。那是一雙我再熟悉不過的手。手臂的延伸之處，我透過眼鏡跟拓也四目相望。

「讓你選！你是要救澤渡還是要救這個世界！」

拓也沒用多大的聲音說話，然而這聲音卻響徹了整間停機棚。也許這不過只是我的錯覺罷了，然而我卻受到了聲音的威嚇，身體完全無法動彈。拓也手中握的是不是手槍此刻已然不再重要。因爲更具有衝擊性的東西已經擊發。我連眼球也整個僵住。我明明知道這個道理，但是我不願聽到的事實此刻還是從拓也口中竄進了我的身體。他放下手槍，然而方才擊發的子彈此刻依舊梗在我的心裡。

拓也轉過頭，揚起一陣腳步聲朝停機棚的後門走去。

他的腳步聲傳入了我的耳中，那聲音維持著他一貫步行時的韻律。這個韻律在我的腦中化成了某種特殊的節奏。

水色的天空下，

清風拂過反射著陽光閃耀的雪原高地……

「我再也無法忍受這樣的痛苦了！」我叫喊著。

一隻鳥在炙熱的紫外線中，
帶著一顆受到污染的心靈……

「佐由理的事情一直都在我的腦海中徘徊不去！」

試圖回憶瀰漫著陳舊水色的蒼穹之夢。

「我想要讓自己不再去想佐由理的事，可是我卻換來難以言喻的痛苦！」

那記憶已然褪色。

「我們的時間都是靜止的，心情也凍結在那年的冬天。再這樣下去，再這樣下去我們都只會跟這個世界越拉越遠了……」

牠是一葉扁舟。

「所以才更要把那座塔炸掉呀！」拓也發出了咆哮，他腳下踩出的韻律同時消失。

「拓也，你變了。」

我說話時雙腳依舊定立在原地，視線沒有移到拓也的身上。

「當然會變。」他丟下這麼一句話。「浩紀，反倒是你始終都像個孩子。」

停機棚的後門無情地應聲闔上。

搖搖晃晃的航程中，大雪刻畫的世界太過寂靜，一切渺無聲息。

——鳥

4

拓也身處夢中。

要拯救這個世界嗎？

其實對拓也來說這個世界會怎麼樣根本就無所謂，這個世界要怎麼發展跟他一點關係都沒有。然而，如果沒有這麼冠冕堂皇的理由，他便無法貫徹自己的決心。他唯一的願望不過就只是想要讓那座塔從這個世界上消失罷了。他想要扼殺潛藏在自己心中的那個幼稚心理。當他破壞了那座高塔，連帶使佐由理也無法得救，但是他卻可以從自己的過去得到解放。

「好棒……是飛機！」

夢中的拓也置身廢車站旁的停機棚內。佐由理也站在旁邊。那是國中三年級時的佐由理。她跑到薇拉希拉的旁邊，回過頭喊出了這麼一句話。

時值炙熱的夏天。廢車站的周圍瀰漫著整片濃郁的綠色。

拓也從夢中清醒。

他跳下床，不禁開始咬牙切齒。挨了一拳而顯得紅腫的臉頰隱隱作痛。

「可惡！」

5

我處在夢中。

臉頰的肌肉傳來些許麻痺的觸感。顎骨有些疼痛。我的心情糟到了極點。放學的鐘聲響徹了整個校園。鐘聲告訴學生們，該是回家的時候了。

春天的氣息曖昧溫暖且潮濕，濕潤的感覺布滿了我的每一吋肌膚。夢中的我比起現在的體型稍微小了一吋，以十五歲的年紀走在國中校舍的走廊上。窗外的淡粉紅色的櫻花在風中搖曳。枝頭上已經露出了成簇綠油油的嫩芽，風中飄著櫻花的花瓣。

找到了刻著三年三班的木牌，我走進教室。在喀啦喀啦的摩擦聲中我推開了老舊的木質拉門。有人還滯留在教室裡面。是哪個同學還留在這裡沒有回去嗎？

是佐由理。

她一個人獨自坐在自己的位子上。

當我走進了教室，便看到她連忙擦拭著眼角上的淚水。我假裝沒有察覺到她正在哭泣。此時的她身上穿著體育外套。就一個不適合運動社團的學生來說，放學時維持這副模樣其實是相當奇怪的現象。然而我並沒有多加思索這個疑點。

面對眼前這個情況我顯得有些不好意思，於是稍加解釋為何我會回到教室裡來。

「我忘了拿東西。」

「這樣啊？」

儘管佐由理試圖裝出平靜的態度，然而聲音中卻依舊帶著顫抖。

教室裡除了我的腳步聲之外聽不見其他東西的聲音。我一邊走向自己的座位，然後為了緩和當下的氣氛而開口對佐由理問了一句話。

「澤渡，妳沒有要回家嗎？」

「啊，嗯……我要回去了……」

佐由理將目光從我身上移開，然後似乎在意起了自己的外表，偷偷地拉了拉運動外套的衣角。桌上置著她的小提琴琴箱。

我歪著頭，伸手在自己的書桌抽屜裡摸來摸去，然後取出了兩本雜誌。這麼做作的動作其實是因為意識到了佐由理的存在而出現的不自然反應。我感受到了佐由理的視線。

「浩紀，你的臉怎麼了？」

她的問話讓我心跳加速。

「我跟拓也起了一點爭執……」我邊說邊將雜誌放入書包內。

「沒關係吧？」

「沒事的，我們應該馬上就會和好了。」

我說完便將書包的背帶扛到了肩上。

「澤渡，我先走囉！再見！」

「啊，浩紀，等我一下！」

我聽到佐由理叫住我，於是回頭看她。她此時正從椅子上站了起來。

「你要去車站嗎？」

「是呀，怎麼了？」

「可以等我一起去嗎？我馬上換衣服。」

佐由理走進了女子更衣室然後關上門，我則靠在走廊的牆壁上等她。視線一直落在女子更衣室的門口怎麼想都覺得怪怪的，於是我便轉頭望向窗外的景色。太陽已經西斜，暖色調的光線透過玻璃投射進了校舍。此刻的走廊上已經完全看不到人影而顯得空蕩蕩。女子更衣室的門扉那端微微傳來佐由理衣服摩擦的聲音，我極力地壓抑自己腦中若隱若現的遐想。佐由理不一會兒便換好了水手服走出了更衣室。她的胸前抱著那個小提琴的琴箱。

「我的心裡一直都有一種預感……」

這時我們兩人正肩並著肩，橫越校園裡光線有些昏暗的操場。佐由理忽然說出這麼一句話。與其說她這句話是對著我說，倒不如說她是在自言自語。

「什麼樣的預感？」

「一種將要失去什麼東西的預感……」

我們步出了校園，橫過一條樹林旁邊的窄道。

「明明這個世界是如此美麗，可是這個世界上就只有我一個人……」

眼前盡是疏落的民宅還有滿山遍野的田地。

「只有我一個人將要遠遠地離開這裡……」

在這一片荒涼的道路上，一台自動販賣機座落在路旁。在這個夜幕低垂的時候，那台機器上投射出的白色螢光，此刻散發著一種寂寥的氛圍。

我在販賣機前停了下來，從口袋裡取出了散放著的幾枚硬幣，投入販賣機內買了兩罐溫咖啡。我將其中一罐塞到了佐由理的手上，過程中並沒有特別注意她臉上的表情。

這場夢裡所發生的事大概是三年前……不，應該已經是將近四年前的事了吧。我完全不記得當時的自己到底爲什麼會做出這樣的動作。

現在回想起來那個動作大概有著這樣的意涵：也許哪天妳會離開這個世界，遠離所有事物成爲孤孤單單的一個人，不過我會永遠記得妳身上那個擁有燦爛光輝的特質。我將會記得埋藏在妳心中的那份溫暖。

儘管此刻的我猜想當時自己想要傳達的應該就是這樣的想法，然而當時的我卻無法理解，而這樣的情緒要用語言表達也並非這麼容易的事情。

我將咖啡交給佐由理之後轉身繼續往前走。然而，佐由理卻停留在原地。

我回過頭看她。

此時的天空染上了整片低彩度的暗紅色。

遠方的那座高塔反射著夕陽而與天空融成一體，直挺挺地聳立在佐由理的身後。

佐由理沐浴在夕陽紅色的微光之下，置身在這片日暮時分的景致中。

她的身後是那座高塔。把小提琴抱在胸前佐由理對我露出了淺淺的微笑。

這時，我彷彿看到佐由理正處在這個光輝燦爛的世界中心。

風拂著佐由理的髮梢在空氣中飄盪，她的視線落在我的身上。

我也看著佐由理。

「是啊，原來如此……」

*

我在廢車站的停機棚中醒來。暖爐散發出來的熱氣烘暖了我的臉龐。才剛夢醒，前一刻的夢境卻馬上消失無蹤。我將手放在額頭上坐起身子，身後是停機棚內的沙發床。

「剛剛我好像……」

我絞盡腦汁，試圖取回方才消失的夢境，試圖找回我在記憶的迷宮深處所找到的那個景象。然而這個十分重要的記憶在夢醒之後消失，只留下殘存的情緒讓我的內心慌亂不已。

「我好像才想起了一件非常重要的事情……」

爲什麼重要的事情總是只出現在夢裡？爲何這些夢總在夢醒時分變得再也無法觸及？我不甘就此罷休，持續朝著意識深處摸索。然而，結果終究沒有任何收穫。

我清楚地體認到什麼叫作孤獨。此刻的我孤立無援，一切的事情都得自己獨力完成不可。而我正是爲了自己一個人把所有剩下的工作結束掉才回到這裡。

心情開始平復下來。

我熄掉暖爐裡的火，走出了停機棚。我的想法變得積極多了。我抬頭望向眼前一片令人心曠神怡的藍色天空，周圍一片白濛濛的積雪。推門的聲音驚動了四周的鳥群，牠們振翅飛向天空。

我在原地停留了一下，利用了短短數秒鐘的時間眺望了眼前的景色。隨後我便飛快地沿著山路朝山下跑去。

我邊跑邊開始思考自己該做的事情。只要找出具體的方法，一切的事情處理起來都會變得簡單。我得要讓岡部社長取消炸掉那座高塔的恐怖活動，或者試圖說服他延期行動。同時我也得將佐由理從那間大學裡的附設醫院中帶出來，在那座塔被破壞之前到達那裡。儘管要做的事情變得多了些，但總會有辦法的。當然，我非得要讓這些事情順利不可。現在的我，沒有撤手或退讓的機會。

我穿過了鐵絲網的破洞潛入蝦夷工廠的圍地裡面。

如果是過去的我，一定會直直朝中庭走去。然而這次我為了掩人耳目，刻意迂迴地沿著外圍的鐵絲網繞進去。我來到了廠房外頭，此時的廠房鐵捲門緊閉著，儼然就像是一個沒有開口的大箱子。廠房的出入口當然都上了鎖，我整整繞了一圈，沒有找到任何可以進出的地方。

我朝向那棟鐵皮屋辦公室走去。工廠跟辦公室彼此是相通的，然而辦公室的出入口也全都上了鎖。不過辦公室的窗戶畢竟跟鐵捲門不一樣，我貼到窗邊，摒息窺探著室內景象。裡面完全看不到有人活動的氣息。

我躡手躡腳爬上了面對庭院的鐵梯，朝著位在二樓的辦公室入口走去。入口處的鋁門窗上嵌著一片毛玻璃，我貼在毛玻璃上，稍微看了一下門內的狀況。

在判斷裡面沒人之後，我用一個空罐子打破了門上的毛玻璃，接著從玻璃外部伸手進了門內，扭開門把上的鎖打開了房門。室內理所當然地沒有任何一盞燈光，一片黑暗。

我走進室內。

根據我的判斷，用於恐怖攻擊的無人飛機大概有五成的機率還留在工廠裡。我只要動些簡單的手腳，在他們打算讓飛機起飛的時候發現就好。

我希望能夠讓整個恐怖攻擊延後半天，順利的話最好可以讓這個行動延宕一天左右。

我走進了一個只有單人可以通過的狹廊。

我在走廊的轉角被人擒住。太大意了……在我被抓住的瞬間，一股強力的拉力將我甩到地上，然後整個人被壓制住了。肩膀傳來手臂被硬扳到身後而竄出的劇痛。在對方的壓制下，我要是輕舉妄動，關節瞬間便可能脫臼。

一個硬物抵在我的後腦杓上，那大概是我昨天看過的東西。我感受到自己的冷汗直流，全身的毛孔在瞬間放大。

「果然是你，你長大了嘛……你現在這個舉動是爲了還我寫信給你的謝禮嗎？這還眞是恩將仇報啊！」

耳邊傳來岡部社長的聲音。我無法回頭，眼前盡是地板上的灰塵而已。

「岡部社長！」我揚聲叫道：「要是把塔炸掉，澤渡會死的！」

「什麼？」岡部社長用槍抵著我的那隻手，還有扣住我肩膀上的力道完全沒有放鬆。

「澤渡之所以會陷入沉睡，都是因爲那座塔的關係！她的腦部跟塔的運作彼此相繫著。請您終止這次的行動，如果您不願意，拜託您至少延後行動，等我把佐由理帶回來再展開攻擊。」

「浩紀，我聽不懂你說什麼。不過……」岡部社長低沉的聲音在我腦後揚起一陣聲音的波動。「這個計畫現在是不可能改變的。」

「拜託你，岡部社長！」

「不行，這已經是決定好的事，不可能更改。還有，我也不會讓你離開這裡。」

一股寒意竄上了我的心頭。岡部社長手上的那把槍抵住我的後腦杓，強勢地將我的頭壓到了地上。

我會死，這是我生平第一次感受到自己可能會死的事實。

儘管我想要掙扎，卻因爲岡部社長整個人的重量都壓在我的腳上，讓我完全無法動彈。

我眯起了眼睛……

「等一下！」

這聲音讓我的身上竄起了一陣痙攣，瞬間我以爲自己已經遭到射殺。然後接著一陣腳步聲走近，這是我所熟知的節奏。

「怎樣啦？」岡部社長開口說道。

「請讓我們兩個人來執行那座塔的爆破工作。」這是拓也的聲音。

我試著抬起頭，槍口冰冷的觸感此刻更貼到了我的後腦杓上。他右手環在身上，左手包著三角巾，乍看之下彷彿雙手叉在胸前的模樣站在走廊前端。

「我跟浩紀會把塔給處理掉。我們可以用薇拉希拉一起載運佐由理跟飛彈完成這次的任務。只要讓佐由理到達那座塔，她就可以清醒過來了。在這之後我們再把飛彈射出去。」

「喔？」

「無論如何，爲了佐由理都得要把那座塔給炸掉。只要佐由理醒過來，那座塔會怎麼樣都無所謂了。爲了佐由理……不，不對，我們是爲了自己而得要飛到那座塔那裡去。」

「……」

「拜託您，岡部社長！」

「拓也！」我從喉嚨深處盡力地發出聲音。

「豈能就這麼順著你的意思去辦？」

岡部社長的一句話讓拓也手腕上的肌肉一下子繃了起來。

一陣無情的沉默瀰漫在整個空間之中。

從我的角度只能看到拓也的身影。他瞪大了眼睛睨視著岡部社長。拓也的肩膀幾度因呼吸而起伏。

「……我是想拒絕你啦！」岡部社長說話時從我身上移開了自己的身體。「不過我這個人呀，對於這種說詞總是沒辦法拒絕。再說威爾達成立的宗旨，本來就是讓原本被迫分開的事物回復到原有的模樣……你們可一定要把那座塔給破壞掉喔。」

「岡部社長……」

我帶著急促的呼吸，口中數度重複著同樣的詞句。

「我會把飛彈鎖定程式的資料給你。」岡部社長敲了一下我的腦袋，然後轉頭對拓也說道：「你們趕快把那架飛機完成，好把這些資料輸入到那架飛機上去。」

拓也聽了終於將三角巾底下緊握的那把手槍塞回到了口袋裡去。他隨後又在牛仔褲上來回擦拭著手心的汗水。

6

拓也開車奔馳在夜晚的街道思考著接下來該怎麼辦。現在的他沒有時間嘗試各種複雜的計畫，而且到了現在這個地步，也只剩下唯一的方法。

拜託笠原眞希幫忙。

然而拓也其實並不想把她捲入這次的行動之中，而且無論如何都希望能夠避免。不過拓也已經別無選擇。他沒有時間了……

拓也半推半就地將車子駛進了大學的校地。他將車子停放到平常沒有人使用的地下停車場，然後來到富澤研究室專屬的院生室。

「你現在這個時間還來實驗室呀？」

時值凌晨兩點鐘左右，笠原眞希卻還坐在自己的位子上面對著電腦桌。拓也原本打算打電話把她找出來，卻因爲沒有在這裡碰見她的心理準備而產生了些許意志上的動搖。

「妳也是，怎麼這麼晚還留在這裡……」

「我得要料理那位患者的事，所以今天値班嘛！」

「是喔……」

「本來預定要把那個孩子送回本國去的，結果最後沒有趕上……」眞希轉過椅子面向拓也。「明明這兩天可能就會開打了。」

拓也走到眞希附近的桌子旁邊，將身體輕輕地靠到了桌上。桌上置著一本最新的新聞週刊，他順手便拿起了那本雜誌。

「該怎麼辦呢？」拓也開口說道：「其實戰爭就在眼前，也許現在已經不是處理佐由理問題的好時機……畢竟要是戰爭的規模擴散開來，我們研究那座塔的意義也許就會跟著消失吧。」

「你不要說這麼叫人感到害怕的事情啦……聽說甚至會有恐怖攻擊。不曉得這是眞的還假的。」

「攻擊哪裡？」

「就是那座塔呀！你沒有聽說嗎？」

「沒聽說呢！妳從哪裡聽來的？」

「也許這個研究室也會成爲攻擊的目標吧……」

眞希拿起了一根百吉巧克力棒放到了嘴裡。

「討厭，這麼說起來，這兩天不是最危險的時候嗎？」

「沒事的啦。」拓也淡淡地答道。

「爲什麼你會這麼說？」

「因爲這裡只是以研究那座塔爲目的，跟南北分裂的原因扯不上關係。威爾達只是爲了反抗南北分裂的現況而行動而已。」

「喔？」

「所有的問題都是出在南北分裂上。把原本完整的事物強行切割開來終究是會造成問題的。眞希，其實我最近開始覺得，也許月衛博士所要做的就是同樣的事情……」拓也翻著雜誌開口說道。

雜誌的內容正是報導著戰爭危機的特別報導。

特報！恐怖攻擊的威脅！

跨越最後一道警戒線的倒數計時！招致長期戰爭的國際情勢……

雜誌裡充滿緊張氣氛的標題。

「塔的周圍出現了拓撲變換……造成這種現象的原因無從得知，雖然那個現象大概可以斷定是塔的機能失控，不過我也在想，也許那根本就是艾克森・月衛刻意設計的陷阱。這其實是一種恐怖行動，他想要藉此表達自己對於南北分裂的抗議。要是這個現況還要持續下去，那麼他就乾脆把蝦夷、本州，還有聯邦國一起葬送掉……」

眞希圓睜著眼睛盯著拓也。她拿著百吉巧克力棒的手整個僵在那裡，一動也不動。

眞希忽然將視線從拓也身上移開。

「你有時候會給人一種不可思議的感覺呢！總覺得你身上好像藏有很多秘密。」

「不，沒這回事。」

眞希從椅子上站了起來，開口驅散此時瀰漫在兩人之間的尷尬氣氛。

「抱歉，我去泡個茶。」

她走向拓也，然後在繞到茶水間之前，伸手指了一下自己的臉頰。

「等等，我幫你處理傷口。」

眞希沖了兩人份的咖啡，然後到了共用的置物櫃取出一只急救箱。她回到院生室要拓也坐下，於是拓也便聽她的話乖乖地坐到了椅子上，讓眞希為他處理臉上的傷。

「你最近渾身都是傷呢！」眞希一邊幫拓也塗藥，同時開口說道。

「抱歉……」

「發生了什麼不得了的事情嗎？」

「沒有，沒什麼特別的事情……」

她站到拓也的面前，幫拓也貼上一塊ＯＫ繃。此時眞希微微隆起的胸部，跟著她胸前的那張識別證一起橫在拓也的視線前方。他察覺到每當自己接受了對方的溫柔，他的心靈便會變得怯懦。有姊姊是這樣的感覺嗎？雖然有些不太一樣，不過應該非常類似才對。

「抱歉……」拓也再一次說出方才已說過的話。

眞希在短暫的瞬間皺了一下眉頭。那個表情一下子便消失在她的臉上，隨即恢復成平常的模樣。她開始收拾用過的棉花棒。

「他是我以前最要好的一位朋友。」拓也喃喃逕自開口說道。

「咦？」眞希聽了回過頭來。

「就是打我的那個人。我們過去有著同樣的憧憬，懷抱著相同的目標。」

「嗯。」眞希溫柔地點點頭。她總是這麼樣的溫柔。

「不過我們各自到了不同的地方，也失去了自己的目標……該怎麼說呢？我不知道該朝什麼方向前進。然而我的體內依舊充滿了一股莫名的力量跟衝動，我無處發洩。總覺得自己彷彿被困在什麼地方一樣……」

「嗯。」眞希應聲暗示著拓也繼續說下去。

「所以當我來到這間研究室，我才整個人得以安心下來。因爲我覺得自己好像找到了自己該做的事。除此之外，能夠碰到妳也讓我覺得很高興。」

他抬頭望著眞希。眼前的這個女生臉上泛起了一陣紅潮。

「所以……」拓也說著站了起來。「所以我眞的不想把妳捲入這個事件之中。我不希望這種事情發生。」

拓也走到可以摟住眞希的距離，想要抱起她但終究還是做罷。她抬頭看著拓也。

拓也伸出手，然後取下了眞希胸前的識別證。

眞希儘管對此感到困惑，卻也沒有抵抗。她抬起頭來帶著渴望獲得解釋的眼神看著拓也。

拓也將識別證放入口袋以後回頭看了看眞希一眼，隨後便朝出口走去。他的眼眶泛起了淚水。拓也知道自己就要哭了出來。眞希散發出了一種不同於以往的感覺，拓也察覺到了，但是她卻沒有任何的行動。拓也終於伸手操作起了門邊的開關。

「我現在有非完成不可的事情。等到一切都結束了……我想再回來找妳。」拓也說話時回頭看了眞希一眼。

她忽然驚覺，這是臨別前的詞句。而且她領悟到了這樣的說法很有可能是再也見不著面的告別方式。眞希驚叫出拓也的名字，同時朝著拓也的方向跑去。

拓也在眞希跨出第一步之前便打開門，然後很快地跨出了院生室。他離開後立刻將門關上，同時用眞希的識別證將門上了鎖。這棟大樓裡，只要沒有識別證所有的門都打不開。

拓也站在走廊上，一直盯著自己鎖上的門扉。他佇足在原地好一會兒，心想門的那端，眞希一定拼了命地敲著這扇無法開啓的門扉。然而這扇門厚重而得以將空氣隔絕開來的設計連聲音也透不出來。

拓也終於下定決心邁開了腳步。

拓也抱著一袋整理了私人物品的運動背包來到了特殊病房的門前。

他使用了眞希的識別證刷過門邊的讀卡機。空氣活塞運動的聲音中，厚重的自動門向側邊滑開。

佐由理的身體跟上一次看到的時候維持同樣的姿勢就躺在床上。

眞美……這種美感彷彿一支箭，穿過了正確的途徑深入複雜的迷宮而直接一擊貫穿靈魂深處的意識一般。

這樣的感受讓拓也在觸碰這位女性的時候心中多了一份敬畏之情。

「澤渡……」

拓也抱起這位女性，很快地幫她穿上了自己爲她準備的衣服，然後用外套將她裹住。

「澤渡，這次我們一定帶妳去那個約定的地方。」

他背起了佐由理，走在四下無人的走廊上。通往地下停車場的路上，有個人擋在拓也的面前。

「白川，你現在回頭還來得及。」

富澤教授的臉上顯出了過去從未有過的嚴肅表情。

「教授，您所指的是什麼呢？」

「我可以讓你現在就把那個孩子帶回到病房裡去，然後放你一個禮拜的假在家裡休息。我會把這一切當成從沒有發生過。我會忘記這件事，你也不會記得，眞希也會願意配合的。你要不要考慮一下？」

「不，教授，我非得趕上另外一件更重要的任務不可。」

富澤教授聽了之後誇張地嘆了一口氣。嘆氣是他的習慣。

「白川，你最好聽清楚。這個孩子現在可是美日聯軍這邊最爲重要的實驗體，要是你把她帶走了，你想想會有什麼樣的結果？別說是研究工作了，恐怕你今後一輩子都無法在非共產主義國家生活了。」

「大概是吧。」拓也回應了一個堅決的語氣。「不過，也許她還有救……」

「坦白說，比起她，我更重視你，白川。你擁有才能，如果可以的話，我希望你繼續現在的研究工作，然後有朝一日以一位傑出研究員的身分光耀於世。」

「我只能跟您說聲抱歉了……」

「其實除此之外還有拓撲變換的問題。要是她清醒過來，這個世界也許會整個消失也不一定。」

「關於這點，我們會設法解決的。實際上，我們也已經想好了解決的方法了。」

「威爾達嗎？」富澤教授清楚這個計畫。「事情會如你們所想得那麼順利嗎？你打算以全世界做爲賭注奮力一搏嗎？」

「是的。」拓也點點頭。「我是打算這麼做。」

這句話說畢，兩人彼此交望的眼神轉而銳利。

「這條路對你一點意義也沒有……」富澤教授先一步開口說道。

「不，教授。這是我必須選擇的道路。要是不這麼做，我的靈魂將會永遠乾涸死去。」

拓也在開口的瞬間明白到，儘管這樣的說詞只是爲了應付富澤教授，但是對拓也而言，實際上就是如此。

「教授，您沒有遇過非得捨棄一切也要完成的事物嗎？對我來說，現在就是這種情況。」

富澤教授的表情明顯露出了些許動搖的心緒。看來拓也的言詞確實擊中了富澤教授心靈深處的某個核心部分。

「其實一直到前一刻爲止，我的決心都不是特別堅定。不過跟您聊了這幾句話，讓我確信我必須這麼做。請您讓開。」

「……」

「請您讓開。」

富澤教授終於無力阻攔，讓出了去路。拓也與富澤教授擦肩而過，筆直朝著前方走去。而此時的富澤教授，只能眼睜睜地看著拓也通過自己的身邊。

「教授……」拓也說話時並沒有回頭。「眞的很感謝您的體諒。」

他說完便再度邁開了腳步，頭也不回地離開這個現場。

拓也的房車行駛在一片漆黑的天空下。一路上幾乎所有的號誌燈都只是一明一滅地告訴駕駛緩速行駛。

偶爾碰到了紅燈，拓也便會回頭確認躺在後座上的佐由理。他這趟車程中沒有抽菸。

前面沒有車子行駛，對向也沒有來車，拓也花了一個小時便來到了蝦夷工廠。岡部社長靠在辦公室一棟二樓陽台的欄杆上等著拓也回來。他看到拓也的車子駛入工廠的圍地便走下階梯來到中庭迎接他。

拓也走下車便聽到岡部社長開口問道：

「小妞眞的可以因爲飛到那座塔就醒過來嗎？」

他問話的同時探頭看著車內身上包覆著一件毛毯的佐由理。

「其實我剛開始也是半信半疑的……不過我現在可以肯定她一定會醒來。」

拓也看到岡部社長點起了香菸，自己也跟著叼了一根。他吐了一口輕煙然後接著開口說道：

「那座塔大概就是佐由理跟這個世界之間唯一的聯繫。就連她現在處在夢中，也一直等著薇拉希拉來接她。澤渡在陷入沉眠之前知道自己將會跟這個世界分離，所以事先拜託我們，要我們救她……其實我跟浩紀，不知道從什麼時候開始，就一直有這樣的感受。」

拓也將菸蒂扔到了地上，用腳踩熄它。他沒有吸多少口，因爲他的身體不知道爲什麼沒有尼古丁的渴望。低頭望著腳下的視線此時又拉回到了岡部社長身上。

「薇拉希拉是兩人座的飛機，我的手傷成這樣也不能駕駛，所以我會留下來看著那座塔的結束。岡部社長……我可以問你一件事嗎？」

「什麼事？」

「你爲什麼會願意讓我們兩個人來做這件事呢？」

「這個呀……」

「老實說，我覺得在這個時候改變計畫，讓整個行動增添一分不確定的變數並不是威爾達最好的選擇。

爲什麼你會同意?」

「這個嘛……」

岡部社長含著菸草自顧自地笑了一下然後接著說道:

「以前有兩個妄想要做一架飛機的小鬼……不是指你們,是更久以前的事。」

「咦?」

「那是一架螺旋槳式的水上飛機。他們爲了吸引一個女生可是拼了老命呢!」

「……」

「我只是想起了有那麼一件事而已……」

「那兩位是否都是我所認識的人呢?」拓也聽了之後開口問道。

「你說呢?那麼……我也回問你一個問題。」

「請說。」

「讓你這麼做的理由,是想要救那個小妞嗎?」

「也有。另外澤渡也曾經拜託過我們,而我們答應了,所以我們有履行這個約定的責任。除此之外,我也是爲了我自己。許下的約定就必須要完成,這是爲了我自己。我無法抱持著愧疚的心情過一輩子。我必須證明自己是個信守承諾的人。」

「裝模作樣的小鬼,現在眞的長大了呀?」岡部社長叼著菸露出了爽朗的笑容。

語畢,他忽然狐疑地抬起頭望向了天空。

「咦?我才剛覺得冷,竟然就眞的下起雪來了。」

雪花片片疏落地從空中飄了下來。這個時候垂直看向天空,雪片會像是從視線的消失點中向外散射開來的模樣。它們圍繞著這個經由視覺虛擬出來的圓心劃出螺旋狀的弧線，無數的白色結晶從天空中灑落。

「趁著大雪之前我先離開了。」拓也開口說道。

「嗯……對了，提醒你一下。」

岡部社長靠近拓也，用力地在他背上拍了一下。

「好不容易和好了，你們可得珍惜這個默契呀。」

*

到前面一段爲止，是拓也日記裡寫到的最後一個段落。

這些我從沒有親眼見到的情境，過去不止一次地頻繁出現在我的夢裡。

7

我忍耐著下雪的夜裡特有的一種了無生氣的氛圍，來到了廢車站旁的停機棚裡。進了停機棚，我埋首在自己用了三年多的筆記型電腦前。

由於薇拉希拉採用的是線傳飛控系統（註11），即全電腦控制的平衡系統。也就是說，程式方面必須分毫不差，而且擁有能夠完全掌控飛機每一個細微機件平衡的高精密度。這樣的程式撰寫工作好比在人工的身體內設計每一條細部的神經一般，是連接意識與肉體的作業。雖然這只是爲了三年前我跟拓也攜手合作的工程進行收尾作業的工作，不過我對於程式方面的反應力一直都相當遲鈍。

我在ＢＩＯＳ的序列中判讀需要的調整項目。閃爍的綠色文字折騰著我的眼睛讓我覺得疲憊不堪。

「是哪個檔案呢……這個嗎？」

我喃喃自語的同時輸入了預想的檔案名稱。這個動作讓駕駛艙內的螢幕發出了警示音。指令出錯。手邊的電腦液晶螢幕上秀出了紅色的文字——ＢＩＯＳ的版本不對啦！不會好好確認呀，豬頭！

不悅的情緒瞬間湧上心頭，我閉上了眼睛嘆了一口氣，不禁喃喃道出了抱怨。

停機棚的後門傳出了門把被拉開的聲音，我的神經不禁抽動了一下。

拓也帶著遲緩的腳步走了進來。他背上多出了一個人影。看到那一頭帶著斑駁白雪的烏黑秀髮，瞬間讓我整個人僵在那兒。我回過神連忙將桌上還點著火的那個暖爐搬到沙發床的旁邊，等著拓也將背上的那個女生背到沙發床上。他爲佐由理裹上了棉被。

我跟拓也一起默默地看著她的睡臉。

儘管十八歲的她在這三年間外貌有著顯著的改變，卻跟我所夢到的模樣沒有一分一毫的差距；過去的那些夢果然不只是夢……

佐由理安靜地沉睡著。暖爐融掉了她身上的雪片，雪水順著她的髮梢滑落。

佐由理現在就在處這裡……她不再只是出現在我的夢中。

我的胸口湧起一股激盪的情緒。

只要我們誰也沒有開口說話，也許我們就能一輩子像這樣看著佐由理終老。然而我終於還是打破了沉默。

「拓也，ＢＩＯＳ該用哪個版本才對？你不是在之前改變了方向舵的位置嗎？沒有變更設計之後的ＢＩ

ＯＳ版本了。」

語畢我才察覺到，前天我們彼此交互賞了一拳之後今天是第一次對話，我忽然感到一陣難以言喻的羞怯之情。也許拓也也是一樣，他的臉紅通通的。他隨即從衣袋裡取出了一張盒裝的光碟片，然後拋給了我。我睜大了眼睛盯著接過手的光碟，上面什麼也沒寫。

「在那張光碟片裡面。除了ＢＩＯＳ之外，導向飛彈的程式也在裡面……現在還剩下些什麼工作？」

「超導馬達的配線工作還剩下一點點……還有一些軟體部分。」

「我透過岡部社長聽到了一些跟美軍有關的情報。」

拓也從自己的口袋裡取出了一台筆記型電腦然後繼續說道：

「宣戰布告預定在五個小時之後發布。我們唯一的方法就是趁著開戰時的混亂局勢飛進蝦夷島。軟體方面我來搞定，配線部分就交給你了。」

「好。」我應聲之後，隨即吐出了方才一直悶在心裡的不滿。「不過拓也，你寫那個錯誤訊息是怎樣？」

「什麼怎樣？」

「就是確認ＢＩＯＳ版本的那個訊息呀！你真是有夠可惡！」

「確認ＢＩＯＳ版本的訊息？」他歪起了頭想了一下。「喔！你說那個呀？那個部分是你負責的吧？三年前的那個時候……」

「咦？」此刻我的心情彷彿踩到了香蕉皮而滑了一跤。「是這樣嗎？」

好像真的是如此。

拓也撇起了一邊的嘴角笑道：

「看看你的蠢樣！豬頭！」

拓也轉眼間便完成了軟體方面的收尾工作。儘管必要的檔案全都在他的電腦裡面，不過幾個小時就把這些部分全處理掉還眞的只能用神速來形容。

「這種東西簡單啦。」他一派輕鬆地說道：「知道自己該做什麼事，剩下的就只有動手而已了。最難的部分是在於決定要怎麼做。」

正是如此。他的想法跟我不謀而合。

我正在爲馬達做最後的調整，先利用搬過來的發電機幫電池蓄電，然後接上幫浦將燃料灌進油箱裡面。現在回想起來，這裡竟然有大量的煤油被棄置了好幾年，眞是危險……發電機跟幫浦的震動集合成了嘈雜噪音，讓我整個人充滿了幹勁；心中湧出了一股躍動的情緒，一種生命力。

外頭的天色慢慢地亮起，太陽馬上就要浮出地平線。

我進入了駕駛艙開始確認顯示螢幕還有各個開關，然後踩著踏板確認方向舵的狀況，同時交互活動著高升力裝置還有輔助翼。制動器傳來悅耳的聲音。

行了！

薇拉希拉大功告成……

我握住了操作桿，呈現茫然狀態。

忽然間駕駛艙的下方傳來拓也的聲音。

「浩紀，你過來一下。」

「什麼事？」我聞聲而探出頭來看向拓也那邊。

「津輕海峽的交戰狀況推想已經出來了。」

我從飛機上下來，朝著拓也面前的那張桌子旁邊走去。

「大概跟我們預想的一樣。」

他的筆記型電腦上映出了青森至北海道間以津輕海峽爲主的地圖，我站在拓也的背後看著螢幕上的資料。這張圖上出示著各個地點上戰力配置的百分比。

「前線大約落在北緯四十二度左右……」看來美日聯軍還有聯邦國兩邊都預測會在海上交鋒。「蝦夷陸上，特別是塔的周圍，幾乎呈現沒有防備的狀態。」

「這是因爲那個地區幾乎都被塔的運作給侵蝕掉的關係吧……」拓也解釋完之後開口對我問道：「你怎麼打算？」

「這個嘛……」我稍微思考了一下之後伸手指向筆記型電腦的螢幕。「在飛越海峽的過程中以噴射引擎採取超低空飛行……等到穿過飛越北緯四十五度的交鋒線，然後在這座山脈一帶提高高度，做巡航飛行。你看這個策略怎麼樣？」

「嗯……不過這麼一來會直接進入到空戰地帶呢！」

「對。」

「都已經這個時候了，要是被打下來，那一切可就都玩完了喔。你這樣沒問題嗎？」

「開戰前其實警戒會比較嚴密，這時候不能飛吧？我們終究只能在別人忙著打仗的時候趁亂飛過空戰地帶，除此之外別無他法了不是？」

「是沒有。」拓也毫不猶豫地答道：「不過你看來眞的已經做好心理準備了。」

「也許是因爲麻痺了吧！」

拓也操作著電腦，秀出了另外一個畫面。

「等你飛到塔那裡去，澤渡醒來之後，塔周圍的拓撲變換會再度啓動。這時候你得要馬上掉頭飛離那個地方，然後在距離塔十公尺的位置發射導彈。飛彈射出之後就會自動導航以塔爲目標飛去……接著一切就結束了。」

「嗯，我知道了。」

拓也將椅子朝後方退了一步，然後轉過頭看向聚光燈下的薇拉希拉。從這個角度，他可以將整架完工的機體形貌盡收眼底。

「距離開戰還有兩個小時，我們比預定得來得早完工呢！」他說。

我望著薇拉希拉，然後仔細地檢視著它的每一個部位。我花費在它每一塊機件上的苦心此時正在我的心中沸騰。儘管遲了許久，我們終於一步一步地將要實現彼此對自己許下的約定。剩下來該做的，就是完成我們跟佐由理之間的約定而已了。

突然間，一陣奇妙的異樣感竄上了我的心頭。

「這東西長得還眞是怪呀！一般人看到它，大概都會問『要是不能順利起飛的話怎麼辦』吧。不過，我倒是從來不曾有過這樣的想法。」

拓也聽了率性地答道：

「它是我們以能夠飛行爲前提而製作的，當然能飛囉！」

「聽到你這麼說，我就覺得一切都沒問題了。」

「你明明從來就不覺得它會出問題，還畫蛇添足加上這麼一句幹嘛？」

沒錯，「以能夠飛行爲前提而製作的，當然能飛囉！」沒有比這一句話更貼切的了。

我從沒想過我們製作的飛機也許飛不起來，當然也不可能飛不起來。

所謂的力量就是這麼回事——無所懼。

「浩紀，你我可以問你一件事嗎？我不知道這種疑問到底是來自於天馬行空的想像，還是直覺……」

「什麼直覺？」

「你該不會學過小提琴吧？」

「真給我說中了呀？」拓也嗤嗤地笑道。

我心不甘情不願地拿起了佐由理的小提琴開始調音。

令人難以置信地，這把小提琴幾乎沒有走音，而且音色非常棒。調音的工作一下子便完成了。這把小提琴也一直留在這裡，停留在三年前的時空……

拓也坐到地上。暖爐置在他的身旁。我站在薇拉希拉跟拓也的中間，面對著薇拉希拉開始確認小提琴的音階。

「面對我拉啦！」

「你囉唆！」

我轉過頭，看到的是拓也一臉爽朗而愉悅的表情。

「要給你拍手嗎？」

「你閉上嘴安靜聽啦！」

有那麼一瞬間，笑容中絲毫沒有芥蒂的拓也在我的眼裡，跟他三年前的模樣兩相重疊。

我深深地吸了一口氣，然後呼出來，然後背對著薇拉希拉開始拉起了我手中那把小提琴。

第一首曲子是「向星星祈願」，是一簡單而好聽的曲子。我很喜歡。這首曲子讓我抓住了佐由理的小提琴音色方面的獨特性。不過這還是我第一次用有共鳴箱的小提琴演奏。

在「向星星祈願」之後我又拉了幾首流行音樂。因為我平常多半都會收聽廣播，所以對於流行音樂其實相當熟悉。然後我又拉了一首古典英國搖滾。

接著是薩蒂的「天空前奏曲」。我之所以會選這首歌是因為它的曲名，這是一首讓人心情雀躍得靜不下來的曲子，跟現在這個嘈雜的心情十分吻合。

到了這裡，我忽然有一首想拉的曲子，於是轉而選了一首爵士小提琴曲。琴弓拉出來的第一個音符便帶動了當下的氣氛瞬間改變。接著一陣複雜的旋律，我感受到自己的手指頭快速地舞動，頓時湧上了一種暢快的感受。

我拉得忘我。

直接由共鳴箱發出來的聲音相當悅耳，小提琴的每個部位一起作用而發聲。聲波迴盪在整個空間裡面，夾著小提琴的下顎也直接地將音符傳入了我的腦海之中。

我成了曲子的一部分。

最後收尾的是那首曲子。佐由理曾經演奏過的那首曲子——「來自遠方的呼喚」。

這首曲子我至今拉過無數次。不知何時開始，我已經拉得比佐由理還要好上許多。我可以完美地詮釋其中的每一個音符。然而這樣的結果卻讓我覺得有些落寞。

不過為什麼呢？此時我手中的旋律卻彷彿第一次聽到。

「來自遠方的呼喚」……這是這麼動聽的一首小提琴曲嗎？

屋簷、牆壁，停機棚內的四處的縫隙透出了陽光。儘管距離太陽攀升上天空還有一段時間，不過此時外頭應該已經有些明亮。

拓也臉上忽然顯得有些焦躁。此時的我，尚不知他過去三年究竟發生了什麼事。

佐由理依舊躺在沙發上沉睡著。我忽然想起了過去三人共同在外頭那片草原上漫步的模樣，佐由理背著她的小提琴琴箱，走在我跟拓也的前面。她不時回過頭看我們，臉上帶著一臉愉悅的神情。

佐由理曾說，她有種一切將要消失的預感。

現在這個時候，這樣的預感也同樣湧上了我的心頭。

我拉著小提琴，然後閉上了眼睛……

停機棚的外頭此刻一定下起了雪。

細雪中的廢車站月台、細雪中的車站建築、風化而殘破不堪，卻從四處透進晨曦光輝的陸橋……

我想像著停機棚外的景致。

真美。

太美了。

我深愛著這一切。

下一刻我們聽到了宣戰布告的第一手報導。

8

我們將佐由理搬上了薇拉希拉的駕駛艙後座，並且幫她綁上了安全帶。我跟拓也用盡了力氣一起把薇拉希拉從停機棚中推了出來。打從開始建造這架飛機的工程，我們就始終都在板車上作業。而這輛板車也是一開始就搬到了外頭連進停機棚內的鐵軌上。因爲這個預先就設想到的製作準備，讓我們最後移動的工作輕鬆不少。而在開始建造之前，我們就已經計畫好讓這架板車當成飛機起飛的彈射裝置了。

我們將停機棚的大門完全敞開，讓飛機整個暴露在黎明前的夜霧中。

我們推著薇拉希拉沿著鐵軌移動，同時抬頭仰望著天空。在地平線邊緣的天色是偏橙的紅色，而天頂的部分幾乎還是夜色未褪的深灰色。

我們在軌道交換器的地方扳過了手把，改變了鐵路的連接方式，接著將薇拉希拉推到了預定的直線起降跑道起始處並固定板車的輪子。

我上半身鑽進了駕駛艙，啓動引擎的點火器。薇拉希拉的引擎在此刻獲得了生命，噴射引擎尖銳的音爆揚起了機尾後方的空氣強烈的震盪。這種讓人振奮不已的異樣感甚至讓我期待著佐由理會不會早一步在這個階段就從夢中清醒。

這段時間裡，我跟拓也沒有什麼交談。我們從不會說些言不及義的話來維繫彼此之間的默契，這不是我們兩個人相處時的習慣。

我坐進了駕駛艙，前座不像佐由理坐的後座有椅背可以靠。其實前座本來也有椅背的設計，不過我們爲了將後座的輸入設備全部集中移到前座而把它拆掉了。沒有椅背最大的問題是在起飛過程中面對G力的時候，我可能比較沒有辦法穩定身體的姿勢。

不過，這個缺陷倒也讓我可以回過頭就看見佐由理。

我跟拓也在起飛前默默地再看了一次佐由理的容貌。我是直接轉過頭面向她，拓也則是爬上駕駛艙用的階梯。

一會兒之後拓也幫我關上了滑動式的擋風玻璃，然後下了階梯離開了飛機。接著他只是靜靜地看著我們，沒有特別做些多餘的手勢或要我們出發。

我轉頭面向前方，看著直直朝著北方延伸的起降跑道。

在這條鐵軌的彼方，那座高塔便聳立在海峽對岸的島嶼上。

這時的津輕海峽上已經可以斷斷續續地看到幾盞明滅交錯的火光。一定是雙方已經開始交戰了。

我抬頭往上看去，美日聯軍的戰鬥機編隊劃過了天空，留下宛如爪痕一般的飛機雲揚長而去。我已無法分辨身上的震動究竟是來引擎引起的，還是我緊張的情緒使然。

我耐著瞬間竄上心頭的痲痺感，同時將操作桿向後拉動。噴射引擎的音頻順勢上揚。

這時我開口給了自己一個必備的指示。

「起飛！」

我的聲音在引擎的音爆中完全聽不見。

板車的安全鎖解除，噴射引擎的力量在解放的瞬間發出了咆哮。

我彷彿置身在雲霄飛車高速駛進迴旋道的過程中。由於前座沒有椅背，我於是將身體大幅度地前傾。前方的景物在瞬間來到了眼前，然後被薇拉希拉拋到了身後。視線中的一切急遽地以放射狀的方式消失在視界的邊緣。我讓薇拉希拉帶起了一陣高速，視界變得狹隘，同時身體也在這陣高速之中不斷地被壓向後方。

原野邊的山岬來到了眼前。

我使勁地握住了右邊的操作桿。機體下方傳來一陣衝擊，這是用以分離板車與機體之間的爆破裝置使然。

我的直覺告訴我飛機已經離開陸地。薇拉希拉脫離了鐵軌開始航行在透明的空氣軌道。瞬間，心理上一種強烈的退縮感化成了具像的觸覺侵入我的大腦。

山峰的稜線沉入了視線下方，雲層也同時從視線上方潛了下來。強烈的風壓衝擊著駕駛艙前的擋風玻璃。

「也許我再也沒有機會回到這個地方了也說不定……」這種類似捨棄希望的解放包覆著我的全身。

我在天空中遨翔。

坐在噴射機上飛航的感受幾乎與優雅二字無緣，我極力地抵抗機體航行中的強烈震盪。身體在強烈的力道中拉扯。劇烈的震盪撼動了我的內臟，讓我幾乎要吐了出來。飛航中的我不禁要擔心腦漿會不會就這麼被震碎。其中最爲難受的則是視線的晃動，我在雙手幾乎麻痺的觸覺中緊緊握住操作桿。

用力地握住操作桿其實反而會讓機體的震盪更紮實地傳達到我的手上，然而我卻非得這麼做不可。飛機可能就此解體的恐懼感侵襲著我，駕駛艙跟擋風玻璃之間的接縫傳出了喀嗟喀嗟的聲響。這讓我不禁開始懷疑自己是不是有哪些地方做得不夠紮實，然後薇拉希拉的航程便會在那個偷工減料的地方開始解體而結束。我拼命地壓抑腦中想要拉回操作桿掉頭回去的衝動，讓薇拉希拉持續地全速飛行。陸地已經消失，廣闊無盡的海洋橫在視線的下方。

到海上了……

我多花了一點時間才察覺到飛機已經離開了本州，海面上瀰漫著一片霧氣。

——我得飛過這片海峽！

強烈的寄望讓我將操作桿前傾。薇拉希拉壓低了高度，在貼近海面的距離低空飛行。我不禁懷疑起了海面的浪花是否會打到飛機的機腹。儘管我無法回頭，但由於飛機飛航時的眞空效應，後方肯定揚起了一陣陣的波濤。來自海面的反作用力讓薇拉希拉機首不斷地上揚。我使勁地不讓飛機減速，並且壓低機首。這個動作讓我的身體自然前傾。

海面揚起的水蒸氣打濕了飛機的外殼。我看著前面，遠方出現了許許多多的黑色船艦身影。儘管此時它們在視線中因距離而顯得渺小，但其實應該都是大型的戰鬥艦。在那些艦艇的空域各方的火線不斷交錯。數道連續的火光朝著天空畫出了斜斜的直線。那不是機關砲就是固定式火箭發射器射出的飛彈。然而望向遠方，那不過就像是沖天炮一般的規模而已。我根據螢幕指示出來的路線，避開了戰區。

在不祥的預感驅使下我抬頭望向天空。上方正進行著一場近距離的空戰。

灰色與海軍藍的兩架戰鬥機持續著空中追逐，其餘的數架則像是夏天的蒼蠅一般竄來竄去。我不禁縮起了脖子，好像還喃喃地發出了一點聲音。

薇拉希拉的雷達隱密性非常好，只要沒有被肉眼搜尋到，就不會被發現。再說他們大概也沒有任何一架飛機有餘力注意低空飛行的薇拉希拉。

我試圖這麼安慰自己。

天空中有兩架飛機垂直朝下方飛來；F—23的後方尾隨著一架一架米格機。F—23在我的正前方急遽地掉頭攀升，米格機亦尾隨而去。下一個瞬間，米格機射出了空對空飛彈。這個情景有如一隻肉食性的魚類鎖定眼前的一隻食物，一口氣衝了出去一般。

在飛彈擊中之前，那隻肉食性魚類的獵物幾度拍動了方向舵，像極了動物臨死前的掙扎。這架F—23在我行進的路線上爆炸，那是極爲強力的爆炸，凝縮得緊密的黑煙彷彿帶著固體的紮實觸感。

我閃躲著散落而來的飛機殘骸，細小的破片依舊打在薇拉希拉的身上發出了聲響。

此時機首彷彿撞到了什麼東西。

擋風玻璃染上整片的鮮紅色。我察覺到飛機撞到了某種軟質的物體，讓我瞬間揚起了一陣哀鳴。

我瞇起了眼睛，身體因戰慄而顫抖。然而我依舊沒有鬆開手中的操作桿。我不顧一切地繼續飛行。風壓驅散了擋風玻璃上的紅色液體，前方的景物此時再度映入了我的視線之中。儘管擋風玻璃上的血痕已然全部消失，我慌亂的氣息卻無法平復。

我揚起了一陣毫無意義的嘶吼。在這陣號叫之中我抬起了頭。

一個令人感到親切的景物映入了我的眼簾。

「陸地！」

我喃喃自語的同時，薇拉希拉已經離開了海峽，進入了北海道的土地上。

我拉起了操作桿，將操作桿固定在揚起機首的角度而放空了自己的意識。在一種虔敬的心情下，我注視著大氣的流動。

薇拉希拉穿過了雲層，飛到了距離地面極高的空域。它浮出了雲端。

我終於來到了世界的盡頭。

此刻我置身在整片天藍色的世界。我喜歡藍色。如果這個世界是由某位設計師從頭到尾統合規劃出來的，那麼這位設計師在藍天中鋪設了白雲的想法眞可以說是天才。海面上的霧氣與白煙已然消失，包圍著我的僅僅只有透明澄澈的空氣而已。

我關掉了引擎的油門，噴射引擎的音爆與機體的震盪隨之消失。

同時間我握住了控制超導引擎的啓動手把。解除安全鎖的同時我緩緩地將手把上提。

這時候，一片橫在駕駛艙上方的水平刃狀物分成了前後兩半。它原先的模樣乍看之下有如薇拉希拉的主翼，但其實跟飛機的揚力作用毫無關連。前後兩塊水平的刃狀物分別以兩道各自的軸心做出了些微的傾斜，然後在我的面前一前一後地開始以順時針及逆時針的方向旋轉。

那是兩道螺旋槳，這時候代替了噴射引擎成爲薇拉希拉的飛航動力。

我早就想這麼做了。

兩道螺旋槳以兩種不同的方向快速迴旋，它們帶動了大氣的流動將氣流往飛機後方撥送。超導馬達的聲音幾乎傳不到機首。若非豎耳傾聽，完全不會注意到馬達的聲音。

它非常安靜。我遨遊在這片令人心曠神怡的藍天之中。

只要稍微瞥過眼睛，我便可以看到下方的世界。底下空無一物。在這搆不到地表的高空，下面除了透明的空氣之外什麼也沒有。儘管這對現在的我來說根本是理所當然的事情，然而一旦肉眼確認過之後卻會在心理上出現些許的恐慌。這裡跟蝦夷島的土地之間有一段很大的高度差，看起來就跟空中攝影一模一樣。腳底下什麼也沒有，方向舵踏板上的雙腳傳來一陣不寒而慄的感覺。我整個人倚靠的這張椅子底下，什麼也沒有。

這樣的事實讓我瞬間不知所措而連忙回頭。我看到佐由理的胸部在呼吸間大幅度地起伏，耳邊清楚地傳來她的呼吸聲。這個景象讓我平復了我的緊張情緒。我呼了一口氣。爲什麼呢？只要知道自己現在不是一個人便可以安心……

我在螢幕中叫出了地圖確認現在的位置。

雙手交替鬆開操作桿，在牛仔褲上拭去掌心的汗水之後又握了上去。然後我將操作桿緩緩地向右推。薇拉希拉也同時做出了反應而向右傾斜。在傾斜中我向後拉回了方向桿揚起機首改變行進方向。

聯邦國的高塔就聳立在機首的方向。
塔就近在眼前。這個距離讓人不禁想要伸手抓住它。
是塔！

那座高塔傳來強烈的壓迫感，瞬間湧出的情緒讓我完全無法保持平靜。它比我想像中要來得更爲巨大。塔周圍的地表就如同拓也給我看的那張空中攝影一般，劃出了一個漆黑的圓形拓撲空間。薇拉希拉此刻飛進了那個區域上空。在這塊深邃的黑色空間上方，我筆直地朝著高塔飛去。

我來到塔前。它非常巨大。

在遠方無法判別，靠近之後才得以看到這座塔四角形柱的外觀。不過它的四個角都被削掉了，所以正確來說應該是八角柱狀。塔的表面全部都做了鏡面處理，清楚地映照出了天空還有浮雲。

一股情緒湧出了喉嚨梗住了呼吸，鼻腔一陣刺激讓我低下了頭。眼眶中的淚水在我低頭的同時順著臉龐滑落。我咬著牙試圖強忍住接下來的眼淚，然而眼眶中的淚水卻宛如決堤一般不斷地湧出。

怎麼回事？

這是怎麼回事？

塔就在眼前。

我飛在塔的前方。

我將操作桿向左傾，繞著塔飛行。幾次迴旋之後，薇拉希拉再次飛進了塔的陰影處。光線變得昏暗。而塔面上的倒影卻在這個時候變得清晰，清楚地映照出了藍天白雲，還有薇拉希拉白色的身影。飛出了塔的陰影，塔面變成一片皚然的白色，駕駛艙內的各處此刻也反射著陽光而呼應著塔的顏色。我的意識被整片的白色光線所覆蓋。飛機繞著塔繼續迴旋，我飛進塔的陰影，飛進了倒影橫在上方的空間，然後飛出了陽光下。一會兒之後薇拉希拉再次爲陰影所覆蓋……

飛機劃著螺旋緩緩向塔頂攀升。每次飛進塔映出倒影的空間我便可以看到鏡中的自己。飛機已經上升到了極限，然而塔卻依舊向上延伸。薇拉希拉的擋風玻璃無法看清楚頭頂上的景物，我於是揚起了機首，從擋風玻璃的前側觀看上空的景致。從這個地方仍舊看不見塔頂。塔朝著天空持續延伸，兩側的輪廓在遠方的消失點交會，然後不見。

我想就這麼永遠在塔的周圍持續迴旋。這樣的感受大概一輩子也不會嫌膩吧。

我也想讓拓也嘗試一下這樣的感受，還有佐由理也是……

「佐由理！」

我不禁喚起了她的名字同時回過頭。

她依舊靜靜地沉睡著。

她是否處在褐色的螺旋狀塔群中眺望著薇拉希拉白色的雙翼？

我們到了，佐由理。

這是屬於妳的地方……

「佐由理……」

我叫著她的名字。

「這是我們約好要帶妳來的地方呀！」

佐由理不理會我的叫喚。我鬆開了在油門上的左手，並疊放到握著操作桿的右手上。我閉起了眼睛，同時暗自開始禱告。

「神啊……」

我呼喚著至高無上的存在。過去我從沒有對任何一種宗教產生過認同，然而面對這片藍色天空，還有這座白色的巨塔，我以這輩子從未有過的虔誠之心禱告。

我自然地以「神」稱呼這個至高無上的存在，然而即使不是神也沒關係，我對著超越自然萬物的力量禱告。祂在我的心中化成了巨大的形貌，比起眼前這座塔更爲巨大。祂化成了這個水藍色的星球，再從這個星球變成了深邃的宇宙；我看到一個巨大的齒輪規律地操作著爲數衆多的巨型天體。齒輪發出了喀喀地聲音轉動著，同時更進一步推動了宇宙背面的另外一個宇宙。

我對著腦中的一切禱告。我的禱告化成了方尖碑，刺穿了複數的平行宇宙。

塔……

「拜託祢，請讓佐由理從睡夢中醒來……」

薇拉希拉持續地繞著塔迴旋打轉。塔的外牆映出了天空、雲彩還有薇拉希拉的身影。塔的牆面、塔的角、雲、天空、薇拉希拉……

我忽然間覺得頭暈……

塔的牆面上映出的薇拉希拉改變了方向，筆直地朝著我而來。

薇拉希拉的倒影占據了我所有的視線。

白色……一片白色的景致將我包圍。

我，連同薇拉希拉，一起被吸入了塔的內側。

＊

接下來要寫的內容是距離前一段故事結束許久之後我才回憶起來的事情。

在多年以後，因爲某個契機，使得之後的這段故事彷彿掙脫了布滿鐵鏽的枷鎖再次甦醒過來一般，出現在我的記憶中。

它能否說是我的親身經歷其實我不敢斷定，因爲在這段經歷結束的那一瞬間，我便將它完全給遺忘了。

我飛在褪了色的天空之中，這片天空的顏色彷彿經過長時間日曬而顯得黝黑的膚色。它的顏色跟我住了三年的宿舍牆壁有些類似。

這裡有無數的塔群林立。這些塔跟蝦夷島上的巨塔流線的外型不同，每一座塔的模樣都呈現複雜的扭曲。塔群的材質彷彿素燒風乾的瓦礫。然而這些塔群的外觀上完全看不到接縫，都是一體成形的模樣。每座塔的表面都以紅色的顏料畫出了複雜的圖樣。

空氣中飄盪著一股密閉藏書閣中的霉味。

這些塔群一座一座逐漸失去了色彩。它們逐漸變成全影像一般的半透明狀態，然後慢慢地消失。彷彿這些塔群原本就只是幻影一般，此刻它們將回歸到原本不存在的事實。

我不知道何時開始已經脫離了薇拉希拉的駕駛艙。我不存在於眼前的這個世界之中。此時的我與佐由理合而爲一，我既是我，也是佐由理。多重的夢境彼此交錯，這些塔群也開始融合成爲一體。這裡是塔群匯集之處，是平行世界的交會點。所有的平行世界都是人們的夢，這裡是每個人夢境交會的特殊空間。在這個一切夢境的源頭，我跟佐由理的靈魂處在同一個容器之中，我是佐由理，佐由理也是我。所以我能夠完全明白她的一切。

佐由理站在其中一座塔頂。

她看著顏色逐漸消逝的天空中，那一對前後以不同方向迴旋的翅膀。

她喃喃道出了那雙羽翼的名字。

「那是……薇拉希拉……」

一種清醒的預感竄上了我的心頭。

快了……

塔群消逝的速度加快，它們逐漸失去了顏色，變成半透明、透明，然後不見。

「夢消失了……啊，原來如此……」

一種豁然開朗的感覺。

「我知道接下來什麼東西將會消失……」

那是……

「這種感受，現在這種感受……」

那是……

「……不要！」

清醒的預感忽然被逼退。

拒絕！拒絕！

這副軀體用全身的力量排斥方才竄上心頭的那種感受。消失的塔再次漆上了原有的色彩。土壤般的褐色，那有如土壤烘烤之後的顏色逐漸變得厚實……

「佐由理！」我出聲叫道，聲音中帶著強烈制止這種行爲的意圖。

——不可以這樣！

這種想法同時在我跟佐由理的心中浮現。排斥這種感受的人是我。若是我將會從此失去現在與佐由理同化的感受，我便不想從這樣的夢中清醒。我不想離開這個夢中，不要！

「為什麼？浩紀來找我了呀！在這個夢中，我能夠理解浩紀的一切。除了這個我什麼都不要。我不想失去現在這個夢……」佐由理的意識開口說道：「這個夢裡雖然什麼都沒有，但對我而言它卻是我的一切。只要浩紀願意留下來陪我，那我就要永遠待在這裡。」

她的意識中帶著些許的哀愁。這同時也是我的心聲……

「我一直都是孤獨的一個人，在我被關進這個夢裡之前，我一直都是孤獨的。明明外頭的世界是如此美麗，但是那些美麗的事物，還有幸福與愉悅的感受，卻永遠都不會來到我的身邊。」

「所以我曾經想過外頭的世界是不是哪裡不對勁，也許那個世界並不是眞實的；除了那個世界之外，其他一定還有某個不會讓我覺得孤單的世界存在。所以也許我曾經希望能夠把外頭的世界抽換成另外一個不會讓我覺得孤單的世界……」

「浩紀，這裡什麼樣的夢都有，所以我不想回到原來的世界。我們到別的地方去吧？」

這個世界中所有的塔開始一齊唱出了宏亮的歌聲。

佐由理聽從蝦夷島上那座高塔的指示，而那座高塔則努力地想要完成佐由理的願望。她掌控著「現實」。這裡的其中一座塔顏色急遽地變得鮮豔，同時開始發光。那座塔的塔頂開始發出了光芒，這道刺眼光芒變得愈趨強烈。

白色的光芒覆蓋了整個視界。

「現實」在這陣光芒中被另一個世界所覆蓋。

這個新的「現實」跟我與佐由理過去所生活的那個世界幾乎沒什麼兩樣。也就是說，兩者之間只有細微的差異。

在這個新的現實之中，日本並沒有被美國與聯邦國切割成南北兩個區塊。實際上在這個世界中，擁有廣大領土的聯邦國根本從來不曾出現過。儘管以俄羅斯爲中心的共產主義邦聯曾經存在過，然而在這個世界中早就已經瓦解。北海道無論過去或現在始終都是日本的領土，日本也從沒有因爲戰爭而被迫相隔兩地的親人。岡部社長與他的太太也始終生活在一起，當我去蝦夷工廠玩的時候，社長夫人爲我端了茶水出來。所謂的日本國家鐵路局已經不存在。這個機構已經民營化，分割之後取了JR這個言不及義的名字。虧損的鐵路線難逃停駛的命運，所幸津輕線鐵路依舊持續經營著。我最愛從這條鐵路上眺望津輕半島的田園風光了。我從車廂內透過窗戶看著眼前的這片景色。當然，無論朝哪裡看去，那座塔也從來不曾存在過。我在絲毫不曾受到塔的刺激之下揮別了我的少年時光。

我跟拓也還有佐由理來到了那個廢車站旁，正處於夏日風光的美麗山丘上。我們在這裡製作飛機。

那是帶有螺旋槳的水上飛機。

複座式駕駛艙中我坐在前面，拓也坐在後面。螺旋槳迴旋帶動了飛機，浮筒一躍飛離了水面。

佐由理興奮地沿著湖岸追著我們奔跑。

這裡沒有任何人是疏離的。不幸的際遇不曾出現在任何人的身上。

這裡沒有那座高塔。

佐由理也從來不曾陷入長期的睡眠之中。

飛機遨翔在天空之中。

我、拓也、佐由理，我們三人將永遠相處在一起。我不會去什麼東京，拓也也不再需要進入什麼軍事大學。

所以……我不會遇到理佳，拓也也不會遇見笠原眞希……

「不對，佐由理！」

我躍下了水上飛機，脫下安全帽，同時筆直地朝著佐由理那頭奔去。

我站在佐由理的面前。我們置身在土褐色的塔頂。天空的顏色充滿了雜質，彷彿大理石的花紋一般帶著條狀的異樣色彩。佐由理緊握的雙手縮在自己的胸前。每當她試圖忍耐讓她覺得難受的事，還有空虛寂寞的心靈，她都會出現這樣的動作。

白色的薇拉希拉不聲不響地繞行在我跟佐由理的上空。由於它迴旋時必須側著機體，所以它光滑的正面總是對著我們。它以我跟佐由理爲中心，畫出了一道又一道的圓圈。

「我知道妳心中的痛苦。」我說：「而妳也知道我的痛苦。這樣的彼此相知不是才有價值嗎？是吧？因爲這些痛苦全都是我們的一部份，不論悲哀或不幸都是。所以心靈的傷痛，或者是被傷害的事實都不可以當作從來沒有發生過。過去所受到的傷痛也不能就這麼輕易地忘懷。因爲，這些都是促使我來到妳身邊的力量呀。」

「可是……」

「被忘記是一種很可悲的事……不是嗎，佐由理？」

「可是！」佐由理激動地駁斥這樣的說法。「要是我醒來，我就會忘記這種感覺了！我會忘記你對我是多麼地了解，我也會忘記你在想什麼的這種感覺。我所要求的只是我們彼此理解，彼此都將對方當成自己的一部分……我所要求的就只有這樣而已！可是一旦我醒來，這些就會全部消失了。我只渴望你的這種心情只有在這個夢裡可以續存，而你醒來之後也就不再會認爲我就是你的一切了！」

「但是這畢竟是夢呀！」

「你怎麼這麼說……」

「佐由理，妳自己應該也很清楚。我就是妳，所以我想妳應該要從這場夢中醒來……」

「可是……」

「沒問題的。」我對佐由理示以一個微笑。「接下來的所有事情都可以迎刃而解的……妳不要擔心。」

佐由理周圍的塔群一個接一個地消失在這片天空下。這並非方才那種逐漸變得透明的消失方式。這些塔群，在瞬間化成了發光的塵埃而一下子潰散。」

「不過神呀，拜託祢……」

佐由理站在此刻僅存的一座塔頂道出了她的祈願。

「拜託祢，不要讓我忘記此刻這樣的心情，哪怕只是在我甦醒之後的短暫瞬間也罷……」

薇拉希拉做出了一個大幅度的迴旋然後朝著我的方向飛來。

「拜託祢，我一定得告訴浩紀，我們兩人的心靈藉由夢境的聯繫究竟是多麼特別……我得告訴他，在這個杳無人煙的世界裡，我多麼渴望能夠與他接觸，而他又是多麼盼望能夠找到我……拜託祢！」

那架白色的薇拉希拉，上面有我的身影。

「我必須告訴他，我究竟有多麼愛他。只要我可以告訴他這件事，其他的我別無所求……」

薇拉希拉占據了這個容器的視線。

「所以就算是短暫的瞬間也好……」

眼前一片皚然的白色。

「請讓我記住這樣的心情！」

在佐由理的聲音中，我忘記了薇拉希拉撞進那座白色巨塔之後發生的一切。

*

「神啊……」我祈禱著。「拜託祢讓佐由理從睡眠中清醒……」

薇拉希拉依舊繞行著表面有如一整片鏡子的高塔持續迴旋。塔的表面映出了蔚藍天空的倒影。躲在白色的雲朵身後的朝陽透出了光芒，強烈的光線打在佐由理的臉上。

我感受到一種類似膽怯的預兆。

將操作桿鎖住後，我轉身看著後座的佐由理。我的眼中只有這個少女。

強烈的朝陽彷彿要將她給融化。

她慢慢地，慢慢地張開眼睛。

我也圓睜著雙眼。

心臟在一張一收的脈動之間短暫地靜止。

我朝佐由理伸出了手，指尖輕觸了佐由理的臉頰。中指的指尖傳來柔嫩的觸感。

「佐由理。」

高塔從塔芯射出了光芒。那是有如刀刃一般銳利的強光，帶著一種凶猛的氣勢。

「藤澤……」

整座高塔包圍在一陣強光之中。這陣光芒一刻比一刻更爲強烈，無邊無際地向外蔓延。隨後一陣衝擊席捲而來。這陣衝擊並沒有影響到薇拉希拉，不過空氣的質感明顯地改變。

塔甦醒了。

我沒有將注意力放在那座塔上，只是專心地注視著佐由理。她臉頰上的肌肉微微地收縮，瞳孔也跟著適應此刻的光線而調整。她的指尖、呼吸，我看著她每一個細小的動作。

地上的黑影變得更爲深邃。

這座白色的巨塔從沒有一刻停止增強身上的光輝。緊接著，宛如銀河一般的光點畫出了弧線，以螺旋狀的軌跡攀上了整個塔身。

我感受到那塊黑色的區域開始快速地侵蝕周圍的地表。另一個有別於「現實」的宇宙從塔的根部鑽了出來。山脈倒塌，大地崩裂，「它」的勢力範圍逐漸擴張。

北海道的土地正逐漸地遭到這塊島嶼中心產生的虛空所吞噬，然後一點一點消失。

大概最後整個世界也都會成爲「它」的食糧吧。

我們注視著附近的一切在塔的鳴動之中消逝。

我的手依舊放在佐由理的臉頰上。她眞的回來了嗎？我對此感到不安。我不知道這三年的沉睡對於她的意識究竟會造成多大的影響，也不知道她是不是還會記得我。

「佐由理……」我呼喚著她的名字。

一瞬間，她發出了嗚咽，隨後眼淚便決堤般不斷地從她的眼眶滑落。她的臉頰很快就全濕了，彷彿一輩子的眼淚都在此刻宣洩出來。

「我……」

佐由理抓住了我的手。

「我有一件事非得告訴你不可……那件事非常重要……」

她使勁地緊握著我的右手，彷彿不這麼做我就會消失一般……然而我卻無法從她用盡力氣的模樣中感受到多麼強勁的力道。她似乎使不出什麼力氣。

「可是我忘記了……」

她的胸口跟肩膀不斷地顫抖。我聽見她的啜泣。哭聲沒有停頓，眼淚也不停地滑落。

「我忘記了……」

佐由理哭著覆述了一次同樣的字句。她藉此苛責自己，然後彷彿一個孩子般嚎啕大哭了起來。

「沒關係。」我說：「妳醒過來了，接下來的一切都會順利解決的，妳不用擔心……」

佐由理抬起頭。

薇拉希拉沒有發出任何聲音繼續遨翔在空中。我跟佐由理，在這雙羽翼的導航之下來到了約定的地方。

我露出了笑容。

「妳回來啦，佐由理？」

10

我壓低薇拉希拉的高度，底下的黑色區域逐漸擴大。我來到了夠低的地方之後收起了螺旋槳，將機體的推力換回噴射引擎。薇拉希拉背著塔，朝著南方飛去。此時飛機並沒有向來的時候一樣全速飛行。儘管我們現在很趕，但是我希望盡可能不要刺激到佐由理。

航行輔助系統通知我時候到了。在離塔十公里的地方警示音響了兩聲。此時我該做的就只有按下一個按鈕，這是易如反掌的工作。機腹的飛彈匣打開，一個紅色桶狀物從飛機上落下。

這顆導向飛彈在天空中維持了一秒的自由落體運動之後，尾部點上了火光拉出了一條帶狀的白煙。飛彈微微調整過方向之後畫出了一道弧線，朝著我們身後的那座高塔疾飛而去。

塔身發出了另外一道光芒，那是澄紅色的火光。爆炸後的火焰瞬間席捲了整座高塔。紅色的烈焰以彈著點為中心同時朝上下兩邊蔓延，整座塔變成了鮮豔的紅色。

一陣爆炸聲響之後衝擊波從後方襲來，我全力控制機身。就在這個時候，一陣幻覺似的記憶化成了影像出現在我的眼前。然而我卻不以為意，在腦中思考起了許許多多重要的事情。佐由理將她的額頭貼在我的背上，她抓著我的上衣，不斷低聲啜泣著。她彷彿手指頭使不出力一般，幾度重複揪著我衣服的動作。

我們飛入了海峽上空。兩方的戰鬥機持續在海上交鋒。船艦上的火砲依舊朝著天空畫出了橘色的直線。我們筆直穿過了這個戰區。身後那座高塔化成了火柱，終於在此刻露出了內部螺旋狀的結構，然後在強風吹襲之下倒塌。

那個黑色區域侵蝕地表的動作此現在應該已經停下來了吧。換句話說這個世界不會被吃掉了。但是對我而言更重要的意義是，佐由理不需要再次陷入長期的睡眠之中。

我們回到廢車站，四處找不著拓也的蹤影。

11

到此，我的故事算是結束了。

至少我想寫的部分在這邊全部寫完了。起初我並不想再繼續寫下去，不過看來不寫不行。因爲一旦起飛之後，就非得找到某個地方降落；無論是飛機、人，或者是文章都是如此。

拓也失去蹤影的是我先前已經提到過。接下來的十幾年間，我再也沒有跟他碰過面。五年前他寄了自己高中三年的日記給我。神經質的他，將日記裡高中三年以外的部分全部都用小刀割開拿掉了。那個包裹是從聯邦國寄過來的。

因爲某個契機，我跟笠原眞希碰過一次面。她可愛的臉龐跟燦爛笑容一定十分相稱。然而，在我跟她見面的過程中，她始終沒有笑過。我們彼此客氣地打了招呼，然後客氣地道別。她說她在那天之後也就再也沒有見過拓也了。

我跟水野理佳剛才聯絡過。她的手機沒開，所以我打了電話到她的家裡去。電話是她自己接的。

「我試著自己獨自去完成自己該做的事。」她說：「從那天開始我就一直在思考著，我應該要更紮實地接觸這個世界。我不該拜託別人成爲我跟這個世界的橋樑，而是應該要自己去面對自己的人生。」

她稍微沉思了一下之後又再度開口說道：

「不過讓我產生這種想法的人是你喔！我看到你之後覺得我應該也要自己去面對這個世界。我想我一輩子都不會忘記這件事。」

她向我道謝。其實該說謝謝的人是我才對。讓我找回自己的人正是理佳。她引導我走向重生的道路。

她掛了電話之後，我大概將話筒擺在耳邊五分鐘左右沒有放下，持續聽著裡頭傳來嘟嘟的聲音。一種難以釋懷的感受在我的心中揮之不去。這大概會成爲我一輩子討厭電話的契機吧。

我跟佐由理在這個失去了約定之地的世界中重新開始生活。

在回到青森來以前，大學入學測驗的結果出來了。第一志願的國立大學落榜，但是我考上了第二志願的私立學校。我回到東京整理了行李，然後離開了宿舍。接著我在大學註冊的同時申請休學，然後回到青森。我在青森跟佐由理展開了只有我們兩個人的獨居生活。

佐由理在三年的長眠之間，無論身體或是精神都變得非常虛弱。我們找不到她家人的蹤影，因此我必須守護佐由理，而我也不想讓其他人碰她。生活必須的花費方面我就不再詳述，總之都還過得去。我守護著她，幫助她調養身體，跟她說話，並且無時無刻將她擁在懷中。對我來說沒有比這些更爲重要的事了。

佐由理不記得自己在三年的沉眠之中做過的任何一個夢。

我們一起生活了兩年。

青森很冷，越是住在這裡，就越能深刻體會這裡的惡劣氣候。不過我有好長一段時間，對於這個「應該看得見那座塔」的風景有些無法適應。每當我在一片寬闊的土地上朝著北方看去，我總免不了歪著頭思索一下，然後偶爾不禁道出了狐疑的語氣，問著爲什麼會這樣？

第三年我帶著佐由理一起來到了東京。我到大學復學。

這時候她外表上已經恢復了健康。在我們剛開始一起生活的時候，她對於睡眠有著極度的恐慌。不過這樣的反應現在已經不再出現了。她變成一個只是睡眠方面有些不穩定的二十一歲普通女生。二十一歲……

不知道爲什麼，我始終對於她變成二十一歲這件事情有些無法適應。

我到了二十一歲，她當然也是這個年紀，這沒什麼好不可思議的。不過這個理所當然的事情卻讓我始終抱持著些許的奇妙感覺。我開始擁有足以被稱爲成人的能力。無論誰到了這個年紀都會如此，這沒有什麼好奇怪的。

不過到底是爲什麼呢？在她二十一歲的生日造訪的時候，我卻覺得這一刻不應該到來。

她愛著我。每當我回到家的時候，她一定都會在家裡等我。當我走進玄關她就會出來迎接，然後用她那微小的力氣抱著我不放。這個舉動彷彿是在確認某種無法用語言傳遞的意念，並且想將這樣的意念傳達給我。這時我都會用我的雙手摟住她的肩膀，然後陪她站在玄關直到她滿意爲止。

在這日復一日的生活中，佐由理只屬於我一個人。這對我來說就是所謂的幸福。而我也只屬於她，這是一種恬靜、安逸的幸福。過去她曾在電車中讓我的心湧起一陣宛如暴風雨般的情緒，如今已經不會再發生了。我們只是單純地努力塡補彼此的需求。

然而這樣的生活中我偶爾會因爲太過安逸而感到恐慌。這種反應也許是因爲我過去總是在命運的壓迫之下，不得不違背自我意志的生活方式。這種恐慌讓我在不知不覺中發現自己的心靈變得乾涸，就像一片逐漸融化的雪原……

每當我有這種心情的時候，我就會想要碰觸佐由理，想抱她，然後將臉貼到她烏黑的秀髮上。我失去了許許多多東西。現在我所擁有的，就只有佐由理而已。她是我手中唯一殘存的冰晶，我小心翼翼地呵護她，不要傷害她，然後將她放在我最珍惜的地方。

我們的生活中有過幾次奇妙的事情發生。

其中之一跟飛機有關。

一個禮拜天，我跟佐由理一起來到高圓寺的某座公園散步。天氣晴朗，公園裡相當熱鬧。我們漫步在林間的小徑，然後靠在水池邊的欄杆上看著烏龜游泳。之後我們坐在草坪上悠閒地享受陽光。

就在這個時候有三個看起來像是小學生的男孩在我們身旁玩起了紙飛機，其中一個男生做的飛機完全飛不起來。就算乘著風丟出去機首也會前傾，然後馬上落地。飛機掉到了我的身旁，我拾起了這架紙飛機。

「浩紀，你可以修好它嗎？」佐由理開口問道。

我想這架飛機應該是重心出了問題，但是此時的我已經不想再管任何跟飛機有關的事情了。我在美日聯軍與聯邦國開戰的那天之後就對飛機完全失去了興趣。該飛上天空的時刻已經過去了，現在的我是該停留在地面上的。我搖搖頭，然後打算將飛機還給那個男生。

這個時候佐由理從旁取走了飛機，然後看了看它。她仔細地審視過飛機的每一個角度之後取下了她頭上的髮夾夾到了飛機的機腹。她順著一陣風將飛機送了出去，飛機在空氣的流動之中，宛如原本寄宿在體內的靈魂復甦了一般流利地劃過了空中。

「妳眞行……」佐由理的做法讓我打從心底感到佩服。

她嚇了一跳，對於自己方才所做的事情露出了一臉難以置信的表情。她伸手抓著自己的腳尖，然後認眞地回想這一切的經過。

「爲什麼我會呢？」她喃喃自語道：「我根本從沒有折過紙飛機……」

另外一件事情跟一隻貓有關。

我們租的房子位在一棟五層樓的公寓一樓，門前有一個小小的庭院。這個庭園小到只要種幾株盆栽在足以將它完全塞滿。

秋初的時候，一隻貓來到了我們的院子裡。牠眼睛以上是灰色的，鼻梁跟臉頰是白色，是隻很小的小貓。大概是那年春天才剛出生吧。

我試著丟了一顆栗子給牠，牠嚇了一跳然後走近那顆栗子，聞了一下之後高興地吃了起來。那天開始，牠一天會到我們家兩次，漸漸不怕生之後便會從落地窗進到室內來。

佐由理很疼那隻貓，之後那隻貓便住在我們家裡不走了。雖然公寓禁止養寵物，不過我們沒有多加理會，就開始把牠當成了家裡的一分子。

那隻貓很黏佐由理，但是不知道爲什麼跟我不會特別親近。我彷彿感受到牠跟佐由理之間彼此培養出了什麼樣的關係。那隻貓常常會壓低身子，專注地盯著停在盆栽上的小蟲子看。而佐由理則面帶微笑地看著牠作勢就要撲上去的模樣。基本上貓通常抓不到會飛的蟲，所以她總是嗤嗤地笑著看著貓錯失蟲子的模樣。

大概兩個月之後，那隻貓離開了。

某天我跟佐由理來到附近的超級市場買東西。那隻貓不肯跟我們出來，加上我們去去頂多一個小時就回來了，我們於是將牠鎖在家裡。然而，我們回到家的時候貓卻不見了。房裡的門窗全都上了鎖，牠應該沒辦法跑出去的才對。我們在屋內找呀找的，甚至猜想牠可能困在哪裡出不來，因而搬動了房裡的所有家具。就連衣櫃裡的東西全部搬出來卻還是沒有看到牠。

「該來的時候終於還是來了。」

佐由理如是說道。她的神情看來有些落寞，不過，她的反應卻讓我覺得有些太過冷靜，明明是那麼喜歡的貓啊！

幾天之後我從夢中醒來，發現她躺在我的身旁抑聲啜泣著。我轉身將她抱了起來，卻在這個動作中感受到她的身上一陣顫抖。

「我好怕……」佐由理開口說道。

我告訴她沒什麼好怕的。她聽了默默不語。

「浩紀，我想跟你道別……」這年冬天她忽然對我說出了這麼一句話。

「道別？」

如此唐突的詞句忽然掛在她的嘴邊。

「我想我不能再這麼跟你繼續下去……我想我必須自己一個人生活。」

「為什麼？」

「因為我會跟你撒嬌，會把所有的事情都推給你做。就算我什麼也不做，你都會幫我做得好好的……」

面對這個唐突的話題我陷入一片慌亂的情緒之中。

「佐由理，我如果做錯了什麼我會改，所以妳不要說這種話好不好……」

「不是這樣的，你什麼也沒有做錯。」

她搖搖頭，身後的長髮也跟著在半空中搖曳。

「我想試著在自己的規劃下，自己一個人生活看看。」

儘管我的腦中一片混亂，卻也終於知道她將要離開我的事實。

「跟你在一起的三年裡面，你總是呵護著我，守護著我。」她將腦中糾結的思緒一點一滴地抽了出來。

「被你如此細心地呵護讓我覺得很愉快，但是相對的，我跟這個世界接觸的部分就只剩下你一個人而已了。

你很堅強，什麼都會，我卻是個什麼都做不到的人。我覺得這樣不行。我想要走出你的臂彎，走出這座城堡，然後讓自己暴露在這個世界上……」

「可是我覺得……就算妳說的事情眞的都對，但是我們也不需要道別吧？只要我們兩個人一起仔細地思考……」

「不對，我覺得這種作法一定不可行……」

佐由理繼續地將她腦中的思緒一點一滴地抽出來。而我則是默默地傾聽。

「我覺得我得開始去做我自己。我必須要在沒有你的地方，不依賴你，然後選擇自己該走的道路，自己一個人生活……現在大概是時候了。我要是現在不走，我就會永遠黏在你的身邊。我想做我自己。我必須彌補自己沉睡了三年……不，應該是彌補過去六年的空白。我得要取回過去我所失去的時間。」

我沉默了。

曾幾何時，我也曾經爲了取回我所失去的自己而下定決心。我無法反駁。她的心情我可以理解……

「我知道了。」

我如是作答，聲音顯得有些沙啞。

我並不想要理解……

「這三年間我幸福得好像在作夢一樣……」

她笑容彷彿下一刻就要落淚。

「我一點也不想從這場夢中醒來。」

佐由理離開這個家的準備還有所有的雜事都沒有讓我插手。她彷彿之前就做好準備一般，全部一個人處理好了。

「我不會告訴你我搬到哪裡去喔。」

她提著行李，在離開家門的前一刻留下了這麼一句話。

「爲什麼？」

「爲了讓我不再跟你撒嬌。要是我聽到你的聲音，再跟你碰面，我的決心就會崩潰的。」

「妳今後打算怎麼辦？」我開口問道。

佐由理帶著一點點的不安，還有一點點的笑靨同時開口説道：

「重生囉！」

「浩紀，你可不能認爲我不愛你喔。我一直都很愛很愛你。今後要是我遇到什麼挫折我就會想起你，我會想到你也在這片天空下努力地生活，這麼一來我就可以獲得繼續努力的動力。浩紀，你也要想我喔。我想你一定不會碰到想放棄的時候，不過我希望你偶爾會想起我一個人靠著自己的力量在某個地方努力。」

我經常會仰望天空，然後想起此刻也依舊生活在這個世界某處的佐由理。

這麼一來我就變成一個人了。

每個人的人生都是自己一個人過，不是只有我而已。

我不斷地告訴自己我不寂寞，

但是事實並非如此。

這樣就好。

讓所有的寂寞與悲傷都隨風而逝；
我就這麼朝著一條透明的軌道前進。
——小岩井農場　第九段

最後讓我寫一段跟岡部社長有關的消息。

佐由理從我身邊離開之後的隔年，岡部社長彷彿忽然想到了我，捎來了一封信。幾張轉寄的標籤貼滿了信封。信封上貼的是我過去從沒有聽過的國家通行郵票。這時候他應該也離開那個地方了吧？

信封裡放了一張岡部社長跟夫人一起合照的照片。我不知道他寄這張相片來到底是什麼用意，不過我猜大概是爲了炫耀。這位大叔也未免可愛得過分了點，眞是的。他的太太當然跟他差不了幾歲，現在也有一定的年紀了。不過儘管上了年紀，照片中的她卻也依舊是位美女。說起來，其實她美得會讓人嚇一跳。

經歷了戰爭跟塔被炸毀的事件之後，蝦夷回歸日本。也就是說，那年的冬天我們駕駛薇拉希拉飛越海峽的結果，至少造就了這麼一對夫妻的重逢。這也意味著我們那年所做的事其實不是沒有意義的。

這麼一想便覺得心裡多少有些安慰。

說到照片……

我在搬離開跟佐由理一起生活的那間公寓之前整理過房子。我之所以會搬離那裡，是因爲我無法承受一直待在充滿回憶的地方所帶來的煎熬。我選擇了離開。在整理的過程中我找到了一樣東西——夾在某本書裡的一張照片。

那是國中時期的相片，是我跟拓也還有佐由理三人愉快的合影。相片中的背景是在廢車站，我們站在破破爛爛的車站建築前一起拍了這張照片。

在我看到這張照片的時候，在那座「白色的巨塔」中發生的事情全部一起回到了我的記憶之中。

我爲什麼會忘記那件事呢？那明明是如此重要的事。

那時候的我跟佐由理合而爲一，我們彼此就是對方的一切。

這個奇蹟已經消失。

不，也許該說讓我想起了這件事反而是一個奇蹟。佐由理大概現在已經不記得了吧？這段記憶是無法從那個世界帶回到「現實」裡面來的，是沒有必要想起來的回憶。想不起來也許對她反而是件好事。

忘掉的事其實就等於從沒有發生過。

這個世界上就只有我還記得那件從沒有發生過的事情。這件事終究還是對我造成了不小的打擊。因爲被遺忘其實是一種悲哀。

我看著照片，心中不禁湧起了激盪的情緒。

這張照片究竟是什麼時候照的呢？

我完全不記得我們照過這張相片。是我不記得了嗎？

我們三個人一起入鏡，那麼到底是誰按下快門的呢？

是用了自動快門嗎？也許是吧。

我試著回憶起廢車站周遭所有細微的景致。包括了枕木堆，還有廢棄的公車輪胎。那麼我們到底是將相機固定在什麼地方呢？這點我怎麼想也想不起來……

然而，照片終究是存在的。

我放棄思考照片究竟怎麼照出來的，只是靜靜地注視著照片中的三個人。

照片中的三人散發出一種難以言喻的幸福氛圍。這股幸福的氣息強烈地撼動了我的心靈。照片中的三人臉上都沒有露出笑容。佐由理歪著頭表現出有些困惑的模樣，拓也覺得拍照是件很蠢的事情而沒有看鏡頭，我則是一臉嚴肅的表情（我從以前就不善於面對鏡頭了……）

儘管如此，照片中卻洋溢著某種特殊的氛圍。那個世界彷彿聚集了所有最美好的事物，並且散發出一股溫柔強悍的氣質。這三個人讓人感到沒有任何事情能夠動搖他們。那是一種什麼都不怕的信心跟勇氣。

我緊緊地抓著那張照片不放，靜靜地佇立在原地，眼睛一直盯著此刻已然消逝的那個夏天。

註11：線傳飛控系統，為了因應音速飛行下的靈活度，飛航工程師捨棄了傳統油壓傳導的飛航控制系統，開發出以電腦計算輔助飛行。這樣的設計排除了高速飛行下，人為的平衡調整受限於人類的反應速度而相對顯得遲緩的缺陷，成為操作桿與平衡系統之間的協調機制。

浮文字

小說　雲之彼端・約定的地方

（原名：小説　雲のむこう、約束の場所）

作者／加納新太　原作及封面插畫／新海誠　譯者／陳顥
執行長／陳君平　榮譽發行人／黃鎮隆
協理／洪琇菁　國際版權／黃令歡
執行編輯／呂尚燁　美術編輯／李政儀
企劃宣傳／陳品萱
出版／城邦文化事業股份有限公司　尖端出版
台北市中山區民生東路二段一四一號十樓
電話：（〇二）二五〇〇七六〇〇　傳真：（〇二）二五〇〇二六八三
E-mail：7novels@mail2.spp.com.tw
發行／英屬蓋曼群島商家庭傳媒股份有限公司城邦分公司　尖端出版
台北市中山區民生東路二段一四一號十樓
電話：（〇二）二五〇〇—七六〇〇（代表號）
傳真：（〇二）二五〇〇—一九七九
中部以北經銷／楨彥有限公司
電話：（〇二）八九一九—三三六九
傳真：（〇二）八九一四—五五二四
中部經銷／高見文化行銷股份有限公司
電話：〇八〇〇—〇五五—三六五
傳真：（〇二）二六六八—六二二〇
雲嘉經銷／智豐圖書股份有限公司　嘉義公司
電話：（〇五）二三三—三八五二
傳真：（〇五）二三三—三八六三
南部經銷／智豐圖書股份有限公司　高雄公司
電話：（〇七）三七三—〇〇七九
傳真：（〇七）三七三—〇〇八七
一代匯集／香港九龍旺角塘尾道六十四號龍駒企業大廈十樓B&D室
電話：（八五二）二七八三—八一〇二
傳真：（八五二）二七八二—一五二九
馬新總經銷／城邦（馬新）出版集團　Cite(M)Sdn.Bhd. (458372U)
E-mail：Cite@cite.com.my
法律顧問／王子文律師　元禾法律事務所
北市羅斯福路三段三十七號十五樓
二〇二一年八月三版一刷
二〇二三年七月三版三刷

■中文版■

郵購注意事項：
1. 填妥劃撥單資料：帳號：50003021戶名：英屬蓋曼群島商家庭傳媒(股)公司城邦分公司。2. 通信欄內註明訂購書名與冊數。3. 劃撥金額低於500元，請加附掛號郵資50元。如劃撥日起 10～14日，仍未收到書時，請洽劃撥組。劃撥專線TEL：(03) 312-4212 ・ FAX：(03) 322-4621。E-mail：marketing@spp.com.tw